왼손잡이

이 도서의 국립중앙도서관 출판예정도서목록(CIP)은 서지정보유통지원시스템 홈페이지(http://seoji.nl.go.kr)와
국가자료공동목록시스템(http://www.nl.go.kr/kolisnet)에서 이용하실 수 있습니다.
(CIP제어번호: CIP2010000456)

Николай Лесков : Левша

왼손잡이

니콜라이 레스코프 소설

이상훈 옮김

문학동네

왼손잡이

툴라 출신의 사팔뜨기 왼손잡이와
강철 벼룩 이야기

1

빈 회의*를 마친 후 알렉산드르 파블로비치 황제는 유럽을 돌아다니며 여러 나라의 진기한 것들을 구경하고 싶은 마음이 생겼다. 각국을 돌아다니면서 그는 어딜 가든지 친절한 성격 덕분에 어떤 사람을 만나도 허심탄회하게 대화를 나누곤 했는데, 모두들 어떡해서든지 그에게 놀라운 것을 보여주면서 그를 자기편으로 끌어들이려고 했다. 한편 황제의 수행인 가운데는 돈 카자크 출신인 플라토프라는 사람이 있었다. 그런데 그는 그런 것들을 좋아하지 않는 성격인 데다가, 집이 너무나 그리웠던 나머지 황제를 본국으로 돌아가도록 계속해서 부추

---

* 나폴레옹 전쟁 이후 유럽의 국제 질서를 재편성하기 위해 영국, 러시아, 프로이센, 오스트리아 4개국이 주도한 국제회의. 이 회의를 통해 유럽에서 러시아의 지위가 급상승하게 되었다.

졌다. 황제가 뭔가 외국 것에 강한 관심을 가진다 싶으면, 다른 수행
원들은 모두 아무 말이 없는데 유독 이 플라토프라는 자는 곧바로 이
건 이러저러하니 우리나라에도 그에 못지않은 것이 있다고 말하면서,
어떡해서든 황제를 다른 곳으로 끌고 가버렸다.

이런 사실을 알고 있던 영국인들은 황제가 도착했을 때, 여러 가지
꾀를 내어 이국적인 것으로 그를 매료시켜 러시아인들에게서 황제를
떼어내려고 했다. 그리고 많은 경우 이를 성사시켰다. 특히 큰 집회가
열린 곳에서 플라토프는 프랑스어를 한마디도 못했기 때문에 더욱 그
랬다.* 하지만 플라토프는 그런 것에 거의 개의치 않았다. 왜냐하면
그는 결혼한 사람인 데다가 프랑스어로 나누는 모든 대화를 아무짝에
도 쓸데없는 일로 여겼기 때문이다. 그러다가 영국인들이 자기네 무
기고와 병기창, 가루비누 공장 등 온갖 곳에 황제를 초대하여 러시아
보다 자기네가 모든 면에서 월등하다는 것을 보여주며 자랑을 늘어놓
자 플라토프는 혼자 중얼거렸다.

"정말이지 이젠 끝장이다. 지금껏 참느라고 애썼지만 도저히 더이
상은 못 참겠네. 내가 말을 잘하든 못하든, 우리네 사람들이 그냥 당
하도록 내버려두지는 않겠어."

그가 이런 식으로 혼잣말을 하고 있는데 황제가 그에게 말했다.

"어쨌든 자네는 내일 나와 함께 이들의 무기 전시장을 둘러보기로
하지. 그곳에 최고의 무기들이 있다니까, 자네도 한 번 보기만 하면,

---

* 그 당시 러시아의 사교계에서는 프랑스어가 통용되었고, 대부분의 러시아 귀족은 프랑
스어를 러시아어보다도 더 자유롭게 구사했다.

제아무리 우리 러시아인이 뛰어나다 해도 결코 이들과 견줄 바가 못 된다는 것을 인정하지 않을 수 없을 걸세."

플라토프는 황제에게 아무런 대답도 하지 않고 그저 매부리코를 털 외투 속에 파묻기만 했다. 그러고는 숙소로 돌아와 부하에게 여행 가 방에서 카프카스의 키즐랴르 산 보드카 한 병을 가져오도록 시킨 뒤 큰 잔에 따라 단숨에 마셔버리고는 접이형 여행용 이콘*에 기도를 올 린 후 털외투를 덮고 코를 골며 잠이 들었는데, 코 고는 소리가 어찌 나 컸던지 그 집에 있던 영국인들은 모두 한잠도 못 잘 정도였다.

그는 내일 아침엔 더 좋은 생각이 떠오르리라고 생각했다.

---

* 이콘은 '그림' 혹은 '형상'을 뜻하는 그리스어 eikón에서 유래한 말로, 우리나라에서는 성화, 성화상, 성상화 등 다양하게 불린다. 불교의 탱화와 유사하다.

2

다음 날 황제와 플라토프가 전시장에 갔다. 황제는 플라토프 이외에 다른 러시아인들은 데리고 가지 않았다. 이인용 마차가 왔기 때문이었다.

그들은 엄청나게 큰 건물에 도착했다. 이루 말할 수 없이 훌륭한 현관에 끝없이 펼쳐진 복도하며 방들 하나하나에 이르기까지 엄청난 규모였다. 마침내 가장 큰 중앙홀에 도착하자, 그곳에는 여러 가지 거대한 샹들신상이 있었고, 중앙의 장식 차양 밑에는 폴베데레의 아볼론상이 서 있었다.*

---

* '샹들신상'은 '반신상'과 '샹들리에'의 합성어. '폴베데레의 아볼론상'은 '벨베데레의 아폴론상'을 가리킨다. 이것은 레스코프 특유의 언어유희로, 이런 식의 표현은 이 작품에 매우 많이 나온다.

황제는 플라토프를 돌아보았다. 그가 놀라워하지는 않는지, 뭘 보고 있는지 궁금했던 것이다. 그런데 이자는 눈에 보이는 게 없는지, 눈을 내리깔고 걸어가면서 그저 콧수염만 돌돌 말고 있는 게 아닌가.

영국인들은 곧바로 여러 가지 진기한 것들을 보여주면서, 전시에 어떻게 쓰이는지 설명하기 시작했다. 해군용 폭풍 측량계, 보병부대용 낙타털 망토, 그리고 타르칠을 한 기병용 방수복 등이 있었다. 황제는 그 모든 것들을 좋아했고, 그의 눈엔 모든 게 매우 훌륭해 보였다. 그런데 플라토프는 여전히 아무것에도 관심이 가지 않는 듯, 시큰둥한 표정이었다.

황제가 말했다.

"아니, 자네 어떻게 그럴 수가 있나? 이렇게 무덤덤해서야! 정녕 자네한테는 여기에 놀랄 만한 것이 아무것도 없단 말인가?"

플라토프가 대답했다.

"제가 여기서 놀라운 게 하나 있다면, 그것은 돈 강 출신의 저의 병사들이 이런 것 하나 없이 싸워서 열두 민족을 물리쳤다는 사실입니다."*

황제가 말했다.

"무슨 그런 얼토당토않은 소릴 하는가."

플라토프가 대답했다.

"저로선 무얼 두고 얼토당토않다고 하시는지 모르겠사오나, 감히

---

* '돈 강'은 볼가 강의 지류로 카자크인들이 주로 사는 곳이다. 그래서 돈 강 유역에 사는 카자크를 '돈 카자크'라고 부른다. '열두 민족'은 다양한 국적으로 구성된 나폴레옹 군대를 가리킨다.

뭐라 드릴 말씀이 없으니, 그저 잠자코 있겠사옵니다."

한편 황제와 신하 사이에 그런 말이 오가는 것을 본 영국인들은 곧바로 그들을 폴베데레의 아볼론상 바로 앞으로 데리고 가서, 아볼론의 한 손에서 모티머형 소총*을, 다른 손에서는 피스톨을 집어 들었다.

"이것이 바로 우리나라에서 제작된 제품입니다." 영국인들이 소총을 건네며 말했다.

황제는 모티머형 소총을 덤덤하게 바라보았다. 차르스코예 셀로**에도 그런 게 있었던 것이다. 그러자 그들은 황제에게 피스톨을 건네주며 말했다.

"이것은 알려지진 않았지만 전무후무한 솜씨로 만들어진 피스톨입니다. 칸델라브리야***에서 우리 해군 사령관이 한 해적 두목의 허리띠에 있던 것을 뽑아온 것이지요."

황제는 피스톨을 한 번 보고는 도저히 눈을 뗄 수가 없었다.

그는 땅이 꺼질 듯 탄식을 자아냈다.

"아, 아, 아, 어떻게 이럴 수가…… 어떻게 이렇게까지 정교하게 만들 수 있단 말인가!" 그러고는 플라토프를 돌아보며 러시아말로 말했다. "우리 러시아에 한 명이라도 좋으니 이런 장인이 있다면 정말 행복하고 자랑스러울 걸세. 그러면 내 당장 그 장인에게 귀족 신분을 하사할 것이야."

이 말을 들은 플라토프는 그 즉시 오른손을 널따란 승마용 바지 속

---

* '모티머(Mortimer)'는 영국의 유명한 무기제조공.
** 러시아 황제의 여름 별장.
*** 이탈리아의 칼라브리아를 가리킨다.

에 집어넣더니 총기용 나사돌리개를 꺼냈다. 영국인들이 말했다. "이건 열리지 않는 거요." 그래도 그는 아랑곳하지 않고 이음매 부분을 쑤셔댔다. 한 번 돌리고 두 번 돌리니 이음매가 떨어졌다. 플라토프는 황제에게 방아쇠를 보여주었다. 바로 그곳 휘어진 부분에 러시아 문자가 쓰여 있었다. '툴라 시에서 이반 모스크빈.'

영국인들은 깜짝 놀라면서 서로 쿡쿡 찔러댔다.

"아이고, 우리가 실수했네!"

하지만 황제는 플라토프에게 언짢은 목소리로 말했다.

"자네 왜 그렇게 저들을 당황하게 만드나. 내가 오히려 정말이지 저들에게 미안하구먼. 어서 가세."

그들은 다시 그 이인용 마차를 타고 출발했다. 그런 뒤 황제는 그날의 무도회에 참석했지만, 플라토프는 어제보다 더 큰 잔으로 키즐랴르 산 보드카를 해치우고는 카자크 식으로 깊은 잠에 떨어졌다.

플라토프는 아주 시기적절하게 툴라의 장인을 발견하여 영국인들을 당황하게 만든 것이 기쁘긴 했지만, 화가 나기도 했다. 대체 뭣 때문에 그 시점에서 황제가 영국인들에게 미안해해야 하는 건가!

'황제께서는 왜 난처해하셨을까?' 플라토프는 생각했다. '도무지 알 수가 없군.' 그런 생각을 하며 그는 두 번이나 일어나 성호를 긋고 보드카를 마시고는 가까스로 깊은 잠에 빠져들었다.

한편 그 시간에 영국인들도 똑같이 이리저리 머리를 굴리느라 잠을 자지 않고 있었다. 황제가 무도회에서 재미있게 즐기는 동안 그들은 황제를 깜짝 놀라게 할 아주 새로운 계획을 꾸미고 있었다. 플라토프가 상상도 못할 계획이었다.

3

　다음 날 플라토프가 황제에게 아침 인사를 하러 갔을 때, 황제가 그에게 말했다.

　"지금 곧바로 이인용 마차를 준비시키게. 새로운 전시장 구경을 가도록 하지."

　플라토프는 용기를 내어, 이제 외국의 물품은 충분히 보지 않았는가, 본국 러시아로 돌아가는 편이 더 낫지 않겠는가 하고 황제에게 아뢰었다. 그러나 황제는 다음과 같이 말했다.

　"아니네. 나는 아직 다른 새로운 것들을 더 보고 싶네. 그들이 만든 최상품 설탕이 좋다고 하던데."

　그래서 그들은 출발했다.

　영국인들은 영국제 최상품들을 계속 황제에게 보여주었다. 이것저

것 살펴보던 플라토프가 불쑥 말을 꺼냈다.

"몰보 설탕*을 만드는 귀국의 공장을 좀 보여주시겠소?"

하지만 영국인들은 이 몰보라는 것이 무엇인지 몰랐다. 그들은 서로 속닥거리고 눈짓을 해가면서 '몰보, 몰보' 하고 쑥덕거렸지만 그것이 자기네가 만드는 설탕인지 뭔지 알 수가 없었다. 그래서 하는 수 없이 자기들에겐 모든 설탕이 다 있지만 '몰보'는 없다고 인정하지 않을 수 없었다.

플라토프가 말했다.

"뭐 그렇다면 그렇게 자랑할 것도 없을 것 같소. 우리나라에 한번 들르시오. 그러면 보브린스키 공장**에서 만든 진짜 몰보 설탕을 탄차를 대접해드리리다."

그러자 황제가 그의 옷소매를 끌어당기더니 조용히 말했다.

"제발 부탁이니, 내가 하는 외교를 망치지 말아주게."

그런 다음에 영국인들은 마지막 전시장으로 황제를 초대했다. 그곳은 거대하기 이를 데 없는 이집트의 세라미드***에서부터 눈에는 안 보이지만 살가죽 아래 살면서 살가죽과 살 사이를 깨문다는 벼룩에 이르기까지, 그들이 온 세계에서 수집한 온갖 광석과 인조미생물 같은 것들이 다 모여 있다는 곳이었다.

황제는 그곳으로 갔다.

세라미드와 온갖 박제들을 구경하고 밖으로 나오면서 플라토프는

---

* 1820년대 페테르부르크에 있던 설탕 제품.
** 1830년대에 보브린스키 공작의 이름으로 세워진 정제설탕 공장.
*** 세라믹과 피라미드의 합성어.

속으로 생각했다.

'휴, 잘 끝나 천만다행이다. 황제께서 놀라실 만한 것이 없었으니 말이야.'

그렇게 제일 끝 방에 도착하자, 그곳에는 평범한 조끼에 앞치마 차림을 한 영국인 직공들이 아무것도 담지 않은 쟁반을 받쳐 들고 서 있었다.

황제는 뜻밖에 자신에게 빈 쟁반을 내놓는 것을 보고 놀랐다.

"이건 무슨 뜻인가?" 하고 묻자, 잉국인* 장인들이 대답했다.

"이건 순종의 표시로 폐하께 바치는 저희의 폐물입니다."

"대체 이게 무언가?"

"여기, 티끌만 한 것이 보이시는지요?" 그들이 말했다.

황제가 들여다보니, 정말로 은쟁반 위에 작디작은 티끌과 같은 것이 놓여 있는 것이 눈에 들어왔다.

직공들이 말했다.

"손가락에 침을 묻혀 그것을 손바닥 위에 올려놓아보시지요."

"대체 이 티끌이 뭐길래?"

"이것은 티끌이 아니라 인조미생물입니다." 그들이 대답했다.

"이게 살아 있나?"

"살아 있는 것은 절대 아닙니다." 그들이 대답했다. "이것은 순수 잉국산 강철을 가지고 벼룩 모양으로 우리가 제조한 것입니다. 그 몸통 속에 용수철 장치가 되어 있습니다. 열쇠를 돌려보시지요. 그러면

---

* 영국인을 우스꽝스럽게 패러디한 발음.

그것이 춤을 추기 시작할 것입니다.”

호기심이 생긴 황제가 물었다.

“그런데 열쇠는 어디 있지?”

영국인들이 말했다.

“여기 열쇠도 바로 폐하의 눈앞에 있습니다.”

“그런데 왜 내 눈에는 안 보이는가?” 황제가 물었다.

“현미경으로 보셔야 하기 때문입니다.” 그들이 대답했다.

현미경을 건네주자, 황제가 보니, 정말로 쟁반 위 벼룩 옆에 작은 열쇠가 놓여 있었다.

“그것을 손바닥 위에 올려놓아보시지요. 거기 배 쪽에 태엽을 감는 작은 구멍이 나 있습니다. 열쇠로 일곱 번 돌리시면, 벼룩이 춤을 추기 시작할 것입니다.”

황제는 한쪽 손 엄지와 검지로 겨우겨우 그 작은 열쇠를 붙잡아 가까스로 들고서는, 다른 손 엄지와 검지로 벼룩을 붙잡아 열쇠를 끼웠다. 그러자 곧 벼룩이 더듬이를 움직이기 시작한다는 느낌이 들었다. 그러고는 다리를 이리저리 움직이더니 마침내 갑자기 공중으로 펄쩍 뛰어 올랐는데, 처음에는 똑바로, 다음에는 이쪽으로, 그다음에는 다른 쪽으로, 그런 식으로 세 가지 동작으로 카드리유*를 추는 것이었다.

황제는 곧바로 그 영국인들에게 은전이건 지폐건 그들이 원하는 대로 백만 루블을 주라고 명령했다.

영국인들은 은전으로 달라고 요청했다. 지폐의 가치를 알 수가 없

---

* 네 쌍 이상의 남녀가 사각형을 이루어 추는 춤.

었기 때문이다. 그러고는 곧 또 다른 계책을 부렸다. 벼룩을 선물로 주면서 그것을 넣는 케이스는 주지 않았던 것이다. 케이스가 없으면 벼룩도 열쇠도 보관할 수가 없었다. 그도 그럴 것이, 먼지 속에 휩쓸려 그대로 잃어버릴 게 뻔했기 때문이다. 그런데 그 케이스는 보석을 통으로 가공한 호두 모양으로, 가운데 구멍을 내어 벼룩이 들어갈 자리를 만든 것이었다. 그런 케이스를 그들이 내주지 않은 이유는, 그들 말에 따르면, 그것은 국가의 재산이고 자기 나라에서는 국가의 재산에 대해서는 엄격하기 때문에 아무리 황제라 할지라도 그냥 선물로 줄 수는 없다고 한 것이었다.

그 말에 몹시 화가 난 플라토프가 말했다.

"이게 무슨 꿍꿍이수작인가! 선물을 주고 그 대가로 백만 루블이나 받아놓고는 뭐가 또 모자라서 그러는 겐가! 케이스야 무슨 물건에든지 그냥 따라오는 게 아닌가."

하지만 황제가 말했다.

"제발 가만히 좀 있게. 자네가 상관할 일이 아니네. 내 외교를 망치지 말라고. 그들에겐 그들 나름의 관습이 있는 거지." 그러고는 물었다. "벼룩을 넣는 그 호두 값이 얼마인가?"

영국인들은 그 값으로 또 오천을 요구했다.

알렉산드르 파블로비치 황제가 말했다. "지불하게." 그러고는 직접 벼룩을 그 호두 속에 집어넣고, 또 벼룩과 함께 열쇠도 넣었다. 그리고 호두를 잃어버리지 않도록 그것을 자신의 금제 담뱃갑 속에 넣고, 담뱃갑을 온통 진주조개와 물고기 뼈로 장식된 여행용 귀중품함에 넣어두라고 명령했다. 황제는 다음과 같은 치하의 말과 함께 잉국의 장인들을 보내주었다. "그대들은 전 세계에서 제일가는 장인들이네. 그대들에 견주면 내 나라 사람들은 할 줄 아는 게 아무것도 없구먼."

그들은 이 말에 매우 만족했다. 한편 플라토프는 황제의 이런 말에 한마디도 할 수가 없었다. 다만 그가 한 일이라고는 잠자코 거기에 있던 현미경을 집어 자기 주머니 속에 넣은 것뿐이었다. "어쨌든 이건 여기에 딸린 것이기도 하고, 니들이 우리에게서 받은 돈도 많으니까"라고 중얼거리면서.

황제는 러시아에 도착할 때까지 이 사실을 몰랐다. 그들이 곧바로 그곳을 떠난 것은 전쟁 문제로 우울증에 걸린 황제가 타간로크에 있는 페도트 사제에게서 참회 성사를 거행할 마음이 생겼기 때문이었다.* 도중에 황제와 플라토프 사이에 오고 간 대화는 유쾌한 것이 거의 없었다. 그도 그럴 것이 그들은 생각이 전혀 달랐기 때문이었다. 다시 말해 황제는 기술에서 영국과 견줄 만한 민족이 없다고 생각했으나, 플라토프는 우리 장인들도 보기만 하면 뭐든지 만들 수 있는데 단지 잘 배우지 못해서 그럴 뿐이라고 했다. 또 그는 황제에게 영국 장인들은 생활이나 학문이나 음식에 있어서 전혀 다른 규범을 따르고, 또 그들 개개인이 모든 면에서 절대적으로 나은 환경을 가지고 있으므로 그들의 사고방식은 완전히 다르다고 말했다.

황제는 이런 말을 오래 듣고 싶어하지 않았고, 이것을 눈치챈 플라

---

* '페도트 사제'는 가공인물이 아니다. 알렉산드르 황제는 임종 전에 타간로크의 성직자 알렉세이 페도토프 체호프스키에게 참회했다. 그후 이 성직자는 '폐하의 고해신부'라고 불렸고, 누구에게나 자랑스럽게 이 우연스런 사건을 이야기하고 다녔다. 바로 이 페도토프 체호프스키라는 자가 전설적인 '페도트 사제'임은 의심의 여지가 없다(원주).

토프는 더이상 말하지 않았다. 그렇게 그들은 아무 말 없이 길을 갔다. 단, 플라토프만은 매 정거장마다 마차에서 내려 홧김에 크바스 용컵으로 보드카를 들이켠 뒤, 소금 묻힌 바란카빵을 씹어 먹었다. 그러곤 한 번에 주코프 담배가 1파운드나 들어가는 뿌리모양 담배파이프를 뻑뻑 빨아댔다. 그런 다음 마차에 올라타 황제의 옆에 앉아서는 아무 말이 없었다. 황제가 한쪽을 바라보고 있으면, 플라토프는 다른 쪽 창문으로 긴 담뱃대를 내밀어 바람에 연기를 뿜어내고 있었다. 그렇게 그들은 페테르부르크까지 갔다. 황제는 페도트 사제에게 갈 때는 플라토프를 아예 데려갈 생각을 하지 않았다.

"자네는," 황제가 말했다. "종교적인 이야기를 하기에는 절제심이 부족해. 게다가 담배를 너무 많이 피워서 자네의 그 담배연기 때문에 내 머리에 그을음이 다 생길 정도일세."

그 말에 모욕을 느낀 플라토프는 꼼짝 않고 집에 처박혀 울분에 찬 채 침대소파에 누워 쉴 새 없이 주코프 담배만 피워댔다.

4

잉국산 검은 강철로 만든 놀라운 벼룩은 알렉산드르 파블로비치 황제의 물고기 뼈로 장식된 귀중품함에 그대로 있었다. 황제는 죽기 전 그것을 페도트 사제에게 맡기면서, 자기가 죽은 후 황후가 안정을 되찾으면 그때 황후에게 전해주라고 했다. 황후 엘리자베타 알렉세예브나는 벼룩이 이리저리 춤추는 것을 보고 웃음을 터트리기는 했지만, 그것에 계속 관심을 갖지는 않았다.

황후가 말했다. "이제 내가 미망인 신세가 되고 보니, 아무리 재미있는 것이라고 해도 그다지 끌리지 않는군요." 그러고는 페테르부르크로 돌아가서 그 진기한 물품을 다른 모든 보화와 함께 새 황제에게 유산으로 넘겨주었다.

니콜라이 파블로비치 황제 역시 처음에는 그 벼룩에 아무런 관심을 보이지 않았다.* 그가 등극할 때 난리가 일어났기 때문이다. 그러나 그후 어느 날 형이 자기에게 물려준 귀중품함을 뒤적이다가 그 속에서 담뱃갑을 찾아냈고, 그 담뱃갑 안에서 보석 호두를, 또 그 안에서 강철 벼룩을 발견했다. 강철 벼룩은 벌써 오랫동안 태엽을 감아주지 않아 굳은 시체처럼 움직이지 않았다.

그것을 본 황제는 놀라움을 금치 못했다.

"이건 또 무슨 쓸데없는 것인가? 이런 것을 형님께서는 뭐하러 이렇게 잘 보관해두셨을까!"

궁정대신들은 그것을 버리려고 했으나, 황제가 말했다.

"아니다. 여기에는 뭔가 뜻이 있을 것이다."

그래서 사람들은 아니치코프 다리 맞은편에 있는 약국에서 아주 작은 저울로 독성분을 측량하는 화학자를 불러 황제 앞에 세웠다. 그러자 이 사람, 곧바로 벼룩을 집어 혀에 올려놓더니 이렇게 말했다. "단단한 금속과 같은 찬기가 느껴집니다." 그러고는 이로 그것을 살짝 깨물어보더니 또 말했다.

"어떻게 생각하실지 모르겠지만, 이것은 진짜 벼룩이 아니라 인조 미생물입니다. 그리고 이것은 금속으로 제조된 것으로, 우리 러시아 제품이 아닙니다."

황제는 곧바로 이것이 어디에서 난 것이며 무엇을 하는 것인지 알아보라고 명령했다.

---

* 알렉산드르 1세의 뒤를 이어 1825년에 등극한 니콜라이 1세를 말한다. 황제가 된 즉시 그는, 입헌군주제 등을 외치며 쿠데타를 일으킨 일단의 젊은 장교들로 구성된 12월 당원들을 무참히 처벌하고 강력한 전제정치를 펼쳤다.

사람들이 서둘러 서류와 목록을 뒤지기 시작했다. 그러나 서류에는 아무것도 기록된 것이 없었다. 그래서 이 사람 저 사람에게 물어보았지만 아무도 아는 이가 없었다. 그러나 다행히도 돈 카자크 플라토프가 아직 살아 있었다. 게다가 그때까지도 여전히 울분에 차서는 침대소파에 누운 채로 담배파이프를 빨고 있었다. 그는 궁정에서 그런 소란이 있다는 말을 듣자마자, 곧바로 침대소파에서 일어나 파이프를 집어 던졌다. 그리고 훈장이란 훈장은 있는 대로 다 달고 황제에게 출두했다. 황제가 말했다.

"용맹스런 영감, 뭐가 필요해서 내게 왔나?"

그러자 플라토프가 대답했다.

"황제 폐하, 저한테 필요한 것은 아무것도 없습니다. 먹고 마시는 건 원 없이 있고 또 모든 것에 만족하고 있습니다. 다만 제가 여기 온 이유는 폐하께서 발견하신 그 인조미생물에 관해 드릴 말씀이 있어서입니다. 사실대로 말씀드리자면, 이건 영국에서 제 눈앞에서 일어났던 일입니다. 거기 그 옆에 열쇠가 있지요. 그리고 저한테 그것을 볼 수 있는 현미경이 있습니다. 그 열쇠를 배에 끼우면 이 인조미생물의 태엽을 감을 수가 있답니다. 그러면 이것이 아무 데나 제 맘대로 뛰어다니며 좌우로 재주넘기를 하게 됩니다."

사람들이 태엽을 감자, 벼룩이 툭툭 뛰기 시작했다. 그러자 플라토프가 말했다.

"이것은, 황제 폐하, 정말 매우 정교하고 흥미 있는 제품입니다. 하지만 우리가 이것을 신기해하면서 단지 경탄만 하고 있어서는 안 됩니다. 이것을 툴라나 세스테르베크(그 당시 세스트로레츠크는 아직 세스테르베크라고 불리고 있었다)*에 있는 장인들에게 보내어 우리 장인들이 이것보다 더 잘 만들 수 있는지 알아보아야 합니다. 영국인이 우리 러시아인 앞에서 거만을 떨지 못하게끔 말입니다."

니콜라이 파블로비치 황제는 러시아 자국민에 관해서 강한 확신을 갖고 있었고, 그 어떤 타민족에게도 뒤떨어지는 것을 좋아하지 않았다. 그가 플라토프에게 대답했다.

"용맹스런 영감, 잘 말해주었다. 내 그대에게 이 일을 맡기겠다. 이 케이스도 지금은 내가 분주한 일이 많아 별로 필요가 없으니 그대가 가져가라. 그리고 이제 화가 난다고 침대소파에 누워 있는 일 따위는 삼가고, 고요한 돈 강**으로 내려가서 그곳에 있는 짐의 백성들과 함께 그네들의 삶과 충성심에 관해, 그리고 무슨 말이든지 하고 싶은 대로 허심탄회하게 이야기를 나누라. 그리고 지나는 길에 툴라에 들러 그곳에 있는 짐의 장인들에게 이 인조미생물을 보여주고, 뭘 할 수 있을지 잘 생각해보라고 하라. 그리고 그들에게 내 말을 전하라. 나의 형님은 이 물건을 보고 깜짝 놀라시면서 이 인조미생물을 만든 외국인들에게 칭찬을 아끼지 않으셨지만, 나는 짐의 사람들이 그 누구에게도 뒤떨어지지 않기를 바라노라고 말이다. 그러면 그들은 내 말을 허투루 듣지 않고 무언가를 만들 것이다."

---

* 툴라는 모스크바에서 남쪽으로 약 190킬로미터 떨어진 곳에 위치한 도시이다. 전통적으로 제철 공업이 유명한 이곳에 1712년 표트르 대제의 명령으로 러시아 최초의 무기 생산 공장이 세워졌다. 세스테르베크는 페테르부르크 근처 핀란드 만 연안에 위치한 도시로, 역시 표트르 대제의 명으로 세워진 병기 공장이 유명하다.
** 카자크들이 많이 거주했던 돈 강의 별명은 '고요한 돈강'이다. 이는 1965년 노벨문학상을 수상한 숄로호프의 장편소설 제목이기도 하다.

5

플라토프는 강철 벼룩을 들고 툴라를 거쳐 돈 강으로 내려가는 길에, 그것을 툴라의 무기제조공들에게 보여주면서 황제의 말을 전하고는 그들에게 물었다.

"이제 어쩔 작정인가, 정교도 제군들?"

무기제조공들이 대답했다.

"나리, 지들은 황제 폐하의 인자하신 말씀을 마음에 잘 새기고, 폐하께서 백성들에게 바라시는 바를 결코 잊지 않을 것이구먼유. 허지만 지금과 같은 경우 지들이 어떻게 해야 할지를 당장에 말씀드릴 수는 없겠구먼유. 왜냐하면 잉국 사람들 또한 멍청하지 않을뿐더러 오히려 상당히 꾀가 있는 민족이고, 기술 역시 탁월하기 때문이지유. 그래서 그들과 맞서려면 잘 생각해본 연후에 하느님의 축복하에 일을 시작해야 할 것이구먼유. 그러니 나리께서도 우리 황제 폐하처럼 인자한 마음으로 지들을 믿어주시고, 우선은 고요한 돈 강에 있는 나리 댁에 다녀오시기 바랍니다유. 그리고 이 벼룩은 있던 그대로 케이스에 넣어 황제 폐하의 금제 담뱃갑 속에 넣은 채로 지들에게 맡겨두시면 좋겠구먼유. 그래서 돈 강에서 쉬시면서 조국을 위해 일하시다 얻으신 상처를 치료하시고, 나중에 다시 돌아가실 때 이곳에 들르셔서 지들을 불러주셔유. 지들이 그때까지는 하느님의 도우심으로 뭔가 생각을 해놓을 것이구먼유."

플라토프는 툴라 사람들이 그렇게 많은 시간을 요구하면서도 무엇을 할지도 분명하게 말하지 않는다는 사실이 별로 마음에 들지 않았다. 그래서 그는 이리저리 물어보면서 돈 카자크 식으로 온갖 꾀를 다 내어 캐보았다. 하지만 툴라 사람들 역시 꾀 쓰는 데 있어선 조금도 뒤지지 않았다. 그들은 플라토프가 상상도 못할 계획을 단숨에 세웠지만, 이 대담한 계획을 실현하고 나서 그것을 보여주려고 했던 것이다.

그들이 말했다.

"지들도 아직 지들이 무엇을 할지 모르겠구먼유. 다만 하느님의 도우심만 바랄 뿐이지유. 허지만 황제 폐하께서 지들에게 말씀하신 것에 먹칠을 하지는 않을 것이구먼유."

플라토프는 뭔가를 알아내려고 머리를 이리저리 굴려봤으나, 툴라 사람들도 똑같이 이리저리 대답을 피했다.

결국 아무리 머리를 굴려봐도 툴라 사람들을 당해낼 재간이 없다는 것을 깨달은 플라토프는 인조미생물이 든 담뱃갑을 그들에게 건네주며 말했다.

"거 참, 어쩔 수가 없군. 네놈들 뜻대로 하게나. 내, 네놈들이 어떤 사람들인지 알고 있으니 어쩔 도리가 없군. 네놈들을 믿도록 하지. 하지만 명심들 하라고. 절대 보석이 바뀌어서는 안 되고, 잉국 사람들의 정교한 물건을 망가트려서도 안 돼. 그리고 오래 꾸물거리지 말라고. 내가 잽싸게 다녀올 테니까 말이야. 두 주를 넘기지는 않을 거야. 내가 고요한 돈 강에서 다시 페테르부르크로 돌아갈 땐, 어떤 일이 있어도 황제께 보여드릴 게 있어야 돼."

무기제조공들은 다음과 같은 말로 그를 완전히 안심시켰다.

"지들은 정교하게 만들어진 그 물건을 훼손하지도 않고 보석도 다른 것으로 바꾸지 않을 것이구먼유. 그리구 이 주간의 시간이면 지들에게도 충분하구유. 나리께서 다시 돌아가실 때, 황제 폐하께 어울릴 만한 뭔가 훌륭한 것을 바치도록 하겠구먼유."

그럼에도 불구하고 바로 그 뭔가가 뭔지는 말하지 않았다.

<h1 style="text-align:center">6</h1>

플라토프가 툴라를 떠나자, 무기제조공들은 자기들 중에 가장 솜씨
가 뛰어난 세 명을 뽑았다. 그중 한 명은 사팔뜨기에 왼손잡이였는데,
날 때부터 뺨에 반점이 있었고, 관자놀이 부근엔 도제 시절에 머리카
락이 다 뽑힌 바람에 머리카락이 하나도 없었다. 세 사람은 작은 배낭
에 필요한 만큼의 식량을 챙긴 후에 아무에게도 말없이 동료들과 가
족들을 떠나 도시에서 사라졌다.

다만 그들이 떠난 후 사람들이 하는 말이, 그들이 모스크바로 가는
관문이 아닌 그 반대쪽, 즉 키예프 쪽으로 가는 관문을 지나갔다는 것
이었다. 사람들은 그들이 키예프로 갔다고 생각했다. 이유는 그곳에
살고 있는 성인들을 경배하거나, 그곳에서 살아 있는 성자로 여겨지
는 사람들을 만나 조언을 구하기 위해서라는 거였다. 키예프에는 언

제나 그런 사람들이 넘쳐났기 때문이다.

그러나 그런 생각은 사실에 가까웠을 뿐, 사실은 아니었다. 키예프까지 걸어서 가는 것은 삼 주나 걸리기에 잉국 민족을 부끄럽게 만들 만한 물건을 만들 시간도 거리도 툴라의 장인들에게 허락하지 않았다. 차라리 기도를 위해서라면 그들이 모스크바로 갔다고 보는 편이 더 타당할 것이다. 그곳까지야 왕복 '백팔십 베르스타'밖에 걸리지 않고, 그곳에도 역시 성자들이 적지 않게 살고 있으니까 말이다. 하지만 반대 방향이라면, 오룔까지가 역시 왕복 '백팔십 베르스타'이고, 오룔에서 키예프까지가 다시 오백 베르스타는 족히 된다. 그런 길을 단숨에 다녀올 수는 없는 노릇이고, 또 다녀온다손 치더라도 그 여독이 금방 풀리지 않아 꽤 오랫동안 다리에 힘이 없고 손이 떨릴 것이다.

어떤 이들은 심지어 이런 생각을 하기도 했다. 그러니까 그 장인들이 플라토프 앞에서 잔뜩 허풍을 쳐놓긴 했는데 나중에 조용히 생각해보니 겁이 더럭 나서 그 자리에서 그냥 도망을 갔는데, 그때 황제에게 하사받은 금제 담뱃갑이며 보석이며 또 그들의 고민거리였던 잉국제 강철 벼룩을 케이스째 몽땅 가지고 갔다는 것이었다.

그러나 그런 추측 역시 전혀 근거 없는 것으로서, 목하 나라의 희망을 짊어진 유능한 사람들에게는 전혀 온당치 못한 것이었다.

7

　영리하고 금속을 다루는 일에 정통한 툴라 사람들은 신앙생활에서
도 둘째가라면 서럽기로 유명했다. 이 방면에 있어서 그들은 고향땅
에서뿐만 아니라 아토스 성산*에 이르기까지 그 명성이 자자했다. 그
들은 장식음을 넣어 노래하는 데도 명수일 뿐만 아니라, 〈저녁 종〉**
의 분위기를 어떻게 자아내야 할지도 알고 있었다. 그리고 그들 중에
누가 수도원에 들어가 높은 자리에서 일을 하게 될 경우, 그 사람들은
수도원의 훌륭한 재정가로 명성을 떨쳤고 그들 가운데에서 유능하기
그지없는 성금징수원이 배출되기도 했다. 아토스 성산에서는 툴라 사

---

* 그리스의 동북쪽에 위치한 성산(聖山) 아토스는 정교의 수도원이 집결되어 있는 곳으
로 성지로 여겨진다.
** 러시아의 유명한 민요.

람들이 아주 유익한 사람들이라는 것을 알았다. 그들이 아니었다면 러시아의 두메산골에서 그토록 많은 극동의 성물을 보지 못했을 것이고, 그렇게 되면 아토스는 손이 큰 러시아 신자들에게서 오는 유익한 헌금을 많이 얻지 못했을 것이다. 지금도 '아토스의 툴라인들'은 성물을 들고 고향 산천 방방곡곡을 돌아다니면서 나올 것이 전혀 없는 곳에서도 귀신같이 성금을 모아왔다. 툴라인은 경건한 신앙심으로 충만한 사람들이면서도 이런 방면의 일에 뛰어난 실천가이기도 했다. 그래서 플라토프뿐 아니라 러시아 전체의 명예를 건 일에 투신한 그 세 명의 장인들도 모스크바로 가는 실수를 범하지 않고 남쪽으로 갔다. 그러나 그들이 간 곳은 예상외로 키예프가 아니라 오룔 현의 지방 도시인 므첸스크였다. 그곳에는 고대에 '돌을 쪼아서 만든' 니콜라이 이콘이 있었다. 아주 오랜 옛날에 큰 석조 십자가 위에 올려서 주샤 강을 따라 그곳으로 운반한 것이었다. 이 '준엄하고 무섭기 그지없는' 모습의 이콘은 리키아 미라의 주교*의 '전신상'을 묘사한 것으로, 은과 금으로 만든 옷으로 전신이 감싸여 있었고 검은 얼굴에 한 손에는 성전을, 다른 손에는 '전쟁의 승리'를 상징하는 검을 들고 있었다. 모든 것은 바로 이 '승리'에 의미가 있었다. 성 니콜라이는 원래 교역과 전쟁의 수호자인데, '므첸스크의 니콜라이'는 특히나 그 효험이 두드러져서 바로 그에게 툴라인들이 경배를 드리러 갔던 것이다. 그들은 바로 그 이콘에 기도를 드리고, 그 다음에 석조 십자가에도 기도를

---

* 리키아 미라는 고대 소아시아의 남서쪽에 있는 도시의 이름. 성 니콜라이는 4세기경 이 도시의 주교로 활동했다.

드렸다. 그러고는 '어둠을 틈타' 마침내 집으로 돌아와 그 어느 누구에게도 일절 말 한마디 없이 극비리에 일을 착수했다. 그들 세 명은 모두 왼손잡이의 집에 모여 문을 잠그고 창문의 덧문까지 닫은 후에 니콜라이 이콘 앞에 등불을 밝히고 일을 시작했다.

그들은 하루, 이틀, 사흘을 틀어박혀 집 밖으로 나오지도 않고 끊임없이 망치질을 해댔다. 무언가를 두들겨 만들고는 있었지만 무엇을 만들고 있는지는 도무지 알 도리가 없었다.

사람들은 한결같이 궁금해했지만, 일하는 사람들이 아무 말도 하지 않고 밖으로 보여주는 것도 없으니 아무도 눈곱만큼도 알 수가 없었다. 많은 사람들이 그 집에 가서 불씨나 소금을 빌린다는 둥 여러 가지 구실로 문을 두드려보기도 했지만, 세 장인은 그 어떤 부탁에도 문을 열지 않았다. 심지어는 그들이 무엇으로 연명하는지조차 알 길이 없었다. 이웃집에 불이 났다고 소리치면 당황하여 뛰어나오지는 않을까, 그러면 그때는 무엇을 만들었는지 알 수 있지 않을까 하는 마음에 그렇게도 해보았지만, 이 꾀 많은 장인들을 속일 수는 없었다. 단 한 번 왼손잡이가 어깨까지 몸을 내밀고 이렇게 소리를 지른 적이 있었을 뿐이다.

"불이 나면 나라고 그려. 우리는 시간이 없구먼." 그러고는 다시 그 군데군데 잡아 뜯긴 자국이 있는 머리를 안으로 쑥 들이더니 덧문을 탁 닫고는 일을 계속했다.

다만 조그만 틈새로 집 안에 등불이 비치는 것이 보였고, 가늘고 작은 망치로 쇠 소리를 내면서 두들기는 소리가 들렸을 뿐이었다.

한마디로 모든 일이 극도로 비밀리에 진행되어서 아무것도 알아낼 수가 없었다. 이 일은 이렇게 카자크 플라토프가 고요한 돈 강에서 돌아올 때까지 계속되었고, 그 기간 내내 장인들은 누군가를 만나기는 커녕 말도 나누지 않았다.

8

플라토프는 몹시 재촉하며 요란스럽게 마차를 달리게 했다. 그 자신은 사륜마차 뒷좌석에 앉았고, 마부석에선 두 명의 카자크 수행인이 짧은 채찍을 손에 들고 마부의 양옆에 앉아 빨리 달리라며 인정사정없이 마부를 몰아붙였다. 그 와중에 카자크 수행인 가운데 누가 졸기라도 하면, 그때엔 플라토프가 직접 뒷좌석에서 그를 발길로 걷어찼다. 그러면 마차는 더욱더 무섭게 달렸다. 이런 식으로 다그치는 방법은 그 효과가 상당해서, 말들이 역참에 제때 서지 못하고 매번 서야 할 곳을 백 보 정도 지나친 후에야 멈춰 섰다. 그러면 카자크인은 다시 마부에게 마차 대는 곳으로 되돌아가라고 다그치곤 했다.

그들은 그렇게 툴라에 도착했다. 처음에는 거기에서도 마찬가지로 모스크바 관문이 있는 곳보다 백 보나 더 지나쳐 가는 바람에 되돌아가라고 카자크인이 채찍으로 마부를 다그쳐야 했다. 그들은 그곳의 초입에서 말을 새 말로 바꿨다. 그 동안에도 플라토프는 뒷좌석에서 내리지 않은 채 최대한 빨리 벼룩을 맡겨두었던 장인들을 데리고 오라며 수행원들을 다그쳤다.

영국인들의 코를 납작하게 해줄 물건을 최대한 빨리 플라토프에게 가져다주기 위해 수행원 한 명이 출발하기가 무섭게, 플라토프는 더 빨리 갔다 오라며 바로 뒤이어 다른 수행원 한 명을 더 보냈다.

그는 그렇게 수행원들을 모두 닦달하여 보내고는 그것도 모자라 구경꾼으로 모인 일반 사람들 중에서도 몇 명을 뒤따라 보냈다. 그러고는 본인 역시도 참을 수 없었는지 발은 마차 밖에 내려놓고 조바심에 이를 벅벅 갈아대며 당장이라도 직접 달려갈 기세였다. 그에게는 일분이 만년같이 느껴졌던 것이다.

그 당시는 이런 식으로 국가의 이익을 위해서라면 일분일초도 허비하지 않도록 모든 일이 매우 정확하고 빠르게 이루어져야 했던 것이다.

9

바로 그 시간, 놀랄 만한 작품을 만들던 툴라의 장인들은 일이 막 끝나가던 참이었다. 수행원들은 숨을 헐떡이며 달려왔지만, 구경꾼 가운데 보낸 몇몇 사람들은 도착할 기미조차 보이지 않았다. 빨리 뛰는 것에 익숙지 않았던지라 그들은 도중에 다리가 풀려 쓰러져버렸는데, 그러자 플라토프 볼 일이 무서워진 나머지 집으로 줄행랑을 치거나 아무 데로나 숨어버렸던 것이다.

헐레벌떡 도착한 수행원들은 도착하자마자 고래고래 소리를 질러댔다. 그래도 문을 열어주지 않자, 이것저것 가릴 것 없이 다짜고짜 덧문에 걸려 있는 쇠고리를 잡아 뜯으려고 했다. 하지만 쇠고리는 워낙 튼튼하여 꿈쩍도 하지 않았고, 문을 잡아당겨도 보았지만 문은 안쪽으로 참나무 빗장이 걸려 있었다. 그러자 수행원들은 길에서 통나무를 가져다가 불이 났을 때 하는 식으로 지붕 처마를 밑에서부터 밀어 올렸다. 그러자 그 작은 집의 지붕 전체가 통째로 뒤집어지면서 땅으로 떨어졌다. 그러나 지붕을 벗겨냄과 동시에 그들 자신도 쓰러지고 말았다. 그도 그럴 것이 그 비좁은 집에서 장인들이 밤낮을 가리지 않고 일을 하면서 생긴 땀 냄새가 순식간에 그 근방의 공기 중에 진동했고, 그 바람에 신선한 공기만 쐬던 사람들은 그 냄새에 익숙지 않아 거의 질식할 지경이었던 것이다.

전령들이 소리를 질러댔다.

"이런 무엄한 놈들, 이게 뭐 하는 짓이냐. 어떻게 이런 냄새로 우리를 괴롭히는 거냐! 하늘이 무섭지도 않느냐!"

그러자 장인들이 대답했다.

"우리는 지금 마지막 못을 박는 중이구먼유. 다 박는 대로 우리가 만든 물건을 가지고 나가지유."

그러자 전령들이 말했다.

"그 시간이면 그분이 우리를 산 채로 잡아먹고 뼈도 안 남겨놓을 거다."

장인들이 다시 대답했다.

"댁들을 잡아먹지는 못할 거이여. 그 말 하는 사이에 벌써 마지막 못을 다 박았으니까 말이여. 냉큼 달려가서 우리가 곧 물건을 가져간다고 전해주시유."

수행원들은 달리기 시작하면서도 안심할 수가 없었다. 장인들이 자기들을 속인 것은 아닌지 미심쩍었던 것이다. 그래서 달리면서 계속 뒤를 돌아보았다. 장인들은 그들 뒤를 따라오고 있었는데, 급히 서둘러 나오느라고 높은 사람을 만날 때 갖춰 입어야 할 옷도 제대로 못 입은 채, 걸어오면서 카프탄*의 단추를 채우고 있었다. 그들 중 두 명은 손에 든 것이 없었으나, 세번째 사람, 왼손잡이는 초록색 커버를 씌운 황제의 귀중품함을 들었는데, 그 안에 잉국제 강철 벼룩이 들어 있었다.

---

* 셔츠 모양의 소매가 긴 옷.

10

수행원들이 플라토프에게 달려가 말했다.

"여기 그자들이 대령했습니다!"

플라토프가 곧바로 장인들에게 하는 말,

"준비됐나?"

"다 준비됐시유." 그들이 대답했다.

"이리 내놔."

그들이 내주었다.

한편 마차는 이미 말이 떠날 채비를 마쳤고, 마부와 선두기수가 각기 자기 자리에서 대기하고 있었다. 카자크인들은 재빨리 마부 옆에 자리를 잡고 앉아 채찍을 머리 위로 휘둘렀다가 손으로 잡았다.

플라토프는 초록색 커버를 벗기고 귀중품함을 열어 솜에 싸여 있던 금제 담뱃갑을 꺼낸 후에, 그 담뱃갑 속에서 반짝거리는 호두를 꺼냈다. 그것을 열자, 잉국제 벼룩이 예전에 있던 그대로 놓여 있을 뿐, 그 외에는 아무것도 보이지 않았다.

플라토프가 말했다.

"이게 대체 뭐야? 황제 폐하를 위해서 자네들이 만든 것은 어디 있나?"

무기제조공들이 대답했다.

"거기에 지들이 만든 것도 있구먼유."

플라토프가 물었다.

"그게 도대체 뭐냐니까?"

무기제조공들이 다시 대답했다.

"설명드릴 게 뭐 있겠시유? 여기 나리께서 보시는 대로구먼유. 잘 살펴보시지유."

플라토프는 어깨를 한 번 으쓱하고는 소리를 쳤다.

"벼룩의 열쇠는 어디 갔어?"

"거기 있잖아유. 벼룩이 있는 곳에 열쇠도 있구먼유. 그 호두 속에 말이어유."

플라토프는 열쇠를 잡으려 했지만, 손가락이 뭉툭해서 아무리 잡으려 해도 벼룩도, 벼룩의 복부 장치에 있는 열쇠도 잡을 수가 없었다. 그러자 그는 갑자기 화를 벌컥 내면서 카자크 식으로 마구 욕설을 퍼붓기 시작했다.

그가 소리치기를,

"너희 이 더러운 놈들, 해놓은 건 아무것도 없고, 그것도 모자라 이것들을 전부 망가트렸잖아! 내 당장 네놈들 목을 쳐버릴 테다!"

그러자 툴라인들이 그에게 대답했다.

"나리께서 왜 지들을 나무라시는지 모르겠구먼유. 황제 폐하께서 보내신 나리께서 지들에게 뭐라고 모욕을 주셔도 참아야 하겠지유. 허지만 나리께서 지들을 의심하시면서 지들이 폐하의 이름을 욕되게 했다고 생각하시면 말이지유, 지들도 나리께는 지들이 만든 것에 대한 비밀을 말씀드리지 않겠구먼유. 지들을 황제 폐하께 데려다주실랑가유. 그러면 지들이 폐하에게 워떤 사람인지, 또 저희 때문에 폐하의 체면이 깎일 일이 있을지, 폐하께서 친히 아시게 될 것이구먼유."

플라토프가 다시 소리쳤다.

"뭣이 어째! 이 더러운 놈들, 그런 거짓말을 하다니. 내 너희들을 이대로 놔줄 것 같으냐. 너희 중에 한 놈은 나와 함께 페테르부르크로 갈 것이다. 거기서 내 너희들의 간계가 무엇인지 밝혀내고 말겠다."

이 말과 함께 플라토프는 팔을 뻗어 뭉툭한 손가락으로 사팔뜨기 왼손잡이의 목덜미를 낚아챘는데, 그 바람에 윗도리의 호크가 모조리 날아가버렸다. 그러고는 그를 마차 바닥에 내동댕이쳤다.

"페테르부르크에 도착할 때까지 여기에 그렇게 푸들처럼 앉아 있어." 플라토프가 말했다. "네놈이 내 대신 모든 책임을 지게 될 거다. 그리고 너희들," 수행원들에게 말했다. "이제 출발해! 정신 바짝 차리고, 낼모레 내가 페테르부르크에서 황제를 알현할 수 있도록 하라!"

장인들은 동료를 위해 가까스로 용기를 내어 이렇게 말했을 뿐이었다. 어떻게 그렇게 여권도 없이 끌고 갈 수 있느냐? 그러면 그가 나중에 어떻게 돌아올 수 있겠느냐! 하지만 플라토프는 대답 대신 그들에게 주먹을—그것은 울퉁불퉁하고 온통 상처투성이에 아무렇게나 얼기설기 꿰맨 자국이 뒤덮여 있는 정말 무시무시한 주먹이었다—쥐어 보이며 위협조로 이렇게 말했다. "네놈들에겐 이게 바로 여권이다!" 그러고는 카자크인들에게 말했다.

"가자, 얘들아!"

카자크인들과 마부, 말들이 모두 한꺼번에 움직이는가 싶더니, 아무런 증서도 없는 왼손잡이를 눈 깜짝할 사이에 싣고 떠버렸다. 그리고 플라토프의 명령대로 하루 뒤에 그를 황제의 궁전으로 싣고 왔다. 늘 그랬듯 이번에도 너무 빨리 달린 바람에 정문의 기둥을 지나치고 말았다.

플라토프는 일어나 훈장을 달고 황제에게로 가면서, 카자크 수행인들에게 정문에서 사팔뜨기 왼손잡이를 잘 지키라고 명령했다.

11

　플라토프는 황제 앞에 나서기가 두려웠다. 니콜라이 파블로비치는 무서울 정도로 총명한 데다 기억력도 뛰어나 도무지 잊어버리는 게 없기 때문이었다. 플라토프가 알고 있는 한 황제가 벼룩에 관해 물어볼 것은 분명했다. 이 세상의 어떤 적도 두려워하지 않았던 그였지만 이때만큼은 겁이 났다. 그는 귀중품함을 들고 궁정으로 들어와 그것을 홀의 페치카 뒤에 조용히 올려놓았다. 귀중품함을 감춘 후 거실에서 황제를 알현한 플라토프는 고요한 돈 강의 카자크인들 사이에 있었던 허심탄회한 대화에 대해 서둘러 보고하기 시작했다. 그러면서 그는 이렇게 생각했다. 이 문제로 일단 황제의 관심을 끌어보자. 그다음에 만일 황제가 벼룩을 기억하고 말을 꺼내면, 그때 그것을 바치면서 대답하도록 하자. 하지만 아무 말씀도 하지 않으면, 나도 아무 말

없이 그냥 있는 거다. 귀중품함은 내실의 시종에게 숨겨두라고 명하면 되고, 툴라에서 온 왼손잡이는 필요할 때까지 요새 병영에 무작정 가둬놓으면 될 것이다.

그러나 니콜라이 파블로비치 황제는 모든 걸 기억하고 있었다. 플라토프가 카자크인들과의 허심탄회한 대화에 관한 보고를 마치기가 무섭게 황제는 곧바로 그에게 물었다.

"그래, 툴라에 있는 짐의 장인들이 잉국제 인조미생물에 맞설 만한 뭔가를 만들었나?"

플라토프는 모든 걸 자기가 생각한 대로 말했다.

"인조미생물은, 황제 폐하, 있던 곳에 그대로 있습니다. 제가 다시 가져왔습니다. 그런데 툴라의 장인들은 놀랄 만한 것을 아무것도 만들지 못했습니다."

황제가 대답했다.

"용맹스런 영감, 그대가 지금 내게 말한 것이 사실이렷다."

플라토프는 거짓이 아님을 확신시키기 위해 그간 있었던 일을 모두 이야기하면서, 툴라인들이 황제에게 벼룩을 보여드리라고 자신에게 부탁까지 했다는 사실도 다 보고했다. 그러자 니콜라이 파블로비치가 그의 어깨를 툭 치면서 말했다.

"이리 가져와보게. 짐의 백성들이 짐을 속일 리가 없다. 거기에는 뭔가 다른 특별한 것이 있을 것이다."

12

사람들이 페치카 뒤에서 귀중품함을 가져와 모직 커버를 벗기고 금제 담뱃갑과 반짝이는 호두를 열었다. 그랬더니 그 속에 예전에 있던 그대로 벼룩이 놓여 있었다.

"이런 괘씸한 일이 있나!" 그것을 본 황제가 말했다.

그러나 황제는 러시아 장인들에 대한 신뢰를 버리지는 않고, 사랑하는 딸 알렉산드라 니콜라예브나를 불러와 그녀에게 명했다.

"너는 손가락이 가느니까, 여기 작은 열쇠를 집어서 이 인조미생물의 배에 있는 기계장치를 작동시켜보아라."

공주는 열쇠를 돌렸다. 그러자 곧바로 벼룩의 더듬이가 움직였지만 다리는 꼼짝도 하지 않았다. 알렉산드라 니콜라예브나가 있는 힘껏 태엽을 돌려보았지만, 인조미생물은 춤은커녕 이전처럼 이리저리 몸을 움직일 생각도 하지 않았다.

순간 얼굴이 파랗게 된 플라토프가 소리쳤다.

"오, 이런 개 같은 놈들이 있나! 왜 그놈들이 거기서 내게 아무 말도 하지 않으려고 했는지 이제야 알겠다. 내 그 바보 같은 놈들 가운데 한 놈이라도 잡아오길 정말 잘했지."

그는 이 말과 동시에 현관으로 뛰어나가더니, 왼손잡이의 머리카락을 붙잡고 이리저리 뒤흔들었다. 그 바람에 머리카락이 몇 줌 빠져나갔다. 플라토프가 매질을 멈추자, 왼손잡이가 몸을 추스르고 입을 열었다.

"지 머리는 가뜩이나 일을 배울 때 다 뽑혀갖고 이 지경이 되었는디, 왜 지금 또다시 지가 이런 일을 당해야 하는지 모르겠구먼유."

"왜냐고?" 플라토프가 말했다. "내 네놈들을 믿고 일을 맡겼건만, 네놈들이 그 진기한 물건을 다 망쳐버렸잖아."

왼손잡이가 대답했다.

"나리께서 저희에게 일을 맡겨주셔서 저희는 얼마나 기뻤는지 몰라유. 저희가 망가트린 것은 아무것도 없어유. 도수가 아주 높은 현미경을 가져다가 한번 보셔유."

플라토프는 왼손잡이의 말대로 하려고 다시 뛰어가면서도, 왼손잡이에게는 이렇게 위협을 했다.

"너 이 쌍코랑 말코랑 같은 놈, 어디 두고 보자!"

그러면서 수행원들에게 왼손잡이의 팔을 더욱 세게 뒤로 비틀어 올리라고 명령한 다음, 그 자신은 숨을 헐떡이며 계단을 올라가면서 기도를 드렸다. '은혜로우신 하느님의 은혜로우신 성모님이시여, 순결

하고 또 순결하신 분이시여.' 그러고는 다음 기도문을 계속 중얼거렸
다. 한편 계단에 서 있던 궁중 시종들은 그를 외면하면서, 플라토프가
걸려들었으니 이제 곧 이자는 궁에서 쫓겨날 것이라고 생각했다. 그
러잖아도 그들은 그가 겁 없이 날뛰는 꼴을 더이상 참을 수 없었던 것
이다.

13

플라토프가 황제에게 왼손잡이가 한 말을 고하자, 황제는 기뻐하며 말했다.

"짐은 우리나라 백성들이 짐을 속이지 않는다는 것을 알고 있었다." 그러고는 현미경을 쿠션에 받쳐서 가져오라고 명했다.

그 즉시 현미경을 대령하자 황제는 벼룩을 집어 렌즈 아래에 놓고는, 먼저 등을, 그다음에 옆을, 그다음엔 배를, 한마디로 사방으로 벼룩을 돌리면서 살펴보았지만 아무것도 보이지 않았다. 하지만 황제는 그 순간에도 자신의 믿음을 저버리지 않고 이렇게 말했다.

"지금 당장 아래에 있는 그 무기제조인을 여기 내게로 데려오라."

플라토프가 말했다.

"그자의 옷을 갈아입혀야 합니다. 그냥 입고 있던 그대로 데려오는 바람에 지금 몰골이 말이 아닙니다."

황제가 대답했다.

"괜찮다. 그냥 있는 그대로 들어오게 하라."

플라토프는 왼손잡이에게 가서 말했다.

"이제 네놈이 직접 가서 황제의 면전에서 말씀드려라."

그러자 왼손잡이가 대답했다.

"뭐, 정히 그러시다면 지가 가서 말씀드리지유."

그는 있는 그대로의 모습으로 나아갔다. 그는 다 낡은 장화를 신고 있었는데, 바짓가랑이 한쪽은 신발 속에, 다른 쪽은 밖으로 삐져나와 있었다. 낡은 외투엔 호크들이 떨어져나가 없었고, 옷깃은 찢어진 상태였다. 하지만 그는 아무렇지도 않은 듯 당황한 기색이 없었다.

'워쩌지?' 그가 생각했다. '황제께서 보기를 원하신다면 갈 수밖에 없지 않겄어? 내가 여권이 없긴 하지만 그건 내 잘못이 아니니까. 일이 워떻게 된 건지 말씀드려야 되겄지.'

왼손잡이가 올라가 절을 하자, 황제는 곧바로 그에게 말했다.

"이게 대체 뭔가. 여보게, 이렇게도 보고 저렇게도 보고 또 현미경 밑에 놓고 아무리 살펴보아도 눈에 띄는 것이 전혀 없으니 말일세."

그러자 왼손잡이가 대답했다.

"그렇다면 황제 폐하께서도 그렇게 보셨다는 말씀인가유?"

관리들이 그에게 고개를 흔들어 보였다. 그러니까 그것은, 그런 식으로 말하지 말라는 뜻! 하지만 그는 궁정에서는 어떤 식으로 말해야 하는지, 아첨을 해야 하는지, 아니면 잔꾀를 부려야 하는지 알 수가 없었다. 그래서 그냥 그렇게 말했던 것이다.

황제가 말했다.

"이자에게 참견하지 말라. 그냥 이자가 하고 싶은 대로 대답하게 하여라."

그리고 곧 그에게 설명해주었다.

"우리는 여기에 이런 식으로 놓았었네." 그러고는 벼룩을 현미경 아래에 놓고 말했다. "직접 보게. 아무것도 보이지 않아."

왼손잡이가 대답했다.

"이렇게는, 황제 폐하, 아무것도 볼 수가 없구만유. 저희들이 한 일은 이런 식으로는 보이지 않을 만큼 훨씬 더 세밀한 일이지유."

황제가 물었다.

"그렇다면 어떻게 해야 하나?"

"한번 이렇게 해보셔유. 벼룩의 발 하나하나를 현미경 아래 놓고 따로따로 자세히 살펴보시기 바라유."

"아니, 여보게" 황제가 말했다. "그건 너무 심하지 않은가!"

"워쩔 수가 없구만유." 왼손잡이가 대답했다. "만약 그리 하신다면 놀라운 것을 보실 수 있을 거구만유."

왼손잡이가 말한 그대로 올려놓은 후에 위쪽 렌즈로 벼룩을 들여다본 황제는 금방 얼굴이 환해지면서 왼손잡이를 끌어안았다. 그러고는 지저분하고 먼지투성이에 씻지도 않은 그를 있는 그대로 포옹하면서 입을 맞췄다. 그런 후에 모든 궁중대신들을 돌아보면서 말했다.

"보았는가. 내 나라 백성들이 짐을 속이지 않으리라는 것을 짐은 누구보다도 잘 알고 있었다. 이것을 좀 보아라. 이자들, 이 손 빠른 자들이 잉국제 벼룩에 편자를 박아 넣었도다."

14

모두들 다가와서 보기 시작했다. 정말로 벼룩의 발 하나하나에는 진짜 편자가 박혀 있었다. 그런데 왼손잡이가 말하기를, 아직 다 놀라기에는 이르다는 것이었다.

"만약에 오백만 배로 확대할 수 있는 더 좋은 현미경이 있으면유, 여러분께서는 편자 하나하나마다 장인들의 이름이 새겨진 것을 보실 수 있을 거구만유. 러시아의 워떤 장인이 워떤 편자를 만들었는지 말입니다요."

"그러면 그대의 이름도 거기에 있는가?" 황제가 물었다.

"딱 제 이름만 아무 데도 없구만유." 왼손잡이가 대답했다.

"그건 왜인가?"

"왜냐면 말이지유, 전 이 편자들보다도 더 작은 것을 만들었기 때

문이구만유. 편자를 박는 못을 만들었지유. 그건 그 어떤 현미경으로
도 볼 수가 없구만유."

황제가 물었다.

"그럼 그대들이 이 놀라운 것을 만들 때 썼던 현미경은 어디 있는
가?"

왼손잡이가 대답했다.

"저희같이 가난한 사람들이 현미경이 있을 턱이 있남유. 하지만 저
희들 눈이 워낙 거기에 적응이 되어서 괜찮구만유."

그러자 다른 궁중대신들도 왼손잡이가 일을 잘해낸 것을 보고는
그에게 입을 맞추기 시작했다. 플라토프는 그에게 백 루블을 주며 말
했다.

"용서하게, 친구, 내가 자네 머리를 다 뽑아버렸네."

왼손잡이가 대답했다.

"하느님이 용서해주시겠지유. 이런 일을 저희가 어디 한두 번 당하
나유."

그러고는 더이상 아무 말도 하지 않았다. 누구 다른 사람과 말을 나
눌 겨를도 없었다. 황제가 곧바로 그 편자를 박은 인조미생물을 선물
처럼 잘 포장하여 영국으로 돌려보내라고 명했기 때문이었다. 그러니
까 이런 건 우리에겐 전혀 놀라울 게 없다는 것을 그들에게 알리려는
속셈이었다. 또한 황제는 각국 언어에 능통한 특사가 그 벼룩을 가져
가되, 왼손잡이도 함께 동행하여 그가 직접 영국인들에게 이 물건을
보여줘서 우리나라 툴라에 얼마나 뛰어난 장인이 있는지도 알리라고
명했다.

플라토프가 그에게 성호를 그으며 말했다.

"하느님의 축복이 자네에게 임하길 바라네. 가는 길에 내 자네에게 내가 특별히 만든 키즐랴르 산 보드카를 보내주도록 하지. 더도 덜도 말고 적당량만 마시기 바라네."

그러고는 말한 대로 보드카를 보내주었다.

한편 키셀브로데 백작은 왼손잡이를 툴라의 공중목욕탕에서 잘 씻기고 이발소에서 머리를 깎은 다음 궁정 가수들이 입는 예복을 입히도록 명령했다. 그것은 그가 관직을 하사받은 사람처럼 보이도록 하기 위해서였다.

그런 식으로 그를 치장하고는 여행길에선 플라토프가 준 키즐랴르 산 술을 차에 타서 마시게 하면서 내장이 흔들리지 않도록 가죽허리띠를 가능한 한 바짝 조여 매게 했다. 그렇게 그를 런던으로 데리고 갔다. 이리하여 왼손잡이는 외국 구경을 하게 되었던 것이다.

15

특사와 왼손잡이는 페테르부르크에서 런던까지 한 번도 멈춰 서지 않은 채 전속력으로 길을 갔다. 단, 매 정거장에 도착할 때마다 내장과 폐가 꼬이지 않도록 허리띠를 한 구멍씩 졸라맸을 뿐이다. 어쨌든 왼손잡이는 황제를 알현하고 난 뒤로, 플라토프의 명령에 따라 공금으로 마음껏 술을 마실 수 있었다. 그래서 그는 아무것도 먹지 않고 그저 술로만 버티면서 온 유럽을 지나는 동안 내내 러시아 노래를 불러댔다. 하지만 후렴구만은 굳이 외국식으로 '아이 율리—세 트레 졸리'*라고 부르면서 말이다.

---

* '아이 율리'는 러시아 민요에 자주 등장하는 후렴구. '세 트레 졸리(C'est tres joli)'는 프랑스어로 '매우 좋다'는 의미. 우리말의 '얼씨구절씨구, 지화자 좋구나' 정도에 해당하는 후렴구이다.

런던에 오자마자 특사는 왼손잡이를 호텔방에 처박아두고, 만나야 할 사람을 만나 귀중품함을 건네주었다. 왼손잡이는 금방 지루해졌고 또 배가 고팠다. 그는 문을 두드려 시중을 드는 사람에게 자신의 입을 가리켰다. 그러자 그자는 곧바로 그를 식당으로 데려다주었다.

식탁에 앉긴 했지만 왼손잡이는 잉국어로 뭘 어떻게 시켜야 할지 몰랐다. 하지만 잠시 후 좋은 생각이 떠올랐다. 그저 다시 한번 손으로 식탁을 두드리고는 자신의 입을 가리켰다. 무슨 말인지 알아차린 영국인들은 음식을 가져다주었는데, 가져온 것이 모두 마음에 든 것은 아니었다. 그는 마음에 들지 않는 것은 손대지 않았다. 영국인들이 그네들 방식대로 조리한 불속에 끓고 있는 젤딩*을 가져오자 그가 말했다. "이런 걸 워찌 먹으란 말여." 그러고는 입도 대지 않았다. 그들은 다른 음식으로 바꿔주었다. 그런 차원에서 그는 그들의 보드카도 마실 생각이 없었다. 왜냐하면 술이 녹색 빛깔이 나는 게 꼭 녹청으로 조미료를 친 것 같았기 때문이다. 그래서 그는 좀 더 천연적인 술을 골랐고, 시원한 곳에 술통을 차고 앉아 특사를 기다렸다.

한편 그 시간에 특사에게서 인조미생물을 넘겨받은 사람들은 그것을 도수가 아주 높은 현미경으로 자세히 관찰하고는 곧바로 다음 날 신문에 이 기사가 나갈 수 있도록 공보부에 알렸다. 그러고는 이렇게 말했다.

"당장 그 장인을 만나게 해주십시오."

특사는 그들을 호텔방으로 데리고 갔다가, 거기서 나와 식당으로

---

* 작가가 만들어낸 젤리와 푸딩의 합성어.

갔다. 그곳에서 벌써 얼굴이 꽤나 벌게져 있는 우리의 왼손잡이를 발견하자 그가 말했다. "저기 그 사람이 있소!"

영국인들은 곧바로 마치 자신의 동료에게 하듯이 왼손잡이의 어깨를 툭툭 치고는 악수를 청하며 말했다. "어이 동업자 양반, 우리 훌륭한 장인 양반. 우리 이야기는 나중에 천천히 하도록 하고, 우선 먼저 당신의 행운을 빌며 술부터 한잔합시다."

그들은 많은 술을 주문한 후, 왼손잡이에게 첫 잔을 권했다. 하지만 그는 예의를 앞세워 먼저 마시려 하지 않았다. 그 와중에 어쩌면 저들이 열을 받아서 자기를 독살하려는 건지도 모른다는 생각이 들었던 것이다.

"아니어유." 왼손잡이가 말했다. "그건 순서가 아니지유. 폴란드에서도 주인보다 먼저 먹는 법은 없네유. 먼저 드시지유."

영국인들이 그들 앞에 놓인 술을 전부 시음한 후에 그에게 술을 따라주었다. 그러자 그는 일어나더니 왼손으로 성호를 긋고는 그들 모두의 건강을 빌고 술을 마셨다.

그가 왼손으로 성호 긋는 것을 보고, 영국인들이 특사에게 물었다.

"저 사람, 루터교인인가요, 아니면 개신교인?"

특사가 대답했다.

"아닙니다. 그는 루터교인도, 개신교인도 아닙니다. 러시아 정교도입니다."

"아니 그런데 왜 왼손으로 성호를 긋지요?"

특사가 답했다.

"저 사람은 왼손잡이라서 모든 걸 왼손으로 합니다."

더욱더 놀란 영국인들은 왼손잡이와 특사에게 술을 있는 대로 다 따라주기 시작했다. 그런 식으로 사흘 밤낮을 보낸 후에 이렇게 말하는 것이었다. "이쯤 했으면 충분히 했다." 그러고는 청량제를 탄 물을 한 컵씩 들이마신 뒤 완전히 정신이 들자, 왼손잡이에게 이것저것 물어대기 시작했다. 어디서 무엇을 배웠는가, 산술은 어디까지 알고 있는가?

왼손잡이가 대답했다.

"우리가 아는 거라 해봤자 별거 있나유. 시편하고 해몽서는 좀 아는디, 산술은 전혀 모르지유."*

영국인들은 서로를 바라보며 말했다.

"그거 놀라운 일이군."

그러자 왼손잡이가 그들에게 대답했다.

"우리나라에서는 어딜 가나 다 이래유."

"그 러시아의 해몽서라는 책은 어떤 책입니까?"

"그건, 만약 시편에서 다윗 왕이 한 말이 뭔가 확실치 않을 때 말이지유, 해몽서에서 보충 설명을 찾곤 하지요."

그들이 말했다.

"그것 참 유감입니다. 당신이 최소한 사칙연산만이라도 알았다면 그 해몽서라는 것보다 훨씬 더 유용하게 쓰였을 텐데요. 그러면 당신은 모든 기계에는 나름의 동력이 있다는 것을 알았을 겁니다. 그렇지 않으니까 당신은, 그 손끝 솜씨가 매우 뛰어나기는 하지만, 이 인조미

---

* 성경의 「시편」과 「해몽서」는 19세기 농민들 사이에 인기 있는 읽을거리였다.

생물과 같은 작은 기계장치는 극도로 정밀하게 만들어져서 그런 편자를 달면 움직이지 못한다는 것을 이해하지 못한 것입니다. 그 바람에 이 인조미생물은 이제 뛰지도 못하고 춤도 추지 못하게 된 것이지요."

왼손잡이가 동의했다.

"거기에 대해서는 드릴 말씀이 없구만유. 우리는 깊은 지식을 갖고 있지는 않아유. 하지만 우리는유, 우리 조국을 정말로 사랑하는구먼유."

그러자 영국인들이 그에게 말했다.

"우리나라에 남으시지요. 우리가 당신을 잘 교육시켜 드리겠습니다. 그러면 당신은 놀라운 장인이 될 수 있을 겁니다."

그러나 왼손잡이는 이 말에는 동의하지 않았다.

"집에 부모님이 계셔서유."

영국인들은 그의 부모에게 돈을 보내주겠다는 제안을 했지만, 왼손잡이는 받아들이지 않았다.

"우리는 고향을 떠나서는 살기가 힘들어유. 아버지는 이미 노인네가 다 되셨고, 어머니도 할머니가 되신 데다가 우리 마을 교회에 댕기시는 게 몸에 밴 분이구먼유. 그건 그렇다 치구유, 여기서 저 혼자 지내면 너무 쓸쓸할 거네요. 제가 아직 홀몸이라서요."

"적응하실 겁니다." 그들이 말했다. "당신이 우리의 법률을 따른다면 결혼도 시켜드리겠소."

"그런 일은 절대 있을 수 없는 일이여유." 왼손잡이가 대답했다.

"왜 그렇지요?"

"왜냐하면 우리 러시아의 신앙이 제일 올바르기 때문이지유. 그러니까 우리 조상들이 믿었던 그대로 자손들도 믿어야 되는 거구유."

"당신은 우리의 신앙을 잘 모르는군요." 영국인들이 말했다. "우리도 똑같이 그리스도의 법을 따르고 동일한 복음서를 지킵니다."

"복음은 사실 어느 나라나 똑같지유." 왼손잡이가 대답했다. "하지만 우리 경전이 여러분네 것보다 더 두꺼워유. 그러니 우리의 신앙이 더 낫구면유."

"무슨 근거로 그렇게 판단할 수 있습니까?"

"우리는 확실한 증거들이 있구면유."

"어떤 증거지요?"

"이런 거지유, 그러니까 우리에겐 하느님이 만드신 이콘과 향유를 바른 신성한 유골과 유해들이 있는데, 여러분한테는 아무것도 없잖아유. 그리고 또 여러분은 일요일 말고는 별다른 축제일도 없구유. 그리고 두번째 이유는, 저는 영국 여자하고는 법적으로 결혼을 하더라도 살기가 어려울 거 같어유."

"그건 또 왜 그렇지요?" 영국인들이 물었다. "우리 여자들을 그렇게 무시하지 마십시오. 우리네 여자들도 옷차림도 아주 단정하고 살림도 잘한답니다."

그러자 왼손잡이가 대답했다.

"지는 당신네 여자들을 잘 모르는디유."

영국인들이 대답했다.

"그건 그다지 괘념치 않으셔도 됩니다. 곧 알게 되실 테니까요. 우리가 당신을 위해 멋진 연회를 마련하지요."

왼손잡이는 당황했다.

"쓸데없이 아가씨들을 우롱해서는 안 될 말이지유." 그러면서 거절했다. "멋진 연회 같은 건 나리님들이나 하는 일이지 우리에게는 어울리지도 않는구먼유. 게다가 이런 일을 툴라에 있는 우리 마을에서 알게 되면 사람들이 나를 엄청나게 놀릴 거구먼유."

영국인들은 호기심이 생겼다.

"그러면 그런 연회 없이, 당신네들은 이런 경우에 좋은 신랑감, 신붓감을 어떻게 고릅니까?"

왼손잡이는 그들에게 우리나라의 사정을 설명했다.

"우리나라에서는유, 총각이 진지한 맴으로다 처녀에게 결혼의사를 밝히고 싶으면, 여자 중매인을 보내유. 그래서 중매인이 그 의사를 알리면, 중매인과 함께 예를 갖춰서 그 처녀 집으로 가유. 그리고 모든 친족들이 있는 가운데 공개적으로 그 처녀를 대면하게 돼유."

그들은 무슨 말인지 이해는 했지만, 자기 나라에는 여자 중매인이란 없고 또 그런 풍습도 없다고 말했다. 그러자 왼손잡이가 말했다.

"그렇다면 훨씬 잘됐구먼유. 그런 일을 하려면 진지한 결혼의사가 있어야 되니께유. 그러니까 지가 낯선 나라 여자에게 아무 감정도 없는데, 처녀를 우롱할 필요가 없지유."

영국인들은 이런 그의 말이 마음에 들었다. 그래서 그들은 다시 허물없이 그의 어깨며 무릎을 손바닥으로 툭툭 쳤다. 그러면서 물었다.

"그냥 호기심으로 물어보는 건데요, 당신은 우리나라 여자들의 어디가 마음에 안 들어서 그렇게 피합니까?"

그러자 왼손잡이는 대뜸 솔직한 답변을 내놓았다.

"지는 그네들을 비난하려는 게 아니구먼유. 다만 그네들이 입고 있는 옷이 어쩐지 하늘거리는 게 마음에 들지 않는 것뿐이여유. 도대체 무슨 옷을, 뭣 때문에 입었는지 알 수가 없잖아유. 그리고 한 층이 있으면 그 아래에 또 뭐가 붙어 있고 말이에유. 게다가 손에는 웬 양말 같은 것을 다 끼고 있대요? 완전히 무슨 싸구려 우단으로 만든 소매 없는 망토를 걸친 원숭이처럼 말이여유."

영국인들은 웃음을 터트리며 말했다.

"그런데 도대체 그게 당신하고 무슨 상관이 있단 말입니까?"

"상관은 없지유." 왼손잡이가 대답했다. "다만 그걸 다 벗을 때꺼정 기다리면서 보고 있기가 부끄러울 것 같아서유, 걱정이 돼서 그렇지유."

"그러면 정말 당신네 유행이 더 좋다고 생각하는 건가요?"

"우리네 유행이유? 툴라에서야 단순하지유. 모두 다 레이스 옷을 입으니까유. 우리 고장의 레이스 옷은 심지어 아주 높은 귀부인들도 입는구먼유."

영국인들은 또 자기네 부인들한테도 그를 소개시켜주었다. 거기서 그에게 차를 따라주면서 물었다.

"왜 그렇게 인상을 찌푸립니까?"

왼손잡이는 우리 러시아 사람들은 강한 단맛에는 익숙하지 않다고 대답했다.

그러자 영국인들은 그에게 러시아 식으로 사탕을 빨아 먹으며 차를 마실 수 있게 해주었다. 그들에겐 이렇게 마시는 것이 영 모양새가 없어 보였다.

그렇지만 그는 다음과 같이 말했다.

“우리 입맛에는 이게 더 맛있구먼유.”

영국인들이 아무리 애를 써도 그는 영국 생활에 매료되지 않았다. 그래서 짧은 기간만이라도 체류하도록 그를 설득했고, 그 기간 동안 그들은 그를 여러 공장으로 데리고 다니면서 그들이 지니고 있는 기술이란 기술은 모두 보여주기로 했다.

“그런 후에” 그들이 말했다. “당신을 털끝 하나 건드리지 않고 우리 나라 배에 태워서 페테르부르크로 보내드리겠소!”

여기에는 그도 동의했다.

16

영국인들은 왼손잡이는 남게 하고 러시아 특사는 돌려보냈다. 그들
은 관직이 있고 여러 언어도 구사하는 특사에게는 관심이 없었고, 왼
손잡이에게 관심이 있었던 것이다. 그래서 그들은 왼손잡이를 데리고
다니면서 그에게 모든 것을 다 보여주었다. 그는 그들의 모든 산업시
설을 다 보았다. 금속 공장과 비누 공장을 비롯하여 그는 그들의 경제
체제 전반이 매우 마음에 들었다. 특히 노동자에 대한 대우가 그러했
다. 영국의 모든 노동자들은 먹는 것에 부족함이 없었고, 옷도 누더기
가 아니라 몸에 잘 맞는 작업용 조끼를 입은 데다, 어떤 상황에서도
발을 다치지 않도록 철제 보호장치가 달린 두꺼운 신발을 신고 있었
다. 일할 때도 매질 같은 것은 없었고, 잘 배우고 익힌 후에 각자 맡은
일을 해나갔다. 각 사람 앞에는 계산기가 눈에 잘 띄도록 매달려 있었

고, 바로 손이 닿는 곳에 칠판이 놓여 있었다. 그래서 장인들은 무슨 일을 하든지 그 계산기를 보면서 잘못되는 일이 없도록 했고, 또 한 사람이 칠판에 무엇을 써놓으면 다른 사람은 그것을 지우면서 정확히 모든 것을 해나갔다. 그러니까 거기에 숫자로 쓰인 것은 실제로 만들어진 제품 수였다. 그리고 휴일이 되면, 습관처럼 쌍쌍이 모여 손에 지팡이를 들고 점잖고 품위 있게 산책을 하곤 했던 것이다.

왼손잡이는 그들의 생활방식과 노동현장을 충분히 돌아보았다. 그런데 그가 그 무엇보다도 강한 관심을 보인 것이 있었는데, 그것은 영국인들로서는 몹시 의외였다. 그는 새로운 무기가 어떻게 만들어지는가보다 구식 무기들이 어떤 상태로 보존되어 있느냐에 더 많은 관심을 기울였던 것이다. 이것저것 다 둘러보고 경탄스러워하면서도 이런 식으로 말하곤 했다.

"이 정도는 우리도 할 수 있겠구먼유."

하지만 구식 무기가 있는 곳에 와서는 손가락을 총구에 넣어 이리저리 돌려보더니 한숨을 쉬며 말했다.

"이건 우리 것허고 비교할 수 없을 정도루다 훌륭허네."

영국인들은 도대체 왼손잡이가 무슨 말을 하는지 감을 잡을 수가 없었다. 그때 그가 물었다.

"우리나라 장군들이 언젠가 요놈을 본 적이 있었는지, 제가 좀 알 수 있을까유?"

사람들이 그에게 말했다.

"여기에 왔던 사람들이라면 틀림없이 보았을 겁니다."

"그라믄유, 그분들은 어땠시유? 장갑을 끼셨던가유, 아니면 안 끼셨던가유?"

"당신네 장군들은 옷차림이 화려하지요. 그들은 언제나 장갑을 끼고 다닙니다. 그러니까 여기에서도 그랬을 겁니다."

왼손잡이는 아무 말도 없었다. 그러더니 갑자기 불안한 모습을 보이며 초조해하기 시작했다. 아무리 애를 써도 마음이 진정되지 않자, 영국인들에게 이렇게 말했다.

"이렇게 대접해주셔서 정말 감사하구먼유. 저는 정말이지 여기서 모든 게 만족스럽네유. 그런데 벌써 봐야 할 건 전부 다 본 것 같네유. 그러니 이제 집에 가고 싶구먼유."

무슨 수를 써도 그를 더이상 붙잡을 수가 없었다. 그를 육로로 보낼 수는 없었다. 그가 할 줄 아는 외국어가 하나도 없었기 때문이다. 그렇다고 배편으로 가기도 상황이 좋지 않았다. 왜냐하면 때가 가을이었고, 폭풍이 부는 시기였기 때문이다. 하지만 그는 보내달라고 졸라댔다.

"우리가 폭풍계를 봤습니다." 영국인들이 말했다. "폭풍이 올 겁니다. 그러면 당신은 물에 빠져 죽을 수도 있습니다. 여긴 당신네 나라의 핀란드 만 같은 데가 아닙니다. 여긴 대륙 사이에 있는 진짜 해양입니다."

"그건 아무 상관 없구먼유." 그가 대답했다. "어디서 죽든지 모든 건 다 하느님의 뜻이니까유. 어쨌든 저는 하루빨리 고향으로 가고 싶네유. 그렇지 않으면 미쳐버릴 것 같구먼유."

사람들은 억지로 그를 붙잡지 않았다. 잘 먹이고, 그에게 큰 상금과 함께 기념으로 똑딱 소리 나는 금시계를 선물로 주었다. 또한 늦가을

쌀쌀한 항해길을 위해 바람막이 모자가 달린 플란넬 외투도 주었다. 그들은 왼손잡이를 아주 따뜻하게 입혀, 러시아로 가는 배까지 바래다주었다. 배에서는 왼손잡이를 진짜 귀족처럼 경치가 가장 좋은 자리에 모셨다. 하지만 그는 다른 상류층 사람들과 함께 선실에 앉아 있는 걸 좋아하지도 않았고 또 마음도 불편해서, 갑판 위로 나와 범포 아래 앉아 물었다. "우리 러시아가 어느 쪽에 있지유?"

그가 물어본 영국인이 손으로 혹은 머리를 움직여 그에게 그쪽 방향을 가리켰다. 그러자 그는 그쪽으로 얼굴을 돌리고 조급한 마음으로 고향이 있는 쪽을 바라보았다.

만을 벗어나 큰 바다로 나오자 러시아를 향한 그의 열망은 너무 커져 도저히 마음을 진정할 수가 없었다. 파도가 무섭게 일기 시작했지만, 왼손잡이는 아래 선실로 내려가지 않고 계속 범포 아래 앉아 바람막이 모자를 쓰고 고국을 바라보았다.

영국인들이 몇 번이나 그에게 와서 아래의 따뜻한 장소로 가자고 말했지만, 그는 사람들이 자기를 귀찮게 굴지 못하도록 심지어 거짓말까지 하게 되었다.

"아니에유. 저는 여기 바깥이 더 좋구먼유. 안에 있으면 배가 흔들려서 저는 모르모트가 되고 말 거구먼유."

그렇게 왼손잡이는 어떤 특별한 사건이 일어날 때까지 한시도 그곳을 떠나질 않았다. 이런 왼손잡이가 갑판장의 마음에 몹시 들었다. 그런데 그는 우리의 왼손잡이에게는 불행하게도 러시아말을 할 줄 아는 사람이었다. 이 갑판장은 육지에 사는 러시아 사람이 그렇게 오랫동안 그런 풍랑을 견디고 있다는 게 너무도 신기했다.

"대단하군." 그가 말했다. "러시아 친구! 한잔하자구!"

왼손잡이는 마셨다.

그러자 갑판장이 말했다.

"한잔 더!"

왼손잡이는 또 마셨고, 그래서 그들은 취하도록 마셨다.

갑판장이 그에게 물었다.

"자네 우리나라에서 러시아로 갖고 가는 비밀이 뭔가?"

왼손잡이가 대답했다.

"그건 자네가 상관할 일이 아니여."

"정 그렇다면" 갑판장이 말했다. "우리 잉국식으로 내기 한번 하세."

왼손잡이가 물었다.

"어떤 내기?"

"절대로 혼자서는 술을 마시면 안 되고 항상 똑같이 마셔야 하네. 그러니까 한 사람이 마시면 반드시 다른 사람도 마셔야 되는 거지. 그래서 더 많이 마시는 사람이 이기는 걸세."

왼손잡이는 생각했다. 하늘은 흐린 데다 배는 부르고 갈 길은 먼데 지루하기 짝이 없고 파도 너머 고향 땅은 보이질 않으니, 내기를 하는 것도 심심하지는 않으렸다.

"좋구먼, 하자고!"

"솔직해야 돼."

"그런 걱정일랑 집어치우라고."

이렇게 합의하며 그들은 서로 손을 맞부딪쳤다.

그들의 술내기는 대륙해양에서 시작되어 리가의 뒤나뮌데*에 이를 때까지 계속되었다. 그들은 서로 한 치의 양보도 없이 똑같이 마시는 바람에 똑같이 취해서 한 명이 바다를 들여다보고 물속에서 도깨비가 나오는 걸 보았다고 하자 다른 사람도 똑같은 걸 보았다고 할 정도였다. 다만 갑판장이 본 도깨비는 붉은색이었고, 왼손잡이는 이디오피아인처럼 검은색이었다고 했다.

왼손잡이가 말했다.

"성호를 그어서 쫓아버리라고. 그건 바다 속 도깨비여."

그러자 영국인이 '그건 바다의 수호신'이라며 우겨댔다.

---

* 발트삼국에 속하는 라트비아의 수도 리가 근방에 있는 요새.

"내가 자넬 바다로 한번 던져볼까? 겁내지 말게나. 바다의 수호신이 자네를 나에게 곧바로 다시 돌려줄 테니까."

왼손잡이가 대답했다.

"정 그렇다면 한번 던져보라고."

갑판장이 그의 등짝을 덥석 잡아 들더니 뱃전으로 갔다.

이것을 본 선원들이 그들을 말린 후에 선장에게 보고했다. 선장은 그 두 명을 아래에 감금하고, 먹고 마시면서 내기를 끝까지 해보라고 그들에게 럼주와 포도주와 찬 음식을 주라고 명령했다. 그러면서도 불붙인 뜨거운 젤딩은 주지 말라고 했다. 뱃속의 독주에 불이 붙을 수도 있기 때문이었다.

그렇게 그들은 갇힌 채로 페테르부르크까지 갔고, 그들의 내기는 무승부로 끝났다. 그들은 각기 다른 마차에 실렸다. 영국인은 영국 해안거리*에 있는 영국 사절 공관으로 보내졌고, 왼손잡이는 경찰서로 보내졌다.

거기서부터 그들은 전혀 다른 운명의 길을 걷기 시작했다.

---

* 대(大)네바 강의 왼편 해안거리. 12월 혁명 광장에서 신해군성 운하까지를 일컫는다.

18

영국인을 사절 공관에 실어오자마자 사람들은 곧바로 의사와 약제사를 불렀다. 의사는 자기가 보는 데서 그를 따뜻한 사우나탕에 넣으라고 지시했고, 약제사는 곧바로 구타페르카* 알약을 만들어 직접 그의 입속에 넣어주었다. 그런 후에 두 사람이 함께 그를 들어 털담요 위에 눕히고 그 위에 털외투를 덮어 땀을 빼도록 놔두었다. 그러고는 아무도 방해가 되지 않도록 사절단 전체에 기침도 하지 말라고 명령했다. 의사와 약제사는 갑판장이 잠들 때까지 기다렸다가 구타페르카 알약을 하나 더 만들어 그의 머리맡에 있는 탁자 위에 올려놓고 갔다.

____

* 두충나무 껍질에서 추출되는 고무질의 구타페르카는 고혈압을 비롯해 여러 질병에 효과가 있는 것으로 알려져 있다.

한편 왼손잡이는 경찰서 바닥에 내팽개쳐졌고, 이런 질문이 오 았다.

"도대체 이자는 뭐야, 어디서 굴러 들어온 거야? 여권은 있나? 아 니면 무슨 다른 신분증이라도?"

하지만 그는 아픈 몸에 음주와 장기간의 멀미로 인해 너무 쇠약해 져 있었기 때문에 한마디 대답도 못하고 신음 소리만 낼 뿐이었다.

그러자 사람들은 그의 몸을 뒤져, 화려한 옷은 벗겨내고 똑딱 소리 나는 시계와 돈은 가로챘다. 그런 다음 경찰서장은 눈에 띄는 아무 마 부나 잡아서 무상으로 그를 병원까지 실어 보내라고 명령했다.

왼손잡이를 썰매마차에 태워 보내기 위해 순경 한 명이 그를 끌고 밖으로 나갔다. 하지만 한참 동안이나 마차라고는 단 한 대도 그쪽으 로 지나다니지 않았다. 마부들이 경찰을 피해 갔기 때문이다. 왼손잡 이는 그 시간 내내 차가운 현관 계단에 누워 있었다. 마침내 순경이 마차 한 대를 잡았다. 하지만 보온용 여우털 담요는 없었다. 왜냐하면 이런 경우 마부들이 경찰의 발이 빨리 얼도록 여우털을 마부석 밑에 감춰두었기 때문이다.* 그래서 왼손잡이는 아무것도 덮지 못한 채 실 려 갔다. 또한 다른 마차로 갈아탈 때 자꾸만 굴러떨어지자, 순경은 그를 일으켜 세우면서 정신을 차리라고 그의 귀를 잡아당기기도 했 다. 그렇게 한 병원에 도착했는데, 신분증이 없다고 받아주질 않았다. 다른 곳으로 데려갔지만 그곳에서도 받아주질 않았다. 그렇게 세 번, 네 번, 병원을 찾아다니면서 날이 밝을 때까지 온갖 구불구불한 변두

---

* 지금도 다소 그런 경향이 있지만, 당시 러시아 경찰은 일반인들에게 회피의 대상이었다.

리 길을 끌고 다니며 계속 마차를 갈아태우는 바람에 그는 완전히 녹초가 되고 말았다. 그러자 한 보조의사가 순경에게 그를 오부호프스키 평민 병원으로 데리고 가라고 말했다. 그곳은 신분을 알 수 없는 사람들이 죽음을 앞두고 보내지는 곳이었다.

그곳에서 인수증이 발급되었고, 왼손잡이는 검사를 받을 때까지 복도 바닥에 있었다.

한편 그날 그 시간에 자리에서 일어난 영국인 갑판장은 구타페르카 알약을 하나 더 꿀꺽 삼키고, 치킨 라이스로 가볍게 아침 식사를 하고 청량음료를 마신 후에 말했다.

"내 러시아 친구는 어디 있소? 내 한번 찾아봐야겠소."

그러고는 옷을 입고 달려나갔다.

19

놀랍게도 갑판장은 어찌어찌하여 아주 빨리 왼손잡이를 찾았다. 그때까지도 침대에 오르지 못한 채 복도 바닥에 누워 있던 왼손잡이가 영국인에게 간신히 입을 열었다.

"내 무슨 일이 있어도 황제에게 딱 두 마디는 해야 혀는디……"

영국인은 클레인미헬 백작*에게 달려가 큰 소리로 떠들어댔다.

"어떻게 이럴 수가 있단 말이오! 아무리 그래도 인격을 지닌 사람인데, 양털 외투라도 입혀야 될 거 아니오."

그러자 감히 인격을 지닌 사람 운운하며 그런 말을 했다는 이유로 영국인은 즉시 그곳에서 쫓겨났다. 그때 누군가 그에게 이렇게 말했

---

* P. A. 클레인미헬 백작은 1842~1855년 사이 교통부 국장을 지냈다.

다. "한번 카자크인 플라토프에게 가보시오. 그 사람은 마음이 순박한 사람이니까."

영국인이 플라토프에게 왔을 때, 그는 또다시 이불을 둘둘 말고 누워 있었다. 플라토프는 그의 말을 다 듣고 왼손잡이를 기억해냈다.

"물론이지, 여보게, 그자와는 아주 가까운 사이지. 그의 머리카락을 잡아 뜯기도 했으니까. 하지만 그런 딱한 상황에 처한 그를 어떻게 도와야 할지 모르겠구먼. 난 이제 완전히 퇴직을 한 데다 중풍까지 걸린 몸이 되어서 내 말을 들어주는 사람이 아무도 없으니 말이야. 그러지 말고 자네 빨리 스코벨레프 사령관*에게 가보게나. 그 사람은 힘도 있고 또 그런 분야에 경험도 있으니까, 무슨 일이든 할 걸세."

갑판장은 스코벨레프에게 가서, 왼손잡이가 어떻게 아픈지 그리고 왜 그렇게 되었는지 전부 이야기했다. 그러자 스코벨레프가 말했다.

"난 그 병을 알고 있네. 그 병은 독일인들도 고칠 수가 없지. 그런 병엔 정신 분야에 정통한 의사가 필요하다네. 그런 일을 많이 보아온 사람들만이 어떻게 도와야 될지 알고 있는 법. 내 곧바로 러시아인 의사 마르틴 솔스키를 그곳으로 보내도록 하겠네."

하지만 마르틴 솔스키가 도착했을 때 왼손잡이는 이미 죽어가고 있었다. 그는 뒷골이 깨어져 있었다. 그가 한 말 중 알아들을 수 있는 것은 오직 한마디뿐이었다.

"영국인들은 총기를 벽돌가루로 닦지 않으니까, 우리도 그렇게 닦지 말라고 황제님께 전해주세유. 그렇지 않으면 — 하느님이 전쟁을

---

* I. N. 스코벨레프는 1839~1849년까지 페트로파블로프스크 요새의 사령관을 지냈다.

지켜주시길 — 총기들은 쓸모없게 된다구유."

이런 충성스러운 말과 함께 왼손잡이는 성호를 긋고 죽어버렸다.

마르틴 솔스키는 곧바로 체르니세프 백작*에게 가서 이 사실을 보고하면서, 황제에게 알리라고 말했다. 하지만 체르니세프 백작은 소리쳤다.

"네놈 토할 것과 쌀 것이나 신경 쓰게나! 남의 일에 상관하지 말고. 러시아엔 그 일을 담당하는 장군들이 있으니까."

그리하여 황제에게는 아무 말도 들어가지 않았고, 그래서 벽돌가루로 총기를 닦는 일은 크림 전쟁 때까지도 계속되었다. 그때 즈음에는 총기를 장전하기만 하면, 탄환이 총 속에서 흔들거렸다. 벽돌가루로 총열을 닦았기 때문이었다.

그러자 마르틴 솔스키는 체르니세프에게 왼손잡이를 상기시켰다. 그때 체르니세프 백작이 말했다.

"어서 썩 꺼져, 이 똥자루 같은 놈. 남의 일에 상관하지 말라고. 그렇지 않으면 네놈에게서 그런 말을 들은 적이 전혀 없었다고 잡아떼고 말 테니까. 그러면 네놈도 무사하지 못할 거야."

마르틴 솔스키는 생각했다. '저자는 정말로 잡아뗄 거야.' 그러고는 입을 다물었다.

그들이 왼손잡이의 말을 제때에 황제에게 보고했더라면, 크림 반도에서 있었던 적군과의 전쟁은 전혀 다른 국면이 되었을 것이다.**

---

* A. I. 체르니세프 백작은 1832~1852년까지 국방부 장관을 지냈다.
** 1853~1856년에 크림 반도를 중심으로 러시아는 영국, 프랑스, 오스만 제국을 상대로 전쟁을 벌였다가 패한다.

20

이제 이 모든 것은, 그리 오래된 일이 아님에도 불구하고, 이미 '지난날의 일들'이며 '옛날 옛적 이야기'가 되었다. 하지만 이런 전설의 구성이 좀 허구적이고 주인공의 성격이 너무 서사시적이라고 해서 이런 옛이야기를 애써 잊으려고 할 필요는 없을 것이다. 많은 위대한 천재들의 이름과 마찬가지로 왼손잡이의 원래 이름은 영원히 후손들에게 알려지지 않았다. 하지만 그는 민초들의 상상력을 의인화한 신화적 인물로서 흥미가 있으며, 그의 편력은 그 시대의 보편적인 정신을 정확하고 충실하게 그려냈다는 점에서 한 시대를 기억하게 하는 매개체가 될 것이다.

오늘날 툴라에 전설적인 왼손잡이와 같은 그런 장인들이 더이상 없다는 것은 당연하다. 기계문명이 제각기 다른 재능과 소질들을 균일

화시킨 데다가, 천재들이 더이상 근면과 정확성을 위한 싸움에 투신하지 않기 때문이다. 기계문명은 노동임금을 올리는 데는 기여할지 몰라도, 때때로 일반적 잣대를 뛰어넘어 민초들의 상상력을 자극함으로써 이 왼손잡이 이야기와 같은 허구적 전설을 창조하는 예술가적 대담성을 높이는 데는 기여하지 못한다.

물론 노동자들은 기계 과학의 실제적 적용을 통해 생기는 수익을 중요하게 생각할 것이다. 하지만 그들은 자긍심과 애정을 가지고 지나간 옛 시대를 회상할 것이다. 이것이 그들의 서사시, 그것도 매우 '인간적인 영혼'을 지닌 서사시인 까닭이다.

분장예술가

묘지에서 들은 이야기
축복의 날 1861년 2월 19일에 대한 신성한 기억을 기념하며

그들의 영혼은 축복의 땅에 안주하리라.

_매장요(埋葬謠)

1

우리나라에서는 '예술가'라 하면 화가나 조각가처럼 대학이 그 직업을 인정한 사람들만을 가리키는 말로 생각하고, 그 외의 사람들은 예술가로 인정하지 않으려는 사람들이 많다. 그래서 많은 사람들이 사지코프와 오브치니코프[*]를 보석세공인 이상으로 여기지 않는다. 하지만 다른 나라 사람들은 그렇지가 않다. 예를 들어 하이네는 한 재봉사를 회상하면서, 그는 '예술가'였으며 또 '사상이 있는' 사람이었다고 말했다. 워스[**]가 만든 여성복은 오늘날까지도 '예술작품'으로 일컬어진다. 최근 들어서는 누군가 그중 한 벌을 두고 옷의 '허리 부분에 심오한 상상력이 집중되어 있다'고 쓰기까지 했다.

---

[*] 사지코프와 오브치니코프는 19세기 모스크바의 뛰어난 보석세공인.
[**] 프랑스 파리의 유명한 재봉사. 패션계 최초의 디자이너로 손꼽힌다.

미국은 더욱 광범위하게 예술 분야를 이해하고 있다. 예를 들어 저명한 미국 작가 브렛 하트*는 '죽은 자들을 다루는 예술가'가 자기 나라에서 높은 명성을 떨쳤다고 말한다. 그 예술가는 망자의 얼굴에 다양한 '위로의 표정'을 만들어, 지상을 떠난 영혼이 많든 적든 축복받은 상태에 있음을 보여주었던 것이다.

이 기술에는 몇 단계가 있었는데, 그중 아직도 내 기억에 자리 잡고 있는 세 단계를 꼽으면 다음과 같다. '1) 영면, 2) 숭고한 직관, 3) 신과 직접 대화를 나누는 환희의 상태.' 작품의 높은 완성도에 걸맞게 예술가의 명성 역시 참으로 대단했었다. 하지만 유감스럽게도 그 예술가는 예술 창작의 자유를 존중하지 않는 야만적인 군중의 제물이 되어 목숨을 잃었다. 그는 한 도시 전체를 착복하고 죽은 어느 가짜 은행가의 얼굴에 '신과 대화를 나누는 환희의 표정'을 만들어주었다는 이유로 돌에 맞아 죽임을 당했다. 엄청난 행운을 맞은 사기꾼의 상속인들이 그렇게 부탁함으로써 고인에게 감사의 마음을 표하려고 했던 것이지만, 결국 그것을 실행에 옮긴 예술가의 목숨을 그 대가로 치러야 했던 것이다.

그런 식의 독특한 예술가 부류가 우리 러시아에도 있었다.

---

* 서부개척시대의 사회상을 사실적으로 묘사한 작가로 유명하다.

$$2$$

내 어린 동생의 유모는 키가 크고 말랐지만 아주 균형이 잘 잡힌 몸매를 지닌 노파로, 이름은 류보피 오니시모브나였다. 그녀는 과거 오룔 지방의 카멘스키 백작 극장의 여배우 출신이었다. 앞으로 내가 하게 될 이야기도 전부 내 어린 시절 오룔에서 일어난 일이다.

내 동생은 나보다 일곱 살 아래였다. 막 두 살이 된 그 아이가 류보피 오니시모브나의 팔에 안겨 지낼 때, 나는 벌써 만 아홉 살이어서 사람들이 내게 무슨 이야기를 해도 별 어려움 없이 이해할 수 있었다.

그 당시 류보피 오니시모브나는 그렇게 많이 늙은 편은 아니었지만, 머리는 백발이었다. 그녀의 얼굴형은 갸름하면서도 부드러웠고, 커다란 체구는 젊은 아가씨마냥 아주 반듯했고 놀랄 정도로 균형이 잘 잡혀 있었다.

그녀를 보면서 어머니와 이모는, 그녀가 한창때에는 분명히 미녀였을 거라고 말한 적이 한두 번이 아니었다.

그녀는 더할 나위 없이 정직하고 온유하고 또 감상적인 여인이었다. 인생에서 비극적인 것을 좋아했고, 또…… 술을 마실 때도 종종 있었다.

그녀는 우리를 데리고 삼위일체 공동묘지로 산책을 나가곤 했다. 그곳에 가면 그녀는 언제나 오래된 십자가가 꽂혀 있는 한 작고 평범한 무덤가에 앉아 내게 이야기를 들려줄 때가 많았다.

'분장예술가'도 내가 거기서 그녀에게 들은 이야기이다.

3

그는 유모의 극장 동료였다. 차이가 있다면, 그녀가 '무대에 올라 춤을 추는' 사람이었던 데 비해 그는 '분장예술가', 즉 백작의 모든 농노 배우들의 '화장과 이발'을 해주는 이발사 겸 분장사라는 것이었다. 그러나 이 사람은 귀에 머리빗을 꽂고 피지 섞은 연지를 담은 양철판을 든, 아무 데서나 흔히 볼 수 있는 그런 단순한 기능공이 아니라 사상이 있는 사람, 한마디로 예술가였다.

류보피 오니시모브나의 말에 따르면, 그 사람보다 더 훌륭하게 '얼굴에 맞는 표정을 만들 수 있는' 사람은 아무도 없었다.

나는 카멘스키 백작들 가운데 어느 백작의 영지에서 이 두 사람이 예술가의 혼을 불살랐는지 정확히 말할 수 있는 자신은 없다. 세 명의 카멘스키 백작이 유명했는데, 오룔 본토박이들은 그들 모두를 가리켜

'전대미문의 독재자들'이라고 불렀다. 야전사령관 미하일 표도토비치는 그 포악함으로 인해 1809년에 농노들에 의해 살해당했는데, 그에게는 두 명의 아들이 있었다. 1811년에 죽은 니콜라이와 1835년에 죽은 세르게이였다.

1840년대에 어린아이였던 나로서는 아직 시꺼멓게 황토색이 살아 있는 가짜 창문들이 있던 거대한 회색 목조건물과 엄청나게 길게 이어진, 반쯤 허물어진 울타리 담장만이 기억 속에 남아 있다. 이것이 바로 악명 높았던 카멘스키 백작의 저택이었는데, 거기에 극장도 같이 있었다. 그것은 삼위일체 공동묘지에서 아주 잘 보이는 곳 어딘가에 위치하고 있었다. 류보피 오니시모브나는 이곳에 오면 무언가 얘기하고 싶은 눈치를 보이면서, 거의 언제나 다음과 같은 말로 입을 열었다.

"저것 좀 보세요, 도련님, 저기 저…… 보이나요? 정말 무섭지 않아요?"

"무서워요, 유모."

"그렇지요. 그런데 지금 제가 도련님에게 들려줄 이야기는 더 무섭답니다."

여기 그녀가 들려준 이야기 가운데 하나인 분장사 아르카지에 관한 이야기가 있다. 그는 마음이 섬세하면서도 용감한 사람으로, 그녀의 마음 아주 깊은 곳에 자리 잡고 있었다.

4

아르카지는 오로지 배우들의 '머리손질과 화장'만을 담당했다. 일반 남성들을 위해서는 다른 이발사가 있었고, 아르카지가 간혹 '남성 전용실'에 들르는 경우는 백작이 몸소 '누군가를 아주 품위 있는 모습으로 만들어주라'고 명령했을 때뿐이었다. 이 예술가의 주특기는 사상이 담긴 그의 화장술이었는데, 이것으로 그는 사람들의 얼굴에 아주 섬세하면서도 다양하기 그지없는 표정을 심어줄 수가 있었다.

"이런 식이었지요." 류보피 오니시모브나가 말했다. "사람들이 그를 불러서, '이런저런 성격을 지닌 얼굴이 필요하네'라고 말하지요. 그러면 아르카지는 남자배우나 여자배우를 자기 앞에 세우거나 앉게 하고는, 자신은 뒤로 물러서서 가슴에 팔짱을 끼고 생각에 잠기곤 했어요. 당시 그는 웬만한 미남들은 울고 갈 정도로 잘생겼답니다. 그다지 키가 큰 편은 아니었지만, 말로 다할 수 없을 정도로 균형이 잘 잡힌 몸매에, 곧고 오뚝한 코, 천사처럼 선량한 눈을 지녔지요. 그리고 짙은 앞머리가 머리에서 눈으로 아름답게 늘어져 마치 안개구름 너머를 응시하는 것처럼 보였답니다.”

요컨대 분장예술가는 미남에 ‘누구에게나 호감을 주는’ 사람이었다. ‘백작 자신’도 그를 좋아했고, 또 ‘누구보다도 총애하면서 좋은 옷도 입혀주었지만, 아주 엄격하게 통제하기도 했다.’ 백작은 어떠한 경우에도 아르카지가 자기 외에 다른 사람의 머리를 깎거나 면도를 해주거나 머리손질을 해주는 것을 원치 않았다. 그래서 아르카지는 극장 출입 이외에는 언제나 자기 분장실에만 머물러야 했다. 외출이 절대 금지되어 있었던 것이다.

심지어 그는 고해성사나 성찬식을 하러 교회에 갈 수도 없었다. 그도 그럴 것이 백작 자신이 하느님을 믿지 않는 데다가 성직자들을 몹시 싫어했던 것이다. 한번은 부활절 때 성 보리스 글레프 성당에서 십자가를 들고 나오는 사제를 보르조이 개들을 풀어 물어뜯게 한 일이 있을 정도였으니까.*

류보피 오니시모브나의 말에 따르면, 타고난 포악한 성격 때문에

---

* 이 사건은 오룔에서 아주 유명했다. 이 이야기를 나는 우리 할머니 알페리예브나와 또 한 치의 거짓도 없이 정직하기로 유명한 늙은 상인 이반 이바노비치 안드로소프에게서 들었다. 그 상인은 ‘개들이 성직자를 물어뜯는 광경’을 직접 보았고, 자신도 ‘모든 잘못이 그 성직자에게 있다’고 말한 후에야 간신히 백작에게서 풀려났다고 했다. 백작이 그를 데리고 오게 하여 ‘저들이 불쌍한가?’라고 물었을 때, 안드로소프는 이렇게 대답했다. ‘절대로 아닙니다요, 대감 마님, 저자들은 그런 일을 당해야 마땅합니다. 쓸데없이 돌아다니지 못하도록 해야 합니다.’ 이 말 덕분에 그는 백작에게서 풀려날 수 있었단다(원주).

백작은 온갖 짐승을 한데 섞어놓은 것만큼이나 무섭고 흉악스럽게 생겼다고 한다. 그런데 아르카지는 이 짐승처럼 생긴 사람의 얼굴도, 비록 잠깐일지라도, 백작이 저녁에 극장의 특별석에 앉아 있는 동안은 다른 사람들보다 품위 있게 보일 정도로 표정을 연출할 수 있었단다.

그런데도 정말 유감스러운 일이었지만 백작은 그 타고난 성격상 품위나 '군인 같은 모습'과는 거리가 멀었다.

그래서 백작은 아무도 흉내 낼 수 없는 아티스트인 아르카지의 기술을 그 누구도 향유하지 못하도록 아르카지를 '평생 집 안에만 머물러 있도록 했고, 또 그때까지 돈 구경 한 번 시켜주지 않았던' 것이다. 그 당시 아르카지는 이미 스물다섯 살이 넘은 나이였고, 류보피 오니시모브나는 열아홉 살이었다. 당연히 그들은 서로 아는 사이였고, 또 그 나이 때면 으레 생길 수 있는 일이 생겼다. 즉 서로 사랑하게 된 것이다. 하지만 그들은 다른 사람들이 모두 함께 있는 분장 시간에만 그저 먼 눈짓으로 서로의 사랑을 전하는 것 외에는 달리 방법이 없었다.

두 사람만의 만남은 전혀 불가능했고, 또 생각할 수도 없는 일이었으니까……

"우리 여배우들은" 류보피 오니시모브나가 말했다. "지체 있는 집 안의 유모에 ·준하는 대우를 받았답니다. 자식이 있는 중년 여자들이 우리를 관리했는데, 우리들 가운데 무슨 일이라도 생기면 그 여자들의 자식들이 무섭게 혼이 나곤 했지요."

순결의 규정은 그것을 정한 사람 '그 자신'만이 깨뜨릴 수 있었다.

5

그 당시 류보피 오니시모브나는 처녀로서 한창 아름다운 나이였을 뿐만 아니라 다방면에 걸쳐 두드러지게 재능이 발휘되면서 최고의 전성기를 맞고 있었다. 그녀는 '합창단에서 메들리 곡을 불렀고', 〈중국인 여자 정원사〉에서 첫 무대를 장식하는 춤을 추기도 했으며, 또한 비극에 남다른 소질을 보이면서 '대본을 한 번만 보면 무슨 역할이든지 다 소화해낼 정도였다.'

그때가 어느 해였는지 확실히 기억나지는 않지만(알렉산드르 파블로비치인지 니콜라이 파블로비치인지도 확실치가 않다) 황제가 오룔에 행차한 일이 있었다.[*] 그때 황제는 오룔에 머물면서, 저녁때 카멘

____

[*] 알렉산드르 파블로비치는 로마노프 왕조의 열번째 군주인 알렉산드르 1세를 가리키며

스키 백작의 극장에 오기로 되어 있었다.

그때 백작은 모든 귀족들을 (자리 값도 받지 않고) 자신의 극장에 초대하여 최고의 공연을 보여주었다. 류보피 오니시모브나는 '메들리곡'을 부르고, 또 〈중국인 여자 정원사〉에서 춤을 추기로 했다. 그런 와중에 마지막 예행연습을 하다가 갑자기 무대장치가 떨어지는 바람에 〈공작의 딸 부르블랸〉에서 연기를 하기로 한 여배우가 다리를 다치는 일이 발생했다.

나는 그 어디에서도 그런 이름의 역할을 한 번도 들어본 적이 없었지만, 류보피 오니시모브나는 정확히 그렇게 발음했다.

무대장치를 떨어뜨린 목수들은 벌을 받기 위해 마구간으로 끌려갔고, 부상당한 여배우를 방으로 옮기고 보니 정작 공작의 딸 부르블랸을 연기할 사람이 없었다.

"그때 제가 자원하며 나섰답니다." 류보피 오니시모브나가 말했다. "왜냐하면 공작의 딸 부르블랸이 아버지의 발밑에서 용서를 구하면서 머리를 풀어 헤친 채 죽어가는 모습이 정말 제 마음에 꼭 들었거든요. 저도 그때는 황갈색 머릿결에 놀랄 만큼 긴 머리를 갖고 있었답니다. 그리고 아르카지가 그 머리를 손질해주었으니, 정말 환상적이었지요."

예기치 않게 그 역을 맡겠다고 나선 젊은 처녀의 자원에 매우 기뻐

1801~1825년까지 재위했다. 나폴레옹 전쟁(1812년)을 승리로 이끌어 유럽에서 러시아의 입지를 강화했다. 그리고 니콜라이 파블로비치는 알렉산드르 1세의 동생인 니콜라이 1세를 가리키며 1825~1855년까지 재위했다. 데카브리스트 혁명을 무력으로 제압하면서 시작된 그의 통치는 강력한 전제주의를 표방하였다.

한 백작은, '류바*'가 역할을 잘해낼 것'이라는 감독의 확인을 받은 후
말했다.

"공연을 망치는 날엔 네 등짝이 남아나지 않을 것이다. 그리고 류
바에게는 내 남옥 귀고리를 갖다주어라."

'남옥 귀고리'는 그들에게 명예로운 하사품인 동시에 혐오의 대상
이었다. 그것은 잠시 잠깐 영주의 첩으로 승격되었다는 특별한 영예
의 첫번째 증표였던 것이다. 이런 일이 있으면 잠시 뒤에, 아니면 가
끔씩은 바로 그 즉시로, 공연이 끝난 후 운명이 정해진 그 처녀를 '순
결한 모습의 성녀 세실리아'**로 분장시키라는 명령이 아르카지에게
떨어지곤 했다. 그러곤 온통 하얀 옷에 화관을 쓰고 순결의 상징인 백
합을 손에 든 채 백작의 방으로 보내졌던 것이다.

유모가 말했다.

"도련님 나이에는 그런 것을 이해할 수 없겠지만, 그건 정말 너무
나도 무서운 일이었답니다. 제게는 더욱 그랬지요. 전 아르카지만을
꿈꿔왔으니까요. 울음이 터져 나왔답니다. 귀고리를 탁자에 던져버리
고는 그냥 울기만 했어요. 저녁에 공연을 어떻게 할지에 관해서는 생
각할 틈도 없었지요."

---

* 류보피의 애칭.
** 성 세실리아는 로마 여인으로, 그리스도인이 된 후 순결의 서약을 지키기 위해 순교
했다.

6

이런 숙명적인 순간에 또 다른 숙명과도 같은 치명적인 사건이 아르카지에게도 다가오고 있었다.

황제를 알현하기 위해 백작의 동생이 시골에서 왔다. 오래전부터 시골에서 살아온 터라 그의 상태는 더욱 좋지 않았다. 제복도 입지 않았고, 면도도 하지 않은 상태였다. 그도 그럴 것이 '그의 얼굴은 온통 뽀루지투성이였다.' 그러나 어쨌든 그런 특별한 경우에는 제복을 갖춰 입고 가장 단정한 모습으로 공식 석상에서 요구되는 '군인다운 태도'를 갖춰야만 했다.

그러기 위해서는 많은 것이 요구되었다.

"그 당시엔 얼마나 엄격했는지 요즘 사람들은 이해하지 못할 거예요." 유모가 말했다.

당시엔 모든 것에 지켜야 할 격식이 있었다. 고관들에게는 얼굴 모양새와 머리 스타일에 관한 규정이 있기도 했다. 하지만 이런 규정이 어울리지 않는 사람들도 있었다. 그러니까, 규정에 따라 앞머리를 세우고 구레나룻을 길게 빗어 내리면, 얼굴 전체가 꼭 무슨 끈 떨어진 싸구려 발랄라이카*처럼 되어버리기도 했다. 고관들은 이렇게 될까봐 몹시 두려워했다. 그래서 얼굴 면도를 할 때 뺨에 난 수염과 콧수염 사이에 가느다란 경계선을 만드는 기술이나, 혹은 곱슬머리를 잘 다듬어서 빗질하는 기술과 같은 면도 기술과 이발 기술이 매우 중요하게 여겨졌다. 이와 같은 아주 사소한 것으로 인해 얼굴이 주는 전체적인 인상이 완전히 달라졌던 것이다. 유모의 말에 따르면, 문관들의 경우엔 그다지 중요시되지 않았기 때문에 그렇게까지 까다롭지는 않았다고 한다. 그들은 그저 좀 더 겸손해 보이는 인상만 주면 되었다. 하지만 무관의 경우엔 더욱 많은 것이 요구되었다. 그들은 상관 앞에서는 겸손한 인상을 주어야 했고, 그 밖의 다른 사람들에겐 극도로 용맹스럽게 보여야 했다.

그런데 놀라운 솜씨를 지닌 아르카지는 그 흉측하고 보잘것없는 백작의 얼굴을 바로 이런 모습으로 만들 수 있었던 것이다.

---

* 러시아 민속 악기의 하나. 만돌린 계의 3현 악기이다.

7

　시골에서 올라온 백작의 동생은 도시에 사는 형보다 훨씬 더 못생긴 데다가, 시골 생활로 완전히 '털북숭이가 된 그의 얼굴에는 무례함이 그대로 드러났다.' 이 점은 심지어 그 자신마저도 인정할 정도였지만, 그의 매무새를 가꿔줄 사람이 아무도 없었다. 누구에게든 심하게 인색했던 그가 자신의 이발사도 연공을 벌어 바치라며 모스크바로 보냈기 때문이다. 게다가 이 둘째 백작의 얼굴은 온통 뾰루지투성이였기 때문에 상처를 내지 않고 면도를 한다는 것은 불가능했다.

　그는 오룔에 도착한 후 그 도시의 이발사들을 불러 말했다.

　"너희들 중에 누구든지 나를 내 형 카멘스키 백작처럼 만들어준다면 내 그자에게 금화 두 냥을 주겠다. 하지만 나에게 상처를 입히는 자를 위해서는, 여기 탁자 위에 권총 두 자루를 놓아두겠다. 잘하면 금화를 가져갈 것이고, 종기 하나라도 건드리거나 볼에 난 수염 한 터럭이라도 잘못 건드리면, 그 자리에서 죽여버릴 것이다."

그러나 권총은 장전이 되어 있지 않았기 때문에 그 말들은 모두 단순한 협박에 지나지 않았다.

그 당시 오룔 시에는 이발사가 많지 않았다. 그나마 있는 자들이라고는 대야나 들고 대중탕을 드나들며 부항을 뜨거나 거머리 치료를 하는 사람들이 대부분이었고, 미적 취향이나 상상력과는 거리가 멀었다.* 이러한 사실은 그들 자신도 잘 숙지하고 있던 터라 그들은 모두 카멘스키 백작의 모습을 '변용'시키기를 거부하면서 이렇게 생각했다. '금화는 당신이나 갖고 잘 먹고 잘사시오.'

"저희는 나리께서 원하시는 대로 할 수가 없습니다." 그들이 말했다. "저희는 나리같이 고귀한 분에게 손을 댈 자격도 없거니와 또 그럴 만한 면도기도 없습니다. 저희에게 있는 면도기들은 평범한 러시아제뿐인데, 나리의 얼굴에는 영국제 면도기가 필요합니다. 이것을 할 수 있는 사람은 백작님이 데리고 있는 아르카지뿐입니다."

백작의 동생은 도시의 이발사들의 목덜미를 잡아 끌어내라고 명령했고, 이발사들은 자유롭게 풀려난 것을 오히려 기뻐했다. 동생은 형을 찾아가 말했다.

"이러저러해서 말이오, 형님, 형님한테 큰 부탁이 하나 있는데. 저녁 전에 형님이 데리고 있는 아르카지를 내게 좀 보내주슈. 나도 그럴싸하게 모양 좀 내야 하지 않겠어요. 면도 안 한 지도 오래됐는데, 이

---

* 유럽과 마찬가지로 러시아에서도 과거에는 이발사가 외과와 치과 치료를 겸했다. 부항을 뜨거나 거머리를 사용하는 치료는 러시아 민간요법의 일종.

곳 이발사 놈들은 할 수가 없다는 거요."

백작이 동생에게 말했다.

"두말할 필요 없이 이곳 이발사들은 형편없는 놈들이지. 그런 놈들이 이곳에 있다는 사실 자체도 난 몰랐으니까. 오죽하면 내 영지에서는 개털도 내 이발사들이 깎아줄까. 그건 그렇고 네 부탁 말이다, 그건 들어주기가 불가능하구나. 왜냐하면 내가 살아 있는 한, 나 외에 그 어떤 사람도 아르카지에게 이발을 안 시키기로 맹세를 했거든. 한 번 생각해봐라. 내가 어떻게 하인들 앞에서 한 맹세를 번복할 수가 있겠느냐."

동생이 말했다.

"왜 안 됩니까. 형님이 한 약속, 형님이 취소하는데 무슨 상관이오."

그러자 집주인인 백작은, 그런 생각을 한다는 것 자체가 문제라고 대꾸하며 말했다.

"내가 만약 그런 식으로 행동하기 시작하면 말이다, 나중에 사람들에게 무슨 일을 시킬 수가 있겠느냐? 나는 내가 정한 규칙을 아르카지에게 말했고, 또 그걸 모르는 사람이 없다. 또 그것 때문에 다른 누구보다도 그자에게 더 좋은 대우를 해주고 있는 것이고. 그랬는데 만약 그놈이 감히 내 말을 어기고 나 말고 다른 누구에게든지 자기 솜씨를 발휘하는 날에는 내 그놈을 때려죽이고 군대에 보내버릴 거야."

동생이 대꾸했다.

"뭐든지 하나만 하슈. 때려죽이거나 아니면 군대에 보내버리거나. 두 가지 다 할 수는 없잖우."

"그럼 좋다." 백작이 말했다. "네 말대로 하지. 완전히 죽을 때까지 때리지는 않고, 반만 죽인 다음에 군대에 보내버리겠다."

"이제 하실 말씀 다 하신 거유, 형님?"

"그래, 다 했다."

"그러니까 문제는 그거다 이거죠?"

"그래, 그거다."

"정 그렇다면 좋아요. 난 또 형님이 종놈보다 자기 동생을 더 하찮게 여기는 줄 알았네. 그렇다면 형님의 맹세를 어길 필요는 없네요. 그러니까 내 푸들 털을 좀 깎아주라고 아르카지를 내게 보내주슈. 그러면 거기서 그자가 무슨 일을 하든지 그건 내 소관이니까."

백작은 이것까지는 거절하기가 난처했다.

"그럼 좋다. 그를 보내어 푸들 털을 깎으라고 하마."

"그래요, 그 이상은 필요하지도 않아요."

그러고는 형과 악수를 하고 떠났다.

8

겨울 저녁, 사람들이 등불을 켜기 시작하는 해질녘이었다.

백작이 아르카지를 불러 말했다.

"내 동생 집에 가서 그의 푸들 털을 깎아주도록 해라."

아르카지가 물었다.

"더 시키실 일은 없습니까?"

"더는 없다." 백작이 말했다. "하지만 여배우들 분장을 해야 하니까 되도록 빨리 돌아와라. 오늘 류바는 세 가지 역할 분장을 해야 한다. 그리고 연극이 끝나면 그 아이를 성녀 세실리아처럼 꾸며서 내게로 보내."

아르카지 일리치의 몸이 휘청거렸다.

백작이 말했다.

“무슨 일인가?”

아르카지가 대답했다.

“죄송합니다. 카펫에 발이 걸렸습니다.”

백작이 빈정거리며 말했다.

“조심해. 좋은 징조는 아닌 것 같은데?”

그러나 그때 아르카지의 마음 상태는 그것이 좋은 징조이든 나쁜 징조이든 매일반이었어요.

저를 세실리아로 분장시키라는 명령을 듣고는, 마치 아무것도 보이지도 들리지도 않는 것처럼, 가죽함에 자기 분장도구를 챙겨 나가 버렸지요.*

---

* 이 부분과 106쪽 하단부터는 화자가 류보피 오니시모브나로 바뀐다.

9

아르카지는 백작의 동생 집에 도착했다. 그곳에는 이미 거울 앞에 촛불이 타오르고 있었고, 그 옆엔 이전처럼 권총 두 자루와 함께, 두 냥이 아니라 열 냥의 금화가 놓여 있었다. 그리고 권총들도 빈 상태가 아니라, 체르케스제 총알로 가득 장전되어 있었다.

백작의 동생이 말했다.

"우리 집에 푸들 따위는 없다. 내가 필요한 것은, 나를 가장 용맹스런 모습으로 만드는 것이다. 그러면 너는 열 냥의 금화를 얻게 될 것이다. 하지만 만약 내게 상처를 입히면, 너는 내 손에 죽을 것이다."

아르카지는 그를 유심히 살펴보더니, 무슨 생각이 들었는지 갑자기 백작 동생에게 이발과 면도를 하기 시작했다. 그는 순식간에 모든 것을 최고의 모습으로 만들어냈다. 그러고는 금화를 주머니 속에 넣더니 말했다.

"안녕히 계십시오."

동생이 대답했다.

"가도 좋다. 그런데 알고 싶은 게 하나 있군. 도대체 무슨 생각으로 이렇게 무모한 짓을 한 거지?"

아르카지가 말했다.

"왜 이렇게 했는지는 제 마음 속 깊은 곳만이 알고 있습니다."

"혹시 총알에 주문이라도 걸어놓은 건가? 권총을 두려워하지 않으니 말이야."

"권총쯤은 아무것도 아닙니다." 아르카지가 대답했다. "그런 것은 전혀 개의치 않았습니다."

"어떻게 그럴 수가 있지? 설마 네놈 주인 백작이 나보다 더 강하니까 내게 상처를 입혀도 설마 내가 널 쏘랴 한 건 아니겠지? 어쨌든 그 주문이 아니었다면 네놈 목숨은 끝났을 거야."

백작이라는 단어를 듣자 아르카지는 다시 전율하면서 제정신이 아닌 듯 말했다.

"주문 같은 건 없습니다. 하느님이 제게 주신 지혜가 있을 뿐이지요. 저를 쏘려고 나리의 손이 권총을 들려 했다면, 그전에 제가 먼저 면도칼로 나리의 목을 베어버렸을 겁니다."

이 말과 함께 그는 그곳을 뛰쳐나왔고, 시간에 맞춰 극장에 도착했지요. 그러고는 저를 분장해주기 시작했는데, 온몸을 떨고 있더군요. 그는 제 머리카락 한 올을 말고는 입김을 불기 위해 제 쪽으로 몸을 굽히면서 이렇게 제게 속삭였지요.

"두려워 말아요. 내가 데려갈 테니."

10

공연은 순조롭게 진행되었답니다. 왜냐하면 우리는 워낙 두려움과 고난에 익숙했던 터라 모두 돌처럼 무감각한 상태였으니까요. 마음이 어떤 상태이든 간에 아무도 눈치채지 못하도록 자신의 역할을 해낸 거지요.

무대에서 백작과 그의 동생이 보였어요. 그 두 사람은 정말이지 꼭 닮았더군요. 그들이 무대 뒤로 왔었는데, 구별하기 힘들 정도였으니까요. 다만 우리 백작은 조용해도 너무 조용했어요. 마치 선한 사람이라도 된 것처럼 말이에요. 그런데 이것은 언제나 그가 극도로 잔인해지기 직전에 나타나는 현상이었지요.

우리는 너무나도 무서운 나머지 온몸이 굳어진 상태로 성호를 그었답니다.

"주여! 우리를 불쌍히 여기사 구원해주소서. 그의 포악한 짓이 누구에게 닥칠지 모릅니다!"

우리는 그때까지도 아르카지가 저지른 그 비이성적이고 무모한 행동에 관해 모르고 있었지만, 아르카지 자신은 당연히 자기가 용서받을 수 없다는 것을 알고 있었지요. 그래서 백작의 동생이 자기를 쳐다보면서 백작에게 무언가 귓속말로 중얼거리자 그의 얼굴이 창백해지더군요. 하지만 귀가 아주 밝았던 저는 그가 하는 말을 들을 수 있었지요.

"내가 동생으로서 형한테 충고 한마디 하겠수. 저놈이 면도칼로 형 수염을 깎을 때 조심하라고."

우리 백작은 그저 조용히 미소만 짓고 있었어요.

아마 아르카지 자신도 무언가를 들었던 것 같았어요. 왜냐하면 공연의 마지막 무대를 앞두고 저를 공작의 딸로 분장시킬 때, 그런 적이 한 번도 없었는데, 그가 분을 얼마나 많이 발랐던지, 의복 담당 프랑스인이 제게 묻은 분을 연방 털어내면서 이렇게 말했어요.

"트로 보쿠, 트로 보쿠!"* 그러면서 브러시로 분가루를 털어냈지요.

---

* '너무 많이 발랐어요, 너무 많이!'라는 의미. 프랑스어를 러시아어 철자로 표기했다.

11

공연이 모두 끝나자 사람들이 제게서 공작의 딸 부르블랸의 의상을 벗기고 세실리아의 의상을 입혔습니다. 순백색에 소매가 없고 어깨에 매듭으로만 살짝 걸칠 수 있는 그런 옷이었지요. 정말 치욕스러운 복장이었답니다. 잠시 후에 아르카지가 왔어요. 성녀 세실리아의 그림에 나온 대로 순결한 모습으로 제 머리를 손질하고 가느다란 화관에 장식을 더하기 위해서였지요. 그때 아르카지는 제 방문 앞에 사내 여섯 명이 서 있는 것을 보았어요.

그건 아르카지가 제 분장을 마치고 문을 나서는 즉시 그를 붙잡아 어디론가 데려가 고문을 하리라는 걸 의미했죠. 그 당시 우리에게 행해지던 고문은 차라리 사형선고를 받는 게 백배 낫다고 말할 정도였지요. 고문은 형틀과 줄을 사용했는데, 머리를 줄로 묶어 뒤로 젖혀

꺾었어요. 언제나 그런 식이었지요. 이런 고문을 받고 나면 합법적으로 가해지는 형벌 따위는 새 발의 피에 불과했죠. 저택 지하에 밀실이 있었는데, 거기엔 목숨이 붙어 있는 사람들이 곰처럼 쇠사슬에 묶여 갇혀 있었어요. 어쩌다 그 옆을 지나갈 때면, 이따금 쇠사슬 소리와 결박당한 사람들의 신음 소리가 들려오곤 했지요. 물론 사람들은 그런 사람들에 관한 소문이 퍼져서 관청에 알려지길 바랐지만, 관청은 그런 일에 간섭할 생각조차 안 했어요. 그곳에서 사람들은 오랫동안 고통을 받았지요. 평생 그곳에 갇혀 있는 사람들도 있었답니다. 어떤 사람은 내내 갇혀 있으면서 다음과 같은 시를 지었대요.

뱀들은 기어와 눈알을 빨아먹고,
전갈은 그대의 얼굴에 독을 바르는구나.

우리 자신도 때때로 이 시구를 마음속으로 읊조리며 두려움에 사로잡히곤 했답니다.

심지어는 곰과 함께 묶여 있던 사람들도 있었어요. 곰이 앞발을 뻗었을 때 할퀴는 걸 겨우 피할 정도인 반 베르쇼크* 거리를 두고 말이에요.

하지만 그런 일은 아르카지 일리치에게 일어나지 않았죠. 제 방에 들어오는 즉시 그가 재빨리 탁자를 집어 들었고, 순식간에 창문을 깨부수었으니까요. 그러고는 무슨 일이 있었는지 아무것도 기억나질 않

---

* 미터법 시행 이전 러시아의 길이 단위. 1베르쇼크는 4.445센티미터이다.

아요……

몹시 발이 시리다는 느낌이 들면서 저는 점점 정신을 차렸지요. 다리를 움직여보니, 늑대 털인지 곰 털인지 모르겠지만 털가죽 외투가 제 온몸을 감싸고 있는 것이 느껴졌어요. 사방은 칠흑같이 어두웠고 삼두마차의 말들이 전속력으로 달리고 있었는데, 어디로 가는지 알 수가 없었어요. 넓은 썰매마차 안에는 두 명의 사내가 제 곁에 몸을 딱 붙이고 앉아 있었어요. 한 사내가 나를 붙들고 있었는데, 그가 바로 아르카지 일리치였어요. 그리고 다른 사람은 있는 힘을 다해 말을 몰고 있었지요. 말발굽 밑에서 눈이 튀었고, 순간순간마다 썰매마차가 이쪽저쪽으로 기울었어요. 만약 우리가 바닥 한가운데에 앉아 있지 않았거나 손으로 서로를 꽉 붙잡고 있지 않았다면 아무도 무사하지 못했을 거예요.

계속 초조하게 무언가 나타나기를 기다리면서 그들이 나누는 말소리가 들렸어요. 하지만 알아들을 수 있는 말은 단지 '그들이 뒤쫓고 있어. 뒤쫓고 있다고. 더 빨리 몰아, 더 빨리!' 뿐이었어요.

제가 정신이 돌아온 것을 눈치챈 아르카지 일리치가 나에게 몸을 굽혀 말했어요.

"사랑하는 류바! 그들이 우리 뒤를 쫓고 있어요…… 만일 빠져나가지 못하면 죽게 될 텐데, 그럴 수 있겠소?"

저는 기꺼이 함께 죽겠다고 대답했지요.

그는 터키의 흐루슈크*라는 곳으로 가길 원했는데, 그곳은 그 당시

* 현재 불가리아의 도시 루슈크를 가리킨다. 그 당시 불가리아는 오스만 제국의 지배하에 있었다.

우리와 비슷한 많은 사람들이 카멘스키 백작을 피해 달아난 곳이었답니다.

그때 우리는 어느 얼어붙은 강을 가로질러 달리고 있었는데, 앞쪽에 인가로 보이는 무언가가 희뿌옇게 보이면서 개 짖는 소리가 들려왔어요. 그러자 마부가 말들을 더욱 세차게 몰면서 순간적으로 몸을 심하게 마차 한쪽으로 틀었는데, 그와 동시에 마차가 기우는가 싶더니 아르카지와 저는 그대로 눈 속으로 굴러떨어졌지요. 그러고는 마부도, 마차도, 말들도 다 함께 순식간에 사라져 보이지 않았어요.

아르카지가 말했어요.

"무서워하지 마요. 그럴 수밖에 없었어요. 우리를 실어준 마부는 나도 모르는 사람이오. 그 사람도 우리를 모르고. 당신을 데려오기 위해 금화 세 냥을 주고 고용했을 뿐이오. 그 사람도 자기 목숨을 부지해야 되지 않겠소. 이제 우리의 운명은 하느님의 뜻에 달렸소. 여긴 수하야 오를리차라는 마을인데, 여기 용감한 사제 한 분이 살고 있소. 그는 위험을 무릅쓰고 우리 같은 사람들의 결혼식을 올려주고 또 빠져나갈 길을 알려주곤 하지요. 그에게 선물을 좀 주면, 우리를 저녁때까지 숨겨주고 결혼식도 올려줄 거요. 그러다 저녁 무렵에 마부가 다시 돌아오면 몸을 피할 수 있을 거요."

12

우리는 몇 번인가 문을 두드린 뒤, 집 안으로 들어갔지요. 사제가 직접 문을 열어주었는데, 그는 앞니 하나가 없는 땅딸막한 노인이었어요. 그의 늙은 아내가 불을 붙이고 있더군요. 우리는 그들의 발밑에 몸을 던졌어요.

"우리를 살려주십시오. 저녁때까지 몸을 좀 녹이고 숨을 수 있게 해주십시오."

사제가 물었어요.

"사랑하는 여러분, 왜 그러는 거요? 물건을 훔쳤소, 아니면 그저 도망치는 중이오?"

아르카지가 말했어요.

"우리는 그 누구의 물건도 훔치지 않았습니다. 포악한 카멘스키 백작을 피해 터키의 흐루슈크로 도망가는 중입니다. 그곳엔 이미 우리 같은 사람들이 적잖이 살고 있지요. 그러니 우리를 찾아내지는 못할 겁니다. 더구나 우리에겐 돈이 있습니다. 하룻밤 묵게 해주신다면 금화 한 냥을 드리고, 또 결혼식을 거행해주신다면 금화 세 냥을 더 드리겠습니다. 하실 수만 있다면 결혼식을 거행해주십시오. 만약 안 된다면 우리는 흐루슈크에서 식을 올릴 수밖에 없습니다."

그자가 말했지요.

"안 될 게 뭐가 있겠소? 할 수 있지요. 구태여 흐루슈크에서 할 필요는 없지요. 모두 다 해서 금화 다섯 냥만 주시오. 그러면 내 여기서 당신들 식을 올려주리다."

그래서 아르카지는 그에게 금화 다섯 냥을 주었고, 저는 귀에서 남옥 귀고리를 빼서 그 아내에게 주었지요.

사제가 그것을 받고 나서 이렇게 말하더군요.

"오, 사랑하는 여러분, 별일 없을 거요. 나는 여러분보다 더 힘든 사람들의 결혼식도 올려준 적이 있다오. 하지만 당신들이 백작네 사람이라는 게 마음에 걸리는구려. 아무리 내가 사제라도, 그의 포악한 성질이 워낙 무서워야지. 자, 어쨌든 하느님께서 원하시는 대로 되겠지요. 그러니 찌그러진 금화라도 한 닢 더 기부하시고 몸을 숨기도록 하시구려."

아르카지는 온전한 것으로 여섯째 금화를 그에게 주었지요. 그랬더니 사제가 자기 아내에게 말했어요.

"할멈, 뭘 그렇게 서 있기만 하는 거요? 이 처자에게 당신 치마 아니면 뭐 아무거나 걸칠 거라도 갖다주구려. 보고 있기가 민망하네그려. 벌거벗은 거나 다름없으니."

그런 후에 사제는 우리를 성당으로 데려가서 그곳에 있는 전례복 옷장에 우리를 숨기려고 했지요. 그런데 칸막이 뒤에서 사제의 아내가 제게 옷을 입히려는 순간, 갑자기 문밖에서 누군가 초인종을 울리는 거예요.

13

우리 두 사람은 심장이 얼어붙는 것만 같았어요. 사제가 아르카지에게 속삭이더군요.

"사랑하는 형제여, 이젠 전례복 옷장으로 몸을 숨길 시간이 없소. 어서 빨리 이 깃털침대 밑으로 기어 들어가요."

그러고는 제게 말했지요.

"자, 그대는 여기 이리로."

그러더니 저를 끌어당겨 커다란 괘종시계 안에 세워두고는 문을 잠근 후에 열쇠를 자기 호주머니 속에 넣더군요. 그러고는 문을 열어주러 갔지요. 들리는 소리로 봐서 사람들이 꽤 많았는데, 몇몇은 문가에 서 있었고 두 사람은 벌써 창문으로 안을 들여다보고 있었어요.

일곱 명의 추격자들이 안으로 밀려 들어왔죠. 그들은 모두 백작의 용병으로 손에 철퇴와 사냥용 채찍을 들고 허리춤엔 개를 묶는 밧줄을 차고 있었어요. 그들에 뒤이어 여덟번째로 백작의 하인장이 들어왔는데, 옷깃을 높이 세운 긴 늑대털 외투를 입고 있었어요.

제가 숨어 있던 괘종시계는 격자 모양으로 된 여닫이에 낡고 얇은 옥양목이 덮여 있었지요. 그래서 저는 그 옥양목을 통해 밖을 볼 수가 있었답니다.

늙은 사제는 일이 잘못될까봐 잔뜩 겁을 먹은 채, 하인장 앞에서 온몸을 벌벌 떨면서 성호를 그으며 큰 소리로 급하게 말했습니다.

"오, 사랑하는 분들이여, 오, 귀하신 분들! 압니다, 알아요, 무엇을 찾고 계신지 말이에요. 하지만 저는 존귀하신 백작님 앞에 아무런 잘못도 없습니다. 정말입니다요. 아무 잘못도 없어요. 정말 아무 잘못도 없다고요!"

그런데 사제는 성호를 그으면서, 손가락으로 자기 왼쪽 어깨 너머로 내가 숨어 있는 시계를 가리키는 것이었어요.

'이젠 끝장이다.' 그자가 하는 수작을 보며 저는 이렇게 생각했어요.

하인장 역시 이것을 눈치채고 말했지요.

"우린 다 알고 왔다. 여기 이 시계 박스 열쇠 어디 있나."

그랬더니 사제는 다시 손사래를 쳤습니다.

"아, 사랑하는 분들이여, 아, 귀하신 분들! 용서해주세요, 못 찾겠습니다요. 열쇠를 어디다 두었는지 잊어버렸나봅니다. 에고, 잊어버렸네요. 에고, 잊어버렸어요."

그러면서 다른 손으로는 계속해서 주머니를 쓸어내리는 거예요.

그 수작 역시 눈치챈 하인장이 그의 주머니에서 열쇠를 꺼내 시계

박스를 열었습니다.

"어서 나와!" 하인장이 말했어요. "이 여우 같은 년. 이젠 네년 애인 놈도 제 발로 나타날 때가 됐는데."

그 순간 아르카지가 몸을 드러냈지요. 사제의 침대를 뒤집어엎어버리면서 몸을 일으켜 세웠어요.

"그래." 아르카지가 말했어요. "어쩔 수 없군. 당신들이 이겼소. 날 끌고 가 고문하려면 하시오. 하지만 저 여자는 아무 잘못도 없소. 내가 강제로 납치한 거니까."

그러고는 사제에게 몸을 돌려 그의 얼굴에 침을 뱉었어요. 그뿐이었지요.

사제가 말했어요.

"사랑하는 여러분들, 제 권위와 충성에 가해지는 이 모욕을 보고 계십니까? 존귀하고 존귀하신 백작님께 이것도 보고를 해주십시오."

하인장이 그에게 대답했습니다.

"걱정할 것 없어. 모든 대가는 이놈이 다 치르게 될 테니까." 그는 아르카지와 저를 끌고 가라고 명령했습니다.

우리는 세 대의 썰매마차에 나눠 태워졌지요. 맨 앞쪽엔 결박당한 아르카지와 용병들이 탔고, 저 역시도 똑같이 감시병과 함께 맨 뒤로 보내졌고, 나머지 사람들은 가운데 마차를 탔습니다.

사람들은 모두 우리를 보고 옆으로 비켜서며 길을 터주었어요. 아마도 결혼식 행차라고 생각한 것 같더군요.

14

우리는 금방 도착했지요. 백작의 영지에 이르렀을 때, 아르카지를 태운 마차는 이미 보이지 않았어요. 사람들은 저를 예전에 있던 곳으로 데리고 가 끊임없이 추궁해댔지요. 아르카지와 제가 둘이 함께 한 시간이 얼마나 되는지 말이에요.

저는 모두에게 말했지요.

"아, 잠시도 그런 적은 없었어요!"

태어날 때부터 제 팔자는 사랑하는 사람들이 아니라 싫어하는 사람들과 함께 있을 것이라고 했는데, 그 운명을 피할 수가 없었나봐요. 제 방으로 돌아와서 베개에 머리를 처박고 불행한 제 신세를 한탄하며 울음을 터트리려는 순간, 갑자기 아래에서 무서운 신음 소리가 들려왔어요.

그 당시 우리가 살았던 목조건물은 이런 식이었죠. 우리 여자들이 이층에 살았고, 그 아래에는 천장이 높고 넓은 공간이 있었어요. 그곳에서 우리는 노래와 춤을 배웠는데, 거기에서 들리는 소리는 위에서 전부 들을 수가 있었답니다. 그런데 지옥의 왕인 사탄이 그 잔인한 사람들에게 제 방 바로 밑에서 아르카지를 고문하라고 일러주었던 거예요……

고문당하는 사람이 그 사람이라는 생각이 들자마자, 저는 벌떡 일어나 문 쪽으로 달려갔지요. 그 사람에게 달려가려고 말이에요…… 하지만 문이 잠겨 있었어요…… 전 어떻게 해야 할지 몰랐어요. 그러다 그냥 쓰러졌지요. 그런데 바닥에서 그 소리가 더욱 생생하게 들려오는 거였어요…… 그곳엔 칼이나 못처럼 스스로 목숨을 끊을 만한 것이 아무것도 없었답니다. 그래서 저는 제 긴 머리채를 잡아서 감기 시작했어요. 제 목을 말이에요. 그러고는 점점 더 세게 졸라맸지요. 어느 순간 귀에서 윙하는 소리가 들리면서 눈이 빙글빙글 돌더니, 그대로 정신을 잃고 말았죠…… 그후 제가 다시 정신을 차린 곳은 저도 모르는, 넓고 환한 어느 농가였어요. 거기에 송아지가 있었는데…… 송아지가 꽤 많았어요. 열 마리가 넘었으니까요. 아주 귀여운 송아지들이었는데, 제게로 다가와서는 차가운 입으로 제 손을 핥는 게 아니겠어요. 어미소 젖이라도 된다고 생각했던 모양이에요. 그 바람에 저는 깨어났고요. 간지러웠거든요. 주위를 둘러보며, 여기가 어딜까? 생각했지요. 그때 웬 여인이 들어오는 게 보였어요. 나이가 꽤 들어 보이고 키가 큰 여자였지요. 푸른 삼베옷을 입었고 머리에도 깨끗한 삼베 수건을 두르고 있었는데, 얼굴이 선량해 보이더군요.

제가 정신을 차린 것을 본 그녀는 상냥한 태도로, 제가 있는 곳이 백작 저택의 외양간이라고 말해주었습니다.

"거기가 바로 저기였지요"라고 말하면서 류보피 오니시모브나는 반은 허물어진 잿빛 울타리에서 가장 멀리 떨어져 있는 구석 방향을 손으로 가리켰다.*

---

* 이곳에서 다시 화자의 시점이 류보피 오니시모브나에서 소년 화자로 교체된다.

15

그녀가 가축우리로 보내진 까닭은 그녀가 미쳤을지도 몰라서였다. 짐승과 비슷하게 된 사람들은 가축이 있는 곳으로 보내졌는데, 이는 가축을 치는 사람들은 나이가 지긋하고 점잖아서 실성한 사람들을 '감시하기에' 제격이라고 생각했기 때문이었다.

류보피 오니시모브나를 맡은 삼베옷의 노파는 마음씨가 아주 착했다. 그녀의 이름은 드로시다였다.

유모는 이야기를 계속했다.

"저녁에 그녀는 몸소 저를 위해 깨끗한 귀리 짚으로 잠자리를 마련해주었어요. 털이불처럼 정말 폭신했답니다. 그러고는 이렇게 말했어요. '이봐요, 처자, 내가 임자에게 다 이야기해줄게요. 나를 고발하든 말든, 될 대로 되라지. 나도 임자와 같은 신세였었어. 나도 평생 이런 삼베옷만 입고 지낸 건 아니었다우. 다른 생활도 좀 했었지. 하지만 그때를 다시 생각하고 싶지는 않아. 단지 내가 임자에게 해주고 싶은 말은, 이런 가축우리로 쫓겨났다고 너무 상심하지 말라는 거라우. 이렇게 쫓겨나서 사는 게 더 나으니까 말이우. 하지만 여기 이 끔찍한 눈물병만은 조심해야 된다우.'*

그러더니 목도리 안에서 백색의 작은 유리병을 꺼내 보여주더군요.

제가 물었어요.

'이게 뭐지요?'

그러자 노파가 대답했어요.

'이게 바로 그 끔찍한 눈물병이라우. 이 속에는 망각의 독이 들어 있지.'

저는 말했지요.

'그 망각의 독을 제게 좀 주세요. 전 모든 걸 잊고 싶어요' 라고.

노파가 말하더군요.

'마실 생각 말구려. 이건 보드카니까. 나도 참을 수가 없어, 한 번 마신 후로는…… 마음씨 착한 사람들이 내게 준 건데…… 이젠 이거 없이는 못 살게 됐지. 그러니 임자는 가능한 한 마실 생각 마시우. 하지만 내가 한 모금 한다고 날 나무랄 생각은 하지 마시우. 너무 괴로워서 그런 거니까. 어쨌든 임자에겐 아직 이 세상에 위로할 사람이 있으니까. 나리께서 그 양반이 험한 꼴을 당하지 않게 해주셨다우!'

---

* 여기에 번역된 '눈물병'은 러시아어 '울다'라는 단어와 '유리병'이라는 단어의 합성어로 레스코프의 신조어이다. 삼베옷 노파의 '한(恨)'을 상징적으로 보여준다.

저는 '그이가 죽었군요!'라고 소리를 질렀지요. 제 머리카락을 쥐어 뜯으면서요. 그런데 손에 잡히는 건 제 머리카락이 아니라, 온통 흰 머리뿐…… 이게 어찌된 일인지!

그러자 그녀가 제게 말했어요.

'놀랄 필요 없어요. 임자 목에 감겨 있던 머리를 풀었을 땐 이미 임자 머리가 하얗게 변해 있었으니까. 어쨌든 그 양반은 험한 꼴 당하지 않고 운 좋게 살았다우. 백작이 자비를 베푸셨지 뭐유. 아직까지 그 누구에게도 그런 적이 없었는데. 이제 밤이 들면 내 임자에게 모두 이야기해주리다. 일단 지금은 한 모금 더 하고…… 마저 마셔야지…… 가슴이 타는 것 같아서……'

그러면서 계속 한 모금씩 마시더니 잠이 들더군요.

모두들 잠든 밤이 되자, 드로시다 아주머니는 다시 조용히 일어나 불도 켜지 않고 창가로 다가가, 그대로 선 채 다시 한번 눈물병을 들이켜고는 감추었지요. 그러고 나더니 목소리를 낮춰 제게 묻더군요.

'슬픈 게 좀 누그러졌수, 아니면 그대로유?'

저는 대답했지요.

'아직 그대로예요.'

그러자 그녀가 제 잠자리 있는 데로 다가와서 말했어요. 백작이 벌을 내린 후에 아르카지를 불러 이렇게 말했대요.

'네놈은 내가 내린 벌을 모두 받아야 마땅하지만, 내 특별히 너를 총애했었기에 이제 나는 너에게 자비를 베풀고자 한다. 나는 내일 다른 절차 없이 네놈을 군대에 보낼 것이다. 네놈이 귀족이며 백작인 내 동생의 권총을 무서워하지 않았기 때문에, 나는 너에게 명예를 얻을 수 있는 길을 열어주고자 한다. 네놈 자신이 고결하게 행동한 만큼 난 네놈이 비천해지길 원하지 않는다. 나는 네놈이 곧바로 전선에 배치되도록 편지를 보낼 것이다. 그러면 너는 일반 사병이 아니라 연대의 중사로 근무하게 될 것이니, 너의 용맹스러움을 보여주기 바란다. 그렇게 되면 너는 나의 수하가 아니라 황제의 수하가 될 것이다.'

'이제 그 양반의 상황은' 삼베옷을 입은 노파가 말했어요. '한결 나아졌을 거유. 더이상 두려워할 것도 없을 거구. 전투에서 죽게 될지는 몰라도 어쨌든 백작의 폭정에선 벗어났으니 말이우.'

저도 그렇게 생각했지요. 그후 삼 년 동안 저는 매일 밤 오직 전투를 벌이는 아르카지 일리치의 꿈을 꾸었답니다.

그렇게 삼 년이 흘렀지요. 그 기간 동안 저는 하느님의 은혜로 극장에 돌아가지 않고, 계속 거기 외양간에 남아 드로시다 아주머니를 도우면서 살 수 있었어요. 그때가 참 좋았지요. 저는 그 여인이 측은했었지요. 가끔씩 그녀가 그다지 많이 취하지 않은 날이면 밤에 그녀가 들려주는 이야기도 좋았고요. 그녀는 우리 농민들이 백작의 아버지를 어떻게 살해했는지를 그때까지도 기억하고 있었어요. 하인장이 직접 저질렀다더군요. 잔혹하기 그지없는 백작을 더이상 참을 수가 없었던 거지요. 아직 그때만 해도 저는 술을 마시지 않았어요. 그래서 드로시다 아주머니를 많이 도와드렸지요. 즐거운 마음으로 말이에요. 그곳의 가축들은 꼭 제 자식 같았답니다. 송아지들은 어찌나 정이 들었던지 송아지 하나가 마지막으로 젖을 먹고 도살장에 끌려갈 때면, 직접 제 손으로 송아지에게 성호를 그어주었어요. 그러곤 사흘 내내 곡을 할 정도였지요. 연극무대에 서기에는 난 더이상 쓸모가 없었어요. 다리가 후들거려 잘 걸을 수가 없게 되었거든요. 예전엔 걸음걸이가 정말 가벼웠는데, 아르카지 일리치가 추운 날씨에 정신을 잃은 저를 데리고 도망갈 때 아마 제 발에 동상이 걸렸었나봐요. 그후로 춤을 추기에는 발가락에 힘이 너무 없었지요. 그래서 저 역시 드로시다처럼 삼베옷을 입은 신세가 되었답니다. 언제까지 그런 우울한 상태로 지내게 될지도 전혀 알 수 없었고요. 그러던 어느 날 저녁 무렵, 제가 농가에 있을 때였어요. 해는 기울어가고, 저는 창가에서 실타래를 풀고 있는 중이었지요. 갑자기 창문 너머로 자그마한 돌 한 개가 날아 들어오는 거예요. 종이에 싸인 채로요.

16

　저는 두리번두리번 둘러보고는 창문 너머로 눈을 돌렸지요. 아무도 없었어요.

　'아마 누가 바깥에서 담장 너머로 던졌다가, 잘못해서 노인네가 사는 우리 쪽으로 떨어졌나보네.' 그러곤 생각해보았어요. '이 종이를 펼쳐볼까 말까? 펼쳐보는 게 좋겠어. 분명히 뭔가 쓰여 있을 거야. 어쩌면 이건 누군가에게 보내는 서찰인지도 모르잖아. 그러면 내가 아무한테도 말하지 않고 이 쪽지를 그대로 돌에 묶어 받을 사람에게 전해줄 수 있을 테니까.'

　그래서 저는 그것을 펼쳐 읽었지요. 그러곤 제 눈을 믿을 수 없었답니다."

17

내용은 이랬다.

'신실한 나의 류바! 나는 전쟁터에 나가 황제를 위해 여러 차례 피를 흘리며 싸웠다오. 그 덕분에 장교의 지위와 함께 귀족의 신분을 얻었소. 지금 나는 자유로운 몸이 되어 상처를 치료하기 위해 휴가를 받아 푸슈카르 마을에 있는 여인숙의 관리인 집에 묵고 있소. 내일 나는 십자훈장을 비롯해 내가 받은 훈장들을 달고 백작에게 출두할 것이오. 그때 나는 치료를 위해 받은 돈 오백 루블을 모두 가지고 가 그대를 자유롭게 해달라고 요청하겠소. 나의 소망은 오로지 지극히 높으신 창조주 앞에서 우리가 결혼하는 것뿐이라오.'

"그리고 계속해서 이렇게 쓰여 있었지요." 류보피 오니시모브나는 언제나처럼 감정을 억제하며 이야기를 계속했다. '당신이 어떤 불행을 당했는지, 또 어떤 처지에 놓여 있는지 사람들이 이야기하더군. 당신이 그런 고통을 당하다니. 그러나 그것은 당신이 죄를 지어서도 아니고, 또 당신이 나약해서도 아니오. 나는 하느님께 모든 것을 맡길 것이오. 당신에 대한 나의 마음은 오로지 존경뿐이오.' 그리고 그 아래 '아르카지 일린'이라고 쓰여 있었다.

류보피 오니시모브나는 그 즉시 편지를 화로에 태운 후에, 그 누구에게도, 심지어 삼베옷의 노파에게까지도 단 한마디도 하지 않았다. 그러고는 밤새도록 하느님께 기도만 올렸는데, 자신을 위해서는 한마디도 하지 않고, 오로지 그를 위해서만 기도했다. 그녀의 말에 따르면, 그가 아무리 십자훈장과 귀족 신분을 받은 장교가 되었다고 해도 백작이 그를 이전과 다르게 대해줄 거라고는 도저히 상상할 수 없었기 때문이었다.

간단히 말하자면, 그녀는 그가 오히려 몰매를 맞지나 않을까 두려웠던 것이다.

18

다음 날 아침 일찍, 류보피 오니시모브나는 양지바른 곳으로 송아지들을 몰고 나가 나무껍질로 만든 그릇에 우유를 담아 먹이기 시작했다. 그때 갑자기 담장 너머 '바깥에서' 사람들이 어디론가 급히 달려가면서 자기네들끼리 재빠르게 나누는 말이 귀에 들어왔다.

"무슨 말인지 한마디도 알아들을 수가 없었어요." 그녀가 말했다. "하지만 그 사람들이 하는 말이 정말이지 비수처럼 제 가슴을 찌르며 파고들었지요. 그때 마침 거름을 운반하는 필립이 문을 열고 들어오더군요. 그래서 제가 말했지요.

'이봐요, 필립! 저 사람들이 무슨 이야기를 그렇게 신나게 하면서 가는지 들으셨어요?'

그가 대답했어요.

'그건 말이여, 푸슈카르 마을에 있는 여인숙 주인이 밤에 잠을 자던 어떤 장교를 살해했다고 해서 그걸 구경하러 가는 거라. 목을 완전히 베어버리고 오백 루블을 훔쳐갔다지 뭐여. 사람들이 그자를 잡았는디, 온몸이 피투성이에 돈도 가지고 있었다는구먼.'

그 말이 채 끝나기도 전에 저는 그 자리에 털썩 주저앉고 말았지요.

그래, 그랬어요. 아르카지 일리치는 그렇게 그 여인숙 주인에게 살해당했답니다…… 그리고 그는 여기, 우리가 앉아 있는 바로 이 무덤에 묻혔지요…… 그래요, 그는 지금 여기 우리 아래에, 이 흙무더기 아래에 누워 있어요…… 도련님은, 제가 왜 언제나 도련님들을 데리고 이곳으로 산책하러 오는지 궁금해했지요…… 저는 이제 저곳은 쳐다보고 싶지도 않아요." 그러면서 그녀는 음울한 잿빛 폐허를 가리켰다. "하지만 여기 이렇게 잠시라도 그 사람 곁에 앉아서…… 그의 영혼을 위해 술 한 잔이라도 올리려고……"

19

류보피 오니시모브나는 말을 멈췄다. 그러곤 이야기를 다 끝냈다는
듯, 주머니에서 작은 병 하나를 꺼내더니, 고인의 명복을 빌며 한 모
금 마셨다. 내가 그녀에게 물었다.

"그럼 그 유명한 분장예술가를 여기에 묻은 사람은 누군가요?"

"현(縣)지사였지요, 도련님. 현지사님께서 직접 장례식에 왔었답니
다. 아무렴, 당연히 그래야 했죠! 장교였으니까요. 장례예배 때 부제
와 사제가 그를 가리켜 '대귀족 아르카지'라고 칭하더군요. 그리고 관
을 내릴 때는 병사들이 공중에 공포탄을 쏘아댔어요. 그리고 그로부
터 일 년 후 그 여인숙 주인은 일린카 광장에서 채찍질 형벌에 처해졌
지요. 아르카지 일리치 사건으로 마흔세 대의 채찍질이 그에게 가해
졌는데, 그자가 죽지 않고 견뎌내더군요. 목숨을 건진 그자는 죄수 낙

인이 찍힌 후 강제노역에 보내졌지요. 웬만한 남자들은 다 그 광경을
보러 갔었는데, 그중에는 예전에 잔인한 백작을 죽인 사람들이 어떤
형벌을 받았는지 기억하는 노인들이 있었지요.* 그들이 하는 말이, 아
무리 아르카지가 평민 출신이기는 하지만, 채찍질 마흔세 대는 너무
적다는 거였어요. 백작을 죽인 사람들에게는 백한 대가 가해졌다고
하면서요. 매질을 짝수로 하는 것은 법률로 금했기 때문에, 매질은 꼭
홀수로 해야 했지요. 그러면서 하는 말이, 그때 일부러 툴라 출신의
망나니를 데리고 와서는, 일을 치르기 전에 그에게 럼주 세 잔을 주었
대요. 그러곤 망나니가 매질을 시작했는데, 채찍질 백 대까지는 고통
만 느끼고 죽지는 않게끔 때렸다는군요. 그런 후에 백한 대째는 온 등
뼈가 으스러질 정도로 세게 내리쳤대요. 그러면 죄인은 형틀에서 내
릴 때 이미 거의 죽은 거나 진배없고…… 그 상태로 거적에 덮인 채
감옥으로 이송되는 중에 숨이 끊어지고 마는 거지요. 그 와중에 툴라
의 망나니가 계속해서 소리를 질렀대요. '누구든지 때릴 놈 있으면 더
데리고 와. 오룔 놈들은 다 죽여버리고 말 테니까.'"

"그러면 유모는 장례식 때 있었나요?" 내가 물었다.

"있었지요. 다른 사람들과 모두 함께요. 백작이 극장에 있던 사람
들 전부 가서 보라고 명령했어요. 우리 같은 신분의 사람이 어느 정도
까지 출세를 할 수 있는지 말이에요."

---

* 이것은 실제로 있었던 일이다. M. F. 카멘스키 백작(1738~1809)은 포악한 성격으로
인해 농민들에게 살해당했고, 그 살해범들은 엄한 형벌을 받았다. 이 작품에서 레스코프
는 살해당한 M. F. 카멘스키 백작과 연극애호가였던 그의 아들 S. M. 카멘스키(1771~
1835)의 성격을 한 인물로 합성하였다.

"그래서 그 사람들이 전부 그와 마지막 인사를 나눴나요?"

"그럼요, 물론이지요! 모두들 가서 마지막 인사를 나눴지요. 그리고 저도…… 그 사람은 제가 알아보지도 못할 정도로 변해 있었어요. 바짝 말랐고, 어찌나 창백했던지…… 사람들이 하는 말이, 그가 살해당한 때가 자정경이라서, 온몸의 피가 다 빠져나갔다더군요…… 얼마나 많은 피를 흘렸으면……"

그녀는 말을 멈추고는 잠자코 생각에 잠겼다. 내가 말했다.

"그러면 유모는 그후에 이 일을 어떻게 견뎌냈어요?"

그녀는 그때 막 정신이 돌아온 듯, 손으로 이마를 쓰다듬었다.

"처음엔 기억이 나질 않았어요." 그녀가 말했다. "어떻게 집에 왔는지…… 다른 사람들과 다 함께 왔으니까, 아마 누군가 저를 데리고 왔겠지요…… 저녁때 드로시다 페트로브나가 말했어요.

'그래서는 안 되지. 잠도 자지 않고 돌처럼 꼼짝 않고 누워만 있으니. 그러면 안 좋아. 차라리 가슴이 후련하도록 울어버리구려.'

제가 말했어요.

'그럴 수가 없네요, 아주머니. 가슴이 불덩이처럼 타는 것 같아서 도저히 어쩔 도리가 없어요.'

그랬더니 그녀가 말하더군요.

'정히 그렇다면 이제는 어쩔 수 없이 눈물병이 필요하겠네.'

그러곤 제게 자기 술병을 건네주면서 말했어요.

'전에는 임자가 이걸 입에 대는 것을 나 자신도 허락하지 않아 만류했지만 이젠 어쩔 수가 없구려. 자, 마시구려. 마음속의 불을 꺼야지.'

저는 말했지요.

‘마시고 싶지 않아요.’

‘이런 바보 같은 사람. 누군들 처음부터 마시고 싶어 마셨겠수. 임자에겐 정말 쓰디쓴 슬픔이겠지. 하지만 이 독은 임자의 슬픔보다 더 쓰다우. 이 독으로 불을 끄는 거야. 그러면 잠시나마 나아질 거유. 어서 마시구려, 어서!’

저는 단숨에 그 눈물병을 다 마셔버렸답니다. 토할 것 같았지만, 그것 없이는 잠을 잘 수가 없었으니까요. 그 다음 날 밤도 마찬가지로…… 또 마셨지요…… 그리고 이제는 이것 없이는 잠을 잘 수가 없게 되었답니다. 제가 직접 병을 가져가 술을 살 정도로…… 그런데 우리 착하신 도련님, 어머니께는 이 사실을 절대로 말하지 마세요. 절대로 평민들을 배신해서는 안 돼요. 평민들은 보호를 받아야 한답니다. 언제나 괴로움만 당하니까요. 우리가 집으로 돌아갈 때요, 저는 또 길모퉁이에 있는 선술집의 창문을 두드릴 거예요…… 직접 들어갈 필요는 없어요. 제 빈 눈물병만 건네주면 새로 채워주니까요.”

그 말에 가슴이 찡했던 나는 절대로 무슨 일이 있어도 그녀의 ‘눈물병’에 관해서 이야기하지 않기로 약속했다.

“고맙습니다, 도련님. 말하지 마세요. 전 이게 있어야 해요.”

지금도 나는 그 모습이 생생하다. 매일 밤, 집안사람들이 모두 잠이 들면, 그녀가 자신의 앙상한 뼈마디가 부딪히는 소리를 내지 않으려고 조용히 침대에서 몸을 일으키고는 잠시 귀를 기울이다가, 자리에서 일어나 동상이 걸린 가느다란 다리를 움직여 창문으로 다가가던 모습이…… 그렇게 그녀는 잠깐 동안 서서 혹시 침실에서 어머니가 나오시지나 않을까 주위를 살펴보며 귀를 기울이곤 했다. 그러고는 자리를 잡고 조용히 술병을 입으로 가져가 술을 마셨다. 한 모금, 두 모금, 세 모금…… 그렇게 마음속 불을 끄면서 또한 아르카지를 추모했던 것이다. 그러고는 다시 침대로 돌아와 재빨리 이불을 덮으면, 곧바로 조용히 아주 조용히 코고는 소리가 들려왔다. 푸-푸, 푸-푸, 푸-푸. 잠이 든 것이다!

나는 평생 이보다 더 무섭고 가슴을 찢는 추도식은 본 적이 없다.

봉인된 천사

1

때는 성탄절기, 성 바실리 축일[*] 전야였다. 가혹하기 이를 데 없는 날씨였다. 악명 높은 볼가 강 유역의 겨울 대지를 뒤덮는 눈보라 중에서도 가장 끔찍한 눈보라가, 끝없이 펼쳐진 평원 한가운데 외따로 서 있는, 초라하기 그지없는 여인숙으로 많은 사람들을 몰아댔다. 거기엔 한 무리의 귀족과 상인, 농부, 그리고 러시아인과 모르드바인, 추바슈인이 한데 섞여 있었다. 그런 숙소에서 신분이나 지위를 가린다는 건 불가능한 일이었다. 몸을 아무리 돌려대도 좁기는 매일반이었다. 몸을 말리는 자가 있는가 하면, 어떤 이는 몸을 녹이고 있었고, 또

---

[*] 러시아의 성탄주간은 성탄절 이후 12일 동안을 가리킨다. 성 바실리의 기념 축일은 러시아 구력으로 1월 1일이다. '바실리의 저녁'으로 불리는 12월 31일 저녁에는 성대한 잔치와 다양한 민속놀이가 행해진다.

어떤 이들은 아무리 좁은 자리라도 몸을 기댈 만한 곳을 찾고 있었다. 사람들로 차고 넘치는 어둡고 낮은 농가는 후덥지근한 공기와 젖은 옷에서 나오는 축축한 증기로 꽉 찼다. 빈 곳은 아무 데도 없었다. 천장 밑 잠자리에도, 페치카 위에도, 벤치에도, 심지어 지저분한 맨바닥 위에도 사람들이 누워 있었다. 무뚝뚝하기 짝이 없는 집주인 농부는 손님이 들끓어 수입이 좋을 텐데도 즐거운 기색이 없었다. 마지막으로 두 명의 상인이 썰매마차를 타고 여인숙 마당에 서자, 집주인은 곧바로 잔뜩 성이 난 얼굴로 문을 꽝 닫고는 자물쇠로 잠근 후에 성상을 모신 제단 아래 열쇠를 걸면서 단호하게 말했다.

"내 원, 이제부턴 제아무리 문에다 머리를 들이밀고 들어오려고 해도, 내, 열어주나 봐라."

그러나 이 말을 마친 그가 넓은 양털가죽옷을 벗고 구교식으로 거창하게 성호를 그은 뒤 뜨거운 페치카 위에 몸을 채 눕히기도 전, 누군가 손으로 조심스럽게 유리창을 두드렸다.

"거기 누구요?" 내키지 않는 목소리로 집주인이 크게 외쳤다.

"우리요." 창문 너머에서 탁한 소리가 들려왔다.

"이거 참, 무슨 일이오?"

"그리스도를 봐서라도 좀 들여보내주시오. 길을 잃었다오…… 얼어 죽게 생겼소."

"몇 명이나 되시오?"

"많지 않소, 많지 않다고요. 열여덟 명밖에 안 되오, 열여덟 명이오." 창문 너머에서 이를 덜덜 떨면서 더듬거리는 소리가 들렸다. 분명 꽁꽁 얼어붙은 사람의 목소리였다.

"당신들을 들일 곳이 없소. 집이 완전히 사람들로 터질 지경이오."

"몸이라도 좀 녹일 수 있게 해주시오!"

"당신들, 뭐하는 사람들이오?"

"마부들이오."

"짐이 있소, 아니면 빈 차요?"

"있소, 주인장. 모피를 싣고 가는 중이라오."

"모피라고! 아니, 모피를 싣고 가면서, 이 집에서 묵겠다는 거요. 나 원, 이젠 러시아 땅에서 별놈들을 다 보겠네! 썩 꺼지쇼!"

"그럼 저들은 어찌해야 되는 거요?" 붙박이 침대 맨 위에서 곰털 외투를 덮고 누워 있던 여행자가 물었다.

"어떡하긴 뭘 어떡해요, 모피를 꺼내서 덮고 자면 되지." 이렇게 대답한 집주인은 다시 한번 마부들에게 한바탕 욕을 퍼부은 뒤, 페치카 위에 누워 꼼짝하지 않았다.

곰털 외투를 덮고 있던 여행자가 매우 억센 목소리로 냉정한 집주인을 비난했지만, 집주인은 그 말에 한마디 대꾸도 하지 않았다. 그 대신 멀찌감치 떨어진 한쪽 구석에서 붉은 머리카락에 수염을 뾰족하게 기른 자그마한 사람이 입을 열었다.

"여보시오, 주인장을 너무 나무라지 마시오. 그건 다 경험에서 나온 옳은 처사라오. 모피가 있으니 위험하진 않을 게요."

"그래요?" 곰털 외투를 덮은 여행자가 의심스러운 듯 되물었다.

"절대 안전합니다. 그리고 집주인이 그들을 집에 들이지 않는 것이 그들에게도 더 좋습니다."

"그건 또 왜 그렇소?"

"그들이 이번 일을 통해 유익한 경험을 할 수 있기 때문이지요. 게다가 또 정말로 오갈 데 없는 누군가가 이리로 온다면 그 사람에게 자리를 내어줄 수도 있으니까요."

"지금 이런 시간에 사람들을 이런 곳으로 또 몰고 온다면 그건 악마 짓이지!" 곰털 외투가 말했다.

"당신 말이야," 집주인이 입을 열었다. "쓸데없는 소리 좀 지껄이지 마쇼. 정말로 악마란 놈이 이렇게 성물들이 그득한 곳에 끌고 오긴 누굴 끌고 올 수 있단 말이요? 당신 저기 저 구세주 상과 성모상이 눈에 보이지도 않소?"

"그건 맞는 말씀입니다." 붉은 머리가 편을 들며 말했다. "구원받은 사람을 이끄는 건 악마가 아니에요, 천사가 인도하지요."

"그건 처음 듣는 말이네요. 어쨌든 나로선 이곳이 너무 끔찍해서, 내 수호천사가 이런 곳으로 나를 이끌었다고 생각하고 싶지는 않군요." 말하기를 좋아하는 곰털 외투가 대꾸했다.

집주인은 화를 내며 침을 뱉어댔지만, 붉은 머리는 친절한 말투로, 천사의 길은 아무에게나 보이는 것이 아니며, 이런 일은 직접 경험한 사람만이 이해할 수 있다고 말해주었다.

"당신은 마치 이런 일을 직접 경험한 사람처럼 말하는구려." 곰털 외투가 말했다.

"그렇습니다. 직접 경험했지요."

"도대체 뭘 봤다는 거요, 정말 천사를 봤다는 거요, 천사가 당신을 이끌었다는 거요?"

"그렇습니다. 천사를 보았지요. 천사가 나를 인도했습니다."

"당신 농담하자는 거요, 아니면 날 놀리는 거요?"

"신을 앞에 두고 그런 농담을 하다니요!"

"그렇다면 진짜로 봤다는 이야기네. 도대체 어떤 식으로 천사가 당신에게 나타납디까?"

"그건, 신사 양반, 아주 긴 이야기랍니다."

"알다시피 여기서 잠을 잔다는 건 불가능한 일이오. 지금 그 이야기를 우리에게 들려준다면, 그것만큼 좋은 일이 어디 있겠소?"

"원하신다면 해드리겠습니다."

"모두들 듣고 있으니 어서 말씀하시지요. 그런데 왜 그렇게 무릎을 꿇고 거기 계시오. 우리 쪽으로 오시오. 우리가 어떡해서든 자리를 좁혀볼 테니 같이 앉아봅시다."

"아닙니다. 호의는 감사드립니다! 그렇게 자리를 좁힐 필요 없습니다. 더욱이 제가 지금 여러분 앞에서 하게 될 이야기는 무릎을 꿇고 해야 될 이야기랍니다. 워낙 거룩하고 무섭기까지 한 일이라서 말입니다."

"정 그렇다면 원하시는 대로 하구려. 어서 말씀이나 해보오. 당신이 어떻게 천사를 보았고, 또 천사가 당신에게 무슨 일을 했는지 말이오."

"좋습니다. 시작하지요."

2

"저는, 여러분이 보시는 바와 같이, 대단히 보잘것없는 사람입니다. 저는 상것에 지나지 않고, 교육이라곤 그저 신분에 걸맞은 아주 보잘것없는 교육만을 받았을 뿐입니다. 전 이곳 출신이 아니라 먼 곳에서 온 사람이지요. 직업은 석수장이고 구교 출신이랍니다. 어렸을 때부터 고아로 자랐고, 동향 사람과 함께 여러 지역을 떠돌아다니면서 품을 팔았는데, 언제나 루카 키릴로프라고 하는 제 동향인과 같은 조합에 속해 있었지요. 이 루카 키릴로프라는 사람은 아직까지 살아 있답니다. 그는 우리 고용주 가운데 우두머리 같은 사람이었습니다. 그의 사업은 아주 오래전 조상들로부터 물려받은 것인데, 사업을 말아먹지 않고 잘 번창시켜서 엄청난 재산을 일구어냈답니다. 게다가 예나 지금이나 훌륭한 인간성을 지녔고 다른 사람에게 해를 끼치는 일이 없는 사람이지요. 우린 그 사람과 함께 안 가본 곳이 없었습니다. 아마도 온 러시아를 다 돌아다녔을 겁니다. 그리고 저는 그 어디에서도 그분만큼 훌륭하고 뛰어난 지도자는 보지 못했습니다. 그분과 함께 우리는 아주 평화로운 가부장제 가족처럼 살았답니다. 그는 우리를 고용한 사람이기도 했지만, 또 일이나 신앙생활에서 지도자이기도 했으니까요. 그와 함께 일을 찾아 돌아다닌 걸 생각하면 우리는 꼭 모세와 함께 광야를 떠도는 이스라엘인들과 같았습니다. 심지어 우리에겐 우리와 결코 떼려야 뗄 수 없는 우리들만의 성막(聖幕)도 있었으니까요. 말하자면 우리를 위한 '하느님의 축복'이 우리 안에 거한다는 거지요. 루카 키릴로프는 이콘과 같은 성물들을 몹시 좋아했는데, 그에게는, 여러분, 그야말로 진기하기 그지없고 정교하기 이루 말할 데 없는 고대의 이콘들, 진짜 그리스 출신이나 고대 노브고로트 혹은 스트로가노프 출신의 이콘화가들이 그린 온갖 이콘들이 다 있었지요. 함께 모아둔 이콘들은 아주 강렬한 빛을 발했는데, 그것은 이콘에 입힌 오클라드* 때문이라기보다는 놀랍기 그지없는 예술적 정교함과 흠잡을 데 없는 그 솜씨 때문이었습니다. 그것은 그때 이후로 그 어느 곳에서도 보지 못한 그런 숭고한 아름다움이었답니다!

다양한 이콘들이 있었지만, 몇 가지만 꼽자면, 데이시스**와 촉촉

* 이콘을 장식하는 기술 혹은 그 장식 덮개를 가리킨다. 이 경우 이콘은 인물의 피부 부분, 즉 얼굴과 손발만 남기고 은판으로 덮어씌워진다. 이때 은판 덮개는 건물, 산수, 의복 등 그림의 나머지 부분의 본을 떠 망치로 두들기는 타출세공 기법으로 만들어진다. 보통 자신의 기도가 이루어졌을 때 감사의 표시로, 또는 왕이나 귀족들이 선물용으로 이콘을 장식하였으며, 값비싼 금판을 사용하기도 했다. 흔히 리사(risa)라고도 불린다.

하게 빛나는 머리를 한 아케이로포이에토스 구세주상***을 비롯하여 여러 성인, 순교자, 사도의 이콘이 있었고, 그중에서 특히 사도행전의 여러 인물들을 그린 이콘은 더욱 놀라웠지요. 예를 들면 교회력과 축일들, 최후의 심판, 성자력, 대천사들, 성부와 성자, 육일간의 천지창조, 병자 치유의 역사, 성인들에 둘러싸인 일곱 형상**** 같은 것들입니다. 그리고 마므레의 떡갈나무 아래에서 삼위일체를 경배하는 아브라함이 있었는데, 한마디로 말해서 그 모든 이콘의 찬란함은 도저히 말로 표현할 수 없을 정도이지요. 오늘날 그런 이콘들을 만드는 곳은 단 한 군데도 없습니다. 모스크바에서도, 페테르부르크에서도, 또 팔리호보***** 같은 곳에서도 말입니다. 그리스는 말할 나위도 없지요. 그런 기술이 그리스에서 사라진 지는 이미 오래되었으니까요. 우리 모두는 이 성물들을 정말이지 열정적으로 사랑했습니다. 우리는 이콘들 앞에 등불을 밝혀놓았고, 공동 경비로 말과 특수 마차를 마련해서 거기에 하느님의 축복을 커다란 두 개의 상자 안에 나누어 모시고 우리가 어디를 가든지 동행하도록 했습니다. 우리에게 있는 이콘 중에

** 청원, 기원이라는 뜻의 그리스어에서 나온 말로서, 성모마리아와 세례자 요한을 좌우에 거느린 옥좌의 예수를 묘사한다. 전 인류의 사면을 예수에게 청원하는 중재자로서 성모 마리아와 세례자 요한은 고개를 수그리고 손을 내민 형상을 하고 있다.

*** 인간의 손으로 그리지 않은 구세주상. 만딜리온(천에 투영된 주님의 형상)으로 불리기도 한다. 전설에 따르면, 에데사의 왕 아브가르가 불치병을 앓자 예수에게 편지를 써서 병을 낫게 해달라고 청원했다. 이에 예수는 자신의 얼굴이 찍힌 아마포를 보냈고, 왕은 이 천에 손을 댄 순간 병이 치유되었다. 이 전설 속의 이콘이 최초의 이콘으로 알려졌으며, 모든 이콘의 기원을 이룬다.

**** 일곱 형상은 예수, 성모 마리아, 세례자 요한, 가브리엘과 미하엘 대천사, 베드로와 바울을 가리킨다.

***** 블라디미르 현에 속한 마을 이름. 16세기부터 이콘 제작의 중심지로 여겨진다.

특히 두 개의 이콘이 중요했습니다. 하나는 고대 모스크바 황실의 화가들이 그리스인들을 모방하여 제작한 것인데, 그것은 정원에서 기도하시는 지고하신 천상의 여왕 앞에서 온갖 삼나무와 올리브나무들이 땅에 엎드려 경배를 드리는 모습을 그린 것이었습니다. 그리고 다른 것은 수호천사를 그린 것으로 스트로가노프의 작품이었지요. 이 두 이콘이 얼마나 정교하게 그려졌는지는 도저히 말로 표현할 수 없을 정도입니다! 순결하신 여왕 앞에서 생명 없는 나무들이 경배하는 모습을 보고 있노라면, 심장이 떨려 녹아내릴 지경입니다. 그리고 천사를 바라볼 때…… 그 기쁨이란! 그 천사는 정말이지 도저히 형용할 길이 없습니다. 그 얼굴은, 지금도 눈앞에 선합니다만, 천상의 빛으로 밝게 빛나고 또 한량없는 선량함으로 가득 차 있습니다. 온유한 시선에, 귀에는 하얀 띠 같은 선이 그려져 있었는데, 그것은 세계 어느 곳의 기도라도 다 듣는다는 표시랍니다. 옷은 빛을 발하고, 길게 늘어진 겉옷에는 금장식이 가득했습니다. 깃털로 장식된 갑옷과, 어깨에는 띠가 매여 있었고, 가슴에는 어리신 임마누엘의 얼굴이 그려져 있었습니다. 그리고 오른손에는 십자가가, 왼손에는 불타오르는 칼이 들려 있었지요. 정말, 정말 놀라지 않을 수 없습니다!…… 아마빛 곱슬머리는 귀를 덮었고, 머리카락 한 올 한 올이 작은 바늘로 그려놓은 듯했습니다. 넓게 펼쳐진 날개는 눈같이 하얗고, 그 안쪽은 파란 하늘색으로 밝게 빛났으며, 깃털 하나하나에 달린 솜털 같은 미세한 부분들까지 다 볼 수 있었습니다. 그 날개들을 바라보면 모든 두려움이 온데간데없이 사라졌고, '저를 지켜주소서'라고 기도하기만 하면 그 즉시로 사방이 고요해지고 영혼이 평온해졌지요. 바로 이런 이콘이었던 것입니다! 우리에게 이 두 이콘은 이스라엘 사람들의 그 거룩하기 그지없는, 브살렐의 신기에 가까운 솜씨로 꾸며진 언약궤와도 같은 것이었습니다.* 제가 앞서 말씀드린 이콘들은 모두 특별히 제작된 상자에 넣어 마차로 운반되었는데, 그 두 이콘만은 마차에 싣지 않고, 우리가 직접 들고 다녔습니다. 여왕은 언제나 루카 키릴로프의 부인인 미하일리차가 지니고 다녔고, 천사 이콘은 루카가 직접 가슴에 품고 다녔지요. 그는 이 이콘을 위해 어두운 톤의 작은 비단 주머니를 만들어서 단추를 달고, 앞면에는 진홍빛 원단으로 십자가 장식을 덧붙였고, 위쪽에는 녹색의 두꺼운 비단 줄을 연결해서 목에 달고 다닐 수 있게 했습니다. 이렇게 해서 루카는 그 이콘을 언제나 가슴에 달고 다녔는데, 우리가 이동할 때면 앞장서 가는 모습이 마치 천사가 친히 우리를 인도하는 것 같았습니다. 보통 우리는 새로운 일을 찾아서 평원을 따라 이곳저곳으로 옮겨 다녔습니다. 루카 키릴로프는 맨 앞에서 막대기 대신 눈금자를 휘두르며 갔고, 그 뒤에 성모상을 지닌 미하일리차를 태운 마차가 따라갔고, 그들 뒤에 우리 전 대원들이 따라갔지요. 들판을 따라 걷다가 온갖 풀과 꽃들이 펼쳐진 초원이 나타나면 가축들을 먹이고, 피리꾼은 피리를 불고…… 그야말로 황홀한 광경이 아닐 수 없었습니다! 모든 일은 아주 순조로웠고, 우리는 하는 일마다 신기할 정도로 성공을 거뒀지요. 언제나 좋은 일거리들이 끊임없이 생겼을 뿐만 아니라 사람들 사이에 불화가 생긴 적도 없었고, 또 각자

---

* 신적인 능력을 지닌 수공업자 겸 건축가인 브살렐은 이집트에서 탈출한 이스라엘 사람들이 광야 생활을 할 때 항상 가지고 다닌 성막과 언약궤를 만들었다. 성경 「출애굽기」 31:2 이하 참조.

의 집에서 들려오는 소식들도 모두 평안했으니까요. 우리는 그 모든 것들에 대해 우리를 인도하시는 천사에게 감사를 드렸습니다. 아마 그때 우리는 우리 목숨보다도 그 경이로운 이콘을 더 귀중하게 여겼던 것 같습니다.

그러니 우리가 어떤 사고를 당해 그 귀하디귀한 성물을 빼앗긴다는 것을 상상이라도 할 수 있었겠습니까? 그런데 그런 불행한 일이 우리를 기다리고 있었던 것입니다. 그리고 그것도, 우리는 나중에야 깨달았지만, 어떤 인간의 간계에 의해서 그렇게 된 것이 아니라 바로 우리의 인도자인 그분의 의지에 따라 그렇게 된 것이랍니다. 우리가 고통의 의미를 올바로 이해하고, 그것을 통해 우리에게 참된 길을 보여주시기 위해 바로 그분 스스로 자신에 대한 모욕을 기꺼이 받아들인 것이었지요. 그리고 그 참된 길을 앞에 두고 보니, 우리가 그때까지 걸어온 모든 길들은 단지 어둡고 출구 없는 협곡에 지나지 않았습니다. 그런데 제 이야기가 들을 만한지 모르겠습니다. 공연히 여러분을 피곤하게 만드는 게 아닌지 걱정이 되는군요.”

“아니, 아닙니다. 무슨 그런 말씀을. 어서 계속 말씀하시지요!” 그 이야기에 한껏 흥미를 느낀 우리들이 외쳤다.

“좋습니다. 원하신다면 계속 말씀드리지요. 그럼 제 능력이 닿는 대로, 천사를 통해 우리에게 일어난 신기한 기적 이야기부터 시작하도록 하겠습니다.”

3

　　"우리는 강폭이 넓은 드네프르 강변에 위치한 어느 큰 도시에 도착했습니다. 지금은 아주 잘 알려진 큰 석조 다리를 건축하는 대공사가 그곳에서 있었기 때문이었지요. 그 도시는 가파른 오른쪽 강변에 위치했고, 우리는 강 왼편의 경사가 완만한 초지에 자리를 잡았는데, 우리 앞에 펼쳐진 광경은 실로 놀라웠습니다. 고대의 성당과 수많은 성자의 유골이 있는 신성한 수도원하며, 울창한 정원과 고서의 겉장에나 그려져 있을 법한 찌를 듯이 높이 솟아 있는 미루나무와 같은 나무하며. 그 모든 것을 보고 있노라면, 정말이지 너무나도 아름다워 가슴이 벅차오를 정도였지요! 여러분도 아시다시피, 우리는 보잘것없는 신분에 불과하지만, 그래도 우리 역시 하느님이 창조하신 자연의 그 지고한 아름다움을 느낄 수가 있었답니다.

그 자리가 너무나도 마음에 들었던 우리는 그날 곧장 그곳에 임시 숙소를 짓기 시작했습니다. 먼저 우리는 높은 말뚝을 박았습니다. 거기가 강변에 인접한 낮은 곳이었기 때문이지요. 그다음에 그 말뚝 위에 별채가 딸린 한 칸짜리 사옥을 지었습니다. 그리고 그 사옥에 성물들을 모두 사제들의 법규에 따라 보관했습니다. 그러니까, 한쪽 벽면에 세 단으로 접혀지는 이코노스타스*를 세워놓고, 그 맨 아래쪽에는 크기가 큰 이콘들을, 그 위쪽 두 단에는 작은 이콘들을 놓는 식으로 하여 맨 꼭대기의 십자가에 이르기까지 사다리 모양으로 설치한 거지요. 그리고 천사 이콘은 루카 키릴로프가 성경을 읽는 곳인 강대상(講臺床) 위에 올려놓았습니다. 루카 키릴로프와 미하일리차는 별채에서 살았고, 우리는 그 옆쪽에 숙소를 세웠지요. 이곳에서 일을 하기 위해 나중에 도착한 다른 사람들도 우리를 보고 자기들이 머물 곳을 세우기 시작했습니다. 이렇게 해서 거대한 터 위에 세워진 도시 맞은편에 우리의 작고 가벼운 도시가 말뚝 위에 세워졌답니다. 우리는 일을 시작했고 모든 건 착착 순조롭게 진행되었지요! 필요한 경비는 영국 지사에서 착실히 대주었고 건강 문제도 하느님이 도우셔서 여름 내내 아픈 사람이 한 명도 없었습니다. 루카의 부인 미하일리차가 자기는 온몸에 살이 붙어서 죽겠다고 불평을 해댈 정도였으니까요. 구교도인 우리에게 그곳이 특히 마음에 들었던 이유는, 구교식 종교 의식 때문에 어디를 가나 박해를 받던 그 시절에, 그곳은 우리에게 치외법권 지역과도 같았기 때문입니다. 거기엔 중앙이나 지방에서 파견된 관리도

---

* 러시아 성당에서 회중석과 지성소 사이에 세워진 벽으로, 이콘들로 장식되어 있다.

없었고 또 사제들도 없었으니까요. 이렇다 하게 눈에 띄는 사람도 없었고 우리의 신앙에 간섭하거나 문제 삼는 사람도 없었습니다. 그야말로 마음껏 기도할 수 있었지요. 노동 시간을 다 채우고 나면 우리는 사옥에 모였습니다. 그러면 그곳엔 이미 모든 이콘들이 수많은 촛불에 비춰 빛을 발하고 있고, 그 빛에 우리의 마음도 불타오르지요. 루카 키릴로프가 축복송을 시작하면 우리가 따라 부릅니다. 그 소리는 조용한 날이면 때때로 우리가 거주하는 곳에서 멀리 떨어진 곳까지 울려 퍼질 정도이지요. 우리의 신앙생활을 방해하는 사람은 아무도 없었고, 우리를 찾아온 많은 사람들은 오히려 그런 모습을 좋아하는 것 같았어요. 그중에는 러시아의 전통에 따라 하느님께 예배드리기를 좋아하는 일반 사람들뿐만 아니라 이교도들도 있었습니다. 그리고 국교회에 다니는 사람들 중에 예배를 드리려는 마음은 있으나 시간이 없어 강 건너 교회에까지 가지 못하는 상당수의 사람들이 우리에게 와 창문 밑에서 귀를 기울이며 함께 기도를 하곤 했지요. 우리는 밖에서 예배를 드리는 그들을 막지 않았습니다. 하긴 그 사람들을 전부 쫓아낼 수도 없었지요. 심지어는 러시아 구교도의 예배의식에 흥미를 느낀 외국인들도 심심찮게 와서 우리가 부르는 노래를 듣고 좋아했으니까요. 영국인 가운데 공사 책임자인 야코프 야코블레비치란 사람은 심지어 이따금 종이까지 들고 와서는 창문 아래 서서 우리가 부르는 노래를 전부 악보로 그리기까지 했답니다. 그러고는 작업 시간에 나타나 그 모든 노래를 자기 혼자 흥얼거리면서 다녔지요. '주―우 하느님, 우리에게 보여주소서' 하는 식으로 말예요. 물론 우리가 부르는 것과는 좀 다르게 불렀지요. 그도 그럴 것이 우리가 부르는 노래는 고대 러시아 음표로 되어 있어서 서구의 신식 음표로 완전하게 옮기는 것이 불가능하니까요. 영국인들은, 이 점을 높이 사지 않을 수 없습니다만, 정말 진지하고 경건한 사람들입니다. 그래서 그런지 그들은 큰 애정을 가지고 우리를 대해주었고, 또 좋은 마음으로 우리를 인정해주었습니다. 한마디로 말하자면, 우리를 좋은 곳으로 인도해주신 주의 천사가 우리를 풍요로운 자연으로 인도해주시고 모든 사람들의 마음까지도 열게 해주신 것이지요.

제가 여러분께 말씀드린 이런 평화스런 분위기 속에서 우리는 거의 삼 년 정도를 살았습니다. 모든 게 잘 진척되어서, 그야말로 풍요의 뿔에서 성공이 우리에게 쏟아져 나오는 것 같았지요. 그때 우리는 하느님이 우리를 올바로 이끄시기 위해 우리 가운데 선택한 두 개의 그릇이 있다는 것을 깨달았습니다. 그중 한 명은 대장장이 마로이였고, 다른 한 명은 회계원 피멘 이바노프였습니다. 완전 무지렁이였던 마로이는 글을 읽을 줄도 몰랐는데, 이건 구교도들 중에는 아주 드문 경우지요. 하지만 그는 특별한 사람이었습니다. 겉보기는 낙타같이 볼품없는 데다가 멧돼지처럼 사납게 생겼고, 어깨가 보통 사람의 반 정도나 더 넓었지요. 이마는 온통 봉두난발로 무성하게 뒤덮여 있고, 머리 가운데 정수리 부분은 가톨릭 사제처럼 민머리로 깎았답니다. 말도 분명치 않게 하는 데다, 말하면서 계속 입을 쩝쩝거리는 습관이 있어서 무슨 말을 하는지 도통 알아듣기가 어려웠지요. 게다가 머리가 둔하고 뭘 하든지 좀 모자라는 편이어서, 기도문조차 외우지 못해 언제나 특정한 단어 하나만을 반복하곤 했습니다. 하지만 그는 미래를 투시하는 능력과 예언의 은사가 있어서, 그가 무슨 이상한 말을 하면 그 말들이 잘 맞아떨어졌습니다. 반면 피멘은 그와 정반대로 아주 세련된 사람이었지요. 언제나 모양내기를 좋아했고, 또 말은 얼마나 기가 막히게 둘러대는지 정말 입이 떡 벌어질 정도였답니다. 하지만 그 대신에 그는 약간 경솔한 데가 있었고 귀가 얇은 편이었지요. 그리고 마로이가 나이 칠십이 넘은 노인이었던 데 비해, 피멘은 우아한 중년이었습니다. 가운데에 가르마를 잘 탄 곱슬머리에, 짙은 눈썹하며, 건강한 얼굴색이 한마디로 벨리알*과 같은 사람이었지요. 그런데 바로이 두 개의 그릇 속에 우리가 마셔야만 했던 쓰디쓴 술이 만들어지고 있었던 것입니다.

---

* 아름답고 우아한 외모에 뛰어난 화술을 지닌 악한 존재를 가리킨다. 성경 「고린도후서」 6:15 참조.

4

우리가 여덟 개의 교각 위에 세우던 다리는 이미 수면 위로 높이 솟아올랐고, 사 년째 되는 해 여름 우리는 그 기둥들을 쇠고리로 고정시키기 시작했습니다. 그런데 그때 일이 잠시 정체되었지요. 쇠고리 부품들을 크기대로 분류해서 강철너트에 맞춰보니 많은 볼트가 너무 길어서 자르지 않으면 안 되었던 것입니다. 그런데 그 볼트들은 모두 영국제 강철로 만든 것으로 영국에서 생산되는 것들이었습니다. 가장 강력한 강철로 제조된 데다가 굵기가 어른 팔뚝만 했지요. 이런 볼트에 열을 가한다는 것은 불가능했습니다. 그렇게 하면 강철이 단단해져 어떤 연장으로도 붙잡고 자를 수가 없게 되기 때문이지요. 그때 불현듯 우리의 대장장이 마로이가 한 가지 방법을 생각해냈습니다. 그러니까 마차 바퀴에서 나온 진한 수지(樹脂)를 굵은 모래와 섞어서 볼트의 절단 부분에 붙인 다음에 그걸 전부 눈 속에 파묻는 겁니다. 그러고는 그 주위에 소금을 뿌리고 그것을 빙빙 돌립니다. 그 다음에 곧바로 그것을 꺼내어 뜨거운 모루 위에 놓고 해머로 세게 내려치면, 그게 마치 가위로 밀랍 양초를 자르는 것처럼 두 동강이 나게 되는 겁니다. 영국인과 독일인이 전부 나와서 마로이가 생각해낸 이 기발한 방법을 보았습니다. 그들은 그 광경을 한참 바라보더니 갑자기 크게 웃으면서 처음에는 자기네 말로 자기네들끼리 뭐라고 주고받다가 우리말로 이렇게 말하더군요.

'정말 러시아인다워! 자네 훌륭해. 자네 물리학 잘 알아!'

도대체 마로이가 '물리학'에 대해 알긴 뭘 알겠습니까. 과학의 '과' 자도 모르는 사람인데 말입니다. 마로이는 단지 주님이 일러주신 대로 말했을 뿐이지요. 그런데 그만 우리의 피멘 이바노프가 그걸 떠들고 다닌 겁니다. 그건 두 가지 면에서 안 좋은 결과를 초래했지요. 어떤 사람들은 우리의 마로이로서는 도무지 알 바가 없는 과학의 힘을 믿기 시작했습니다. 또 다른 사람들은 우리가 하느님의 은총을 입어 눈앞에 기적이 일어났다고 떠들어댔고요. 우리는 당최 보지도 못한 그런 기적을 말입니다. 그리고 우리에겐 이 나중 것이 처음 것보다 더 안 좋은 결과를 초래했지요. 피멘 이바노프는 심약하면서도 한편 세속적인 욕망이 강한 사람이었습니다. 그럼에도 불구하고 왜 우리가 그 사람을 우리 조합에 그냥 놔두었는지 이제 말씀드리지요. 그는 도시를 오가면서 우리에게 필요한 물품과 식료품을 조달해주는 사람이었습니다. 우리 대신 우체국에 가서 신분증을 제출하거나 돈을 고향으로 보내는 일, 그리고 새로운 신분증을 발급받는 일 등을 처리했답니다. 그러니까 그는 이런 모든 일들을 도맡아서 하는 사람으로, 솔직히 말씀드리자면, 그는 우리에겐 이런 종류의 일을 위해 필요하고 또 매우 도움이 되는 사람이기도 했습니다. 아시겠지만 정말로 구교 신앙이 강한 사람들은 보통 이런 세속적인 일들은 싫어했고 관리들과 마주치는 것을 꺼려했으니까요. 그들에게선 언제나 불쾌한 일들만 당하거든요. 하지만 피멘은 이런 세속적인 일들을 좋아했습니다. 그래서 그는 강 건너편 도시에 아는 사람이 무척 많았습니다. 우리 조합의 업무와 관계하는 여러 상인들과 벼슬아치들은 모두 그를 알고 있었고, 또 그를 우리 조합의 지도자로 여기고 있었지요. 그런 얘기를 들으면 우리는 그저 웃어넘기고 말았지만, 그는 벼슬아치들과 함께 앉아 차를 마시며 거창한 이야기들을 늘어놓는 것을 정말이지 몹시 좋아했습니다. 사람들이 그를 우리의 지도자로 치켜세워주면 그는 그저 웃을 뿐이었지요. 하지만 속으로는 수염을 쓰다듬고 있었던 것입니다. 한마디로 말해 허풍쟁이였지요! 어쨌든 이런 연유로 해서 우리의 피멘은 어느 정도 세력 있는 한 사람을 알게 되었는데, 또 마침 그 세도가의 아내가 우리 지방 출신이었습니다. 그 여자 역시 수다스런 인물이었는데, 우리에 관해 쓴 어떤 새 책들을 읽고는—우리에 관해 무슨 말이 적혀 있는지 우리로서는 전혀 아는 바가 없지만 말입니다—갑자기 무슨 영문에선지 자기가 구교도에게 강한 애정을 가지고 있다는 생각이 들었다는군요. 정말 놀랄 일이지요. 그런데 왜 하필 그런 여자가 그런 생각을 하게 되었는지! 하여간 우리에 대한 애정이 넘치고 넘쳐서, 우리의 피멘이 무슨 일이 있어 그녀의 남편을 찾으면, 그녀는 곧바로 그를 초대해 차를 대접했습니다. 물론 이자도 얼씨구나

하면서 그녀 앞에서 이야기 보따리를 풀어댔지요.

이 여자가 당신네 구교도인들은 이렇고 저렇다는 둥, 경건하고 의로운 데다가 영원히 축복받은 자들이라는 둥 수다를 떨어대니까, 우리의 벨리알이 눈알을 한 번 굴리고 나서 고개를 옆으로 젖히고 수염을 쓰다듬으면서 나긋나긋한 목소리로 하는 말이, '어찌 그러지 않을 수 있겠습니까요, 마님. 우리가 지키는 사제들의 법률이 있는데 말입니다. 우리는 이런저런 규칙들을 준수하면서 그 관례들을 정결하게 잘 따르는지 서로서로 살펴보기도 하지요' 이러면서, 그러니까 한마디로 말해, 세속의 여인네와 함부로 나눠서는 안 될 그런 이야기까지도 다 말해버렸지 뭡니까. 그러니 한번 생각해보십시오, 그 여자가 관심을 보이면서 이렇게 말한 겁니다.

'제가 듣기에, 당신들에게는 하느님의 역사가 실제 눈으로 볼 수 있게 임한다고 하더군요.'

그러자 이자가 곧바로 맞장구를 쳤지요.

'당연하지요, 마님. 바로 눈앞에서 일어나고말고요.'

'볼 수 있단 말이죠?'

'두말하면 잔소리죠, 마님. 최근에는 우리 가운데 한 사람이 엄청난 강철을 거미줄처럼 끊어버리기까지 했답니다.'

그 귀족 부인은 깜짝 놀라 두 손을 마주치며 말했습니다.

'오, 정말 신기하네요! 아, 나는 정말이지 그런 기적적인 일들을 너무나도 좋아해요. 기적이 있다고 확신하거든요. 저기, 있잖아요, 당신네 구교도인들에게 말씀 좀 해주세요. 하느님이 내게 딸 하나만 점지해주십사 기도를 올려달라고요. 아들만 둘이 있어서인지, 나는 무슨

일이 있어도 딸을 갖고 싶답니다. 가능할까요?'

'가능하고말고요.' 피멘이 대답했습니다.

'왜 안 되겠습니까? 얼마든지 되고말고입죠! 다만 보통 이런 경우엔 마님 이름으로 번제등에 불을 밝힐 수 있도록 기름값을 좀 주셔야 합니다.'

이 여자는 아주 만족해하면서 그에게 기름값으로 십 루블을 주었습니다. 돈을 주머니에 넣으면서 그가 말했지요.

'좋습니다. 반가운 소식이 있을 테니, 제 말씀대로만 하십시오.'

당연히 피멘은 이 일에 관해서 우리한테 일언반구도 하지 않았지요. 그런데 어찌어찌 그 귀족 부인이 딸을 낳았답니다.

자! 일이 이렇게 되니까 이 여자는 난리법석을 부리며, 아기를 낳고 몸도 추스르기도 전에 우리의 허풍쟁이를 불러서 고맙다고 잔치를 벌이지 않았겠습니까? 마치 이자가 기적을 일으킨 사람인 것처럼 말입니다. 그리고 이자는 이 모든 것을 넙죽넙죽 받았지요. 그 정도로 경박한 사람이었으니까요. 이성이 어두워지고 감정이 마비된 것입니다. 일 년 후쯤 그 귀족 부인이 다시 우리 하느님께 부탁을 했습니다. 남편이 자기에게 여름 별장을 구해주도록 해달라는 것이었지요. 그런데 또 이 모든 게 그녀의 원대로 되었답니다. 피멘은 또다시 번제등을 밝힐 기름값이며 초값을 전부 챙겼지요. 이자가 그 돈들을 어디로 빼돌렸는지 우리로선 전혀 알 턱이 없었습니다. 그리고 또 정말 이해할 수 없는 기적들이 일어났답니다. 이 귀족 부인에게 학교에 다니는 큰 아들이 있었는데, 정말 말썽꾸러기에다가 아무짝에도 쓸모없는 게으름뱅이였지요. 게다가 도무지 공부라고는 할 생각을 안 했는데, 진학

시험을 볼 때가 온 겁니다. 그녀는 피멘을 불러서 기도를 부탁했습니다. 자기 아들이 진학을 할 수 있도록 말이에요. 피멘이 말했습니다.

'쉽지 않은 일이군요. 우리네 사람들이 전부 합심해서 밤새도록 기도하고 아침까지 촛불을 밝히며 부르짖으면 또 모를까.'

그래도 그 여자는 물러서지 않았습니다. 그에게 삼십 루블을 건네주면서 제발 기도만 해달라고 했지요! 그런데 여러분은 이 일이 어떻게 됐다고 생각하십니까? 그녀의 그 말썽꾸러기 아들이 진학을 하게 되는 행운이 일어난 것입니다. 그녀는 우리 하느님이 그녀를 위해 그런 일까지 해주었다는 사실에 기뻐한 나머지 미칠 지경이 되었지요. 그 뒤로 피멘에겐 주문에 주문이 이어졌고, 그는 또 그녀에게 바로바로 하느님으로부터 그 모든 것을 얻어내주었답니다. 건강이며, 유산이며, 남편의 승진 같은 문제들을 말이지요. 그녀의 남편은 훈장을 얼마나 많이 받았던지, 사람들이 하는 말이, 나중에는 가슴에 훈장을 달 자리가 없어서 훈장 하나는 주머니에 집어넣을 정도였답니다. 정말 놀랄 일이 아닐 수 없었지요. 그런데도 우리는 그 모든 것을 새까맣게 모르고 있었답니다. 하지만 그 모든 내막이 밝혀지고, 기적이 다른 것으로 바뀌게 되는 시간이 오고야 말았습니다.

5

그 현에 있는 한 유대인 도시에서 장사를 하던 유대인들 사이에 불쾌한 사건이 하나 터졌습니다. 그들이 위조지폐를 가지고 있었는지 아니면 어떤 비밀 거래를 했는지 확실히 말씀드리지는 못하겠지만, 어쨌든 관청에선 이 사건을 밝혀내야 했기 때문에 상당한 포상금을 제시했었지요. 그래서 그 귀족 부인이 우리의 피멘을 불러 말했습니다.

'피멘 이바노비치, 여기 양초와 기름값인데, 이십 루블이에요. 받아두세요. 당신네 사람들에게 가능한 한 열심히 기도하라고 지시를 내리세요. 내 남편이 이 일을 맡을 수 있도록 말이에요.'

그런 일이 그에게 뭐 그리 힘든 일이었겠습니까! 이미 성유 헌금을 모으는 데 재미를 본 그 작자가 이렇게 대답했습니다.

'좋습니다, 마님, 지시를 내리지요.'

'정성을 다해 기도하게 해야 해요. 이 일은 꼭 성사시켜야 되니까
요!'

'제가 시키는 건데 어떻게 감히 대충대충 기도를 할 수 있겠습니
까.' 피멘이 그녀를 안심시켰습니다. '기도가 이루어질 때까지 금식을
시키도록 하지요.'

그러고는 여느 때처럼 돈을 챙겼습니다. 그런데 바로 그날 밤에 그
귀족 부인이 원하던 일이 남편에게 맡겨졌지 뭡니까.

그런데 갑자기 무슨 생각에서였는지, 그 부인은 이번 일에 대해서
는 우리가 기도하는 것에 만족하지 않고 어떤 일이 있어도 그녀가 직
접 우리 이콘에 감사 기도를 드리겠다고 고집을 부렸답니다.

그녀가 이 말을 하자 피멘은 겁을 집어먹었지요. 그도 그럴 것이 우
리가 그녀에게 우리 이콘을 보여주지 않을 거라는 것을 알고 있었으
니까요. 하지만 이 귀족 부인은 물러서지 않았습니다.

'당신이 뭐라고 하든, 오늘 저녁에 아들과 함께 배를 타고 당신들
한테 갈 거예요.'

피멘은 그냥 우리가 직접 기도를 하는 게 더 낫다고 그녀를 설득하
면서 이런저런 말들을 늘어놓았지요. 우리에겐 그렇고 그런 수호천사
가 있다는 둥, 그러니까 당신은 그저 그 천사에게 올려드릴 성유값이
나 좀 기부하라는 둥, 그러면 우리가 그 천사에게 당신의 남편을 지켜
달라고 기도를 하겠다는 둥 하면서요.

'오, 훌륭해요, 훌륭해.' 그녀가 말했지요. '그런 천사가 있었다니,
정말 기쁘기 그지없군요. 여기 그 천사에게 드릴 기름값이 있으니까,
그 앞에 등불 세 개를 꼭 밝혀놓으세요. 내가 보러 갈 테니까요.'

곤경에 처한 피멘이 우리에게 와서 자기 잘못을 고하면서 한다는 말이, 이런저런 일이 있었는데, 그 가증스런 이교도 여자의 강청을 자기가 거절하지 못한 이유는 그녀의 남편이 우리에게 필요한 사람이기 때문이라는 것이었습니다. 그렇게 우리에게 있는 말 없는 말 다 떠벌리면서, 정작 자기가 한 일에 관해서는 한마디도 하지 않았지요. 자, 그러니 우리가 어쩌겠습니까. 처음부터 끝까지 정말 하나같이 마음에 들지 않았지만 별다른 방법이 없었습니다. 그래서 우리는 급히 우리 이콘들을 상자 속에 집어넣고, 상자 속에 있던 그저 그런 비상용 그림들을 꺼내어 그 자리에 세워놓았지요. 그 그림들은 관청 사람들이 갑자기 들이닥칠 때를 대비해 보관하고 있던 것이었습니다. 그러고 난 뒤, 우리는 손님을 기다렸지요. 드디어 그녀가 도착했습니다. 정말 무섭다 싶을 만큼 기가 차게 화려한 차림새였습니다. 넓고 긴 옷자락으로 바닥을 쓸고 다니면서 우리의 그 비상용 이콘들을 오페라글라스로 하나하나 살펴보고는 묻더군요. '그 기적을 일으킨다는 천사는 어디에 있는 거죠?' 우리는 다른 데로 화제를 돌려보려고 어쩔 줄 몰라 했죠.

'우리에게 그런 천사는 없습니다.'

그녀가 아무리 독촉을 하고 피멘에게 따져 물어도 우리는 천사를 보여주지 않고 어서 차나 마시자면서 가지고 있던 약간의 음식으로 대접을 했습니다.

왜 그렇게 끔찍스러울 정도로 그녀가 우리 마음에 들지 않았는지는 하느님만이 아실 겁니다. 그녀의 외모에는 어딘지 혐오감을 불러일으키는 무언가가 있었습니다. 그녀를 보고 미녀라고 하는 사람도 있을지 모르겠지만 말입니다. 상상이 가세요? 큰 키에 빼빼 마른 다리하며, 꼭 초원의 염소처럼 비쩍 마른 데다 눈썹이 새까만 여자였지요.”

“당신들은 그런 미인을 싫어하시나 보죠?” 곰털 외투가 이야기하는 사람의 말을 끊었다.

“죄송하지만, 뱀같이 생긴 그런 모습을 어떻게 좋아할 수 있겠습니까?” 그가 대답했다.

“그럼 당신네는 펑퍼짐한 여자들을 미인으로 여기는 거요?”

“펑퍼짐한 여자라고요!”

이야기를 하던 남자는 별로 기분 나빠하는 기색도 없이 그 말을 되뇌었다.

“왜 그렇게 생각하시지요? 여자의 몸매에 관해서라면 우리는 진짜 러시아인의 취향 그대로죠. 우리네 취향은 경박스런 현대인이 생각하는 것과는 많이 다르지만, 펑퍼짐한 여자는 전혀 아닙니다. 물론 길고 마른 몸매를 좋아하지도 않지요. 우린 다리가 긴 여자보다는 다리 힘이 좋은 여자를 좋아한답니다. 그래야 어설프게 행동하지 않고, 공처럼 여기저기 빠르게 굴러다닐 게 아닙니까. 마른 여자들이 뛰어다니다가는 발이나 헛디디기 일쑤지요. 또 뱀같이 날씬한 여자들은 우리들 사이에선 별 인기가 없지요. 여자란 모름지기 땅에 바짝 붙어 있어야 하고, 또 가슴이 풍만해야 하지요. 이런 여자는 몸매는 그저 그렇지만, 대신에 자식 하나는 잘 낳거든요. 또 이마도 진짜 러시아 여자라면 살이 좀 통통하게 붙어 있어야 하고요. 자고로 이마가 푹신한 여자치고 사근사근하지 않은 여자는 별로 없지요. 코도 마찬가지입니다. 오뚝한 코보다는 약간 들창코가 낫지요. 약간 들창코인 여자가, 제 말씀을 어떻게 생각하실지 모르겠지만, 콧대가 센 여자보다 가정을 훨씬 더 화목하게 만든답니다. 그리고 특히 눈썹에 관해 말씀드리자면, 눈썹이야말로 얼굴 표정을 말해주지요. 여자에게 찡그린 눈썹은 절대 안 됩니다. 둥그스름하고 훤한 눈썹이라야 합니다. 그런 여자라야 누구나 말을 붙이기도 쉽고, 또 무릇 여자가 그래야지 그 집의 전체적인 인상이 좋아지는 거지요. 하지만 아시다시피 요즘 취향은 이런 훌륭한 생김새와는 거리가 멀고, 여성들에게 실속 없고 허황된 것만 원하지요. 정말이지 아무짝에도 쓸모없는 것들 말입니다. 그런데 어째 이야기가 다른 데로 샌 것 같군요. 하던 이야기나 계속하도록 하지요. 우리가 손님을 배웅하고 그녀에 관해 욕을 해대기 시작하자, 우리의 속물 피멘은 이렇게 말을 하는 게 아닙니까.

'아니 자네들 왜 그러나? 그 여자가 뭐 어떻다고. 좋기만 하구먼.'

그래서 우리가 대꾸했지요. 어떻게 그런 여자를 보고 좋다고 하는가, 얼굴에 착한 구석이라곤 하나도 없더라, 하지만 그 여자가 어찌됐건 그냥 제 생긴 대로 살아가도록 하느님이 알아서 하시겠지, 라고 말입니다. 아무튼 우리는 그녀가 완전히 사라졌다는 사실에 기뻐하면서, 서둘러 향불을 피웠지요. 우리가 있는 곳에 그녀의 냄새조차 남아 있지 않도록 말입니다.

그런 다음 우리는 방문객이 앉아 있던 그 방을 말끔히 청소한 뒤, 그 비상용 이콘들을 원래 있던 상자 속에 다시 집어넣고는 진품을 꺼내어 올려놓았습니다. 원래 있던 대로 단 위에 올려놓고 성수를 뿌렸지요. 그러고는 각자 잠자리로 가서 몸을 눕혔지요. 그런데 무슨 영문인지 그 밤에 모두들 잠을 이루지 못한 겁니다. 뭔가 무섭고 불안한 것이 우리를 짓누르는 것 같았습니다.

6

다음 날 아침 우리는 일터로 나가 각자 맡은 일을 했습니다. 그런데 루카 키릴로프가 보이지 않았습니다. 매사에 빈틈없던 그의 성격에 비추어 볼 때, 그건 예삿일이 아니었지요. 그러다 여덟시쯤에야 백지 장처럼 창백한 얼굴에 완전히 얼이 빠진 모습으로 그가 나타난 걸 보고 저는 더더욱 깜짝 놀랐습니다.

저는 그가 자기통제에 능하고 쓸데없는 걱정에 사로잡히지 않는 사람이라는 것을 잘 알고 있던 터라 이것을 눈치 채고 그에게 물었습니다. '무슨 일이 생겼나요, 루카 키릴로프?' 그런데 그는 이렇게만 말했습니다. '다음에 말해주겠네.'

하지만 그 당시 한창 젊은 나이였던 저는 궁금해서 견딜 수 없었지요. 게다가 불현듯 우리 신앙과 관련된 어떤 좋지 못한 일이 생겼다는 예감이 들었습니다. 믿음이 강했던 저에게 신앙 문제는 중대사였지요.

아무래도 궁금한 마음을 오래 참을 수 없었던 저는 이런저런 핑계를 대며 하던 일을 내려놓고 집으로 달려갔습니다. 그러면서 생각했지요. 집에 아무도 없는 동안에 미하일리차에게서 무언가 알아낼 수 있을 거라고요. 비록 루카 키릴로프가 그녀에게 아무 말도 하지 않았고 또 그녀가 아무리 단순하다고 하더라도, 그녀는 무언가 눈치를 챘을 것이고, 그걸 나에게 숨기지는 않을 거라고 생각한 겁니다. 왜냐하면 어린 시절부터 고아였던 저는 그들 손에서 아들처럼 자랐고, 그녀는 내게 양어머니와 같은 존재였으니까요.

그래서 저는 곧장 그녀에게 달려갔지요. 그녀가 낡은 부인용 반코트를 입은 채 현관 계단에 앉아 있는 모습이 보였습니다. 어디가 아픈 사람처럼 슬픈 얼굴을 하고, 새파랗게 질려 있는 모습으로 말입니다.

'왜 여기에 앉아 계세요, 양어머니?' 하고 제가 물었지요.

그랬더니 그녀가 대답하더군요.

'그럼 내가 어디에 앉아 있겠니, 마로치카?'

제 이름은 마르크 알렉산드로프입니다. 하지만 저를 자식같이 여기는 그녀는 언제나 저를 마로치카라고 불렀답니다.

'앉아 있을 곳이 없다니, 무슨 이런 말도 안 되는 말씀을 하실까?' 라고 생각하며 제가 물었습니다.

'아니, 왜 안에 들어가 계시지 않고요?'

'그럴 수가 없단다. 마로치카, 거기 큰 방에는 마로이 할아버지가 기도하고 계신단다.'

'아! 그러면 그렇지. 우리 신앙생활에 무슨 문제가 생긴 게 틀림없어.' 이렇게 생각하고 있는데, 미하일리차 아주머니가 다시 말을 걸었습니다.

'애야, 마로치카. 너는 간밤에 우리에게 무슨 일이 벌어졌는지 모르는 모양이다.'

'예, 양어머니, 모르는데요.'

'아이고, 끔찍한 일이 있었어!'

'어서 말씀해보세요, 양어머니.'

'원, 이 이야기를 해도 되는 건지 모르겠네.'

'다른 사람도 아니고, 아들과 같은 저에게 못 하실 말씀이 어디 있어요?' 내가 말했지요.

'안다, 애야. 너야 내 아들이나 다름없지. 그런데 무식하고 말주변이 없는 내가 어떻게 그걸 너한테 얘기해줘야 할지 자신이 없구나. 그러지 말고 아저씨가 일을 끝내고 오실 때까지 기다리렴. 아저씨가 전부 말씀해주실 거야.'

하지만 도저히 그때까지 기다릴 수가 없었던 저는 무슨 일이 있었는지 당장 말씀해달라고 조르고 또 졸랐지요.

그런데 계속 눈만 깜박거리시던 아주머니의 눈에 눈물이 가득 고이는 게 보였습니다. 아주머니는 얼른 앞치마로 눈물을 닦으시고는 목소리를 낮춰 내게 말씀하셨습니다.

'애야, 간밤에 우리의 수호천사께서 바닥에 떨어지셨단다.'

그 말에 저는 몸이 떨려왔습니다.

'바닥에 떨어지다뇨? 어떻게 그런 일이 일어났지요? 누가 그걸 본 사람이 있나요?'

아주머니가 말씀하셨습니다.

'정말 이해할 수 없는 일이지? 얘야. 나 말고는 아무도 그걸 본 사람이 없어. 워낙 야심한 밤중에 일어난 일이라서 말이야. 그때 깨어 있던 건 나뿐이었거든.'

여러분, 그녀가 제게 무슨 이야기를 들려주었는지 아십니까.

'나는 기도를 마치고 나서 잠이 들었어. 얼마나 잤는지는 기억이 나질 않아. 그런데 갑자기 잠결에 불길이, 큰 불길이 치솟는 게 보였어. 우리가 사는 곳이 전부 불에 타버린 것 같더라고. 강물에 떠다니던 잿더미가 교각 근처에서 소용돌이치면서 강물 속으로 빠져 들어갔지.' 미하일리차 아주머니 자신은 낡고 다 해진 웃옷 하나만 걸치고 밖으로 뛰쳐나가 물가에 서 있었다고 그러더군요. 그리고 그녀의 맞은편 저쪽 강변에 높은 붉은색 기둥이 세워져 있었는데, 그 기둥 위에 그다지 크지 않은 하얀 수탉 한 마리가 서서 끊임없이 날갯짓을 하고 있더라는 겁니다. 직감적으로 이 새가 어떤 예언을 하고 있다는 것을 깨달은 아주머니가 이렇게 물었다더군요. '넌 누구냐?' 그랬더니 갑자기 이 수탉이 어떤 인간의 음성으로 '아멘' 하고 외치더니, 고개를 푹 숙였는데, 순간 감쪽같이 사라져버렸다는 겁니다. 그러자 아주머니를 감싸고 있던 주변이 고요해져왔고, 숨쉬기 힘들 정도로 공기가 답답해지면서 무서운 느낌이 엄습해왔답니다. 그러면서 그녀는 잠에서 깨어났고, 누워 있는 그녀의 귀에 어떤 소리가 들려왔는데, 방문 앞에서 작은 양이 우는 소리였다는 겁니다. 그 소리로 봐서는 이제 막 태어난 아주 어린 양이었다는군요. 그런 양이 은빛과 같은 투명한 소리로 '매-애-애' 하고 울더랍니다. 그런데 또 갑자기 미하일리차 아주머니의 귀에 그 양이 기도실을 오가는 소리가 들렸는데, 작은 발로 또각 또각 또각 소리를 내며 바닥을 걷는 것이 계속 무언가를 찾는 듯한 느낌이 들었답니다. 아주머니의 마음에 이런 생각이 들었습니다. '주 예수 그리스도시여! 이게 무슨 일입니까. 우리 마을에는 양이라곤 없는데, 이 어린 양은 도대체 어디에서 온 것입니까?' 그러면서 또 다른 생각이 들었습니다. '그건 그렇고, 이 양이 어떻게 집 안으로 들어왔지? 그렇다면 어제 우리가 바빠서 대문 잠그는 것을 잊었다는 말인데, 천만다행으로 양이 뛰어들어왔기에 망정이지, 성물이 있는 곳인데 거리에서 개라도 들어왔다면 어쩔 뻔했을까?' 그러고는 루카를 깨우기 시작했답니다. '키릴리치, 키릴리치!' 그녀는 소리쳤습니다. '어서 일어나보세요, 빨리. 여보, 우리 집 대문이 열렸나봐요, 웬 새끼 양이 집 안으로 들어왔어요.' 그런데 루카 키릴로프는 때마침 공교롭게도 무슨 죽은 사람처럼 잠이 들어 있었다는 겁니다. 아주머니가 아무리 두들겨 깨워도 깨어날 생각도 하지 않았대요. 그저 신음 소리 같은 것만 낼 뿐 아무 말도 하지 않았더랍니다. 아주머니가 아무리 세게 쥐고 흔들어도 신음 소리만 더 크게 낼 뿐이었다는군요. 그래서 아주머니는 부탁하듯이 이야기하기 시작했답니다. '여보, 당신. 예수의 이름만이라도 기억해주세요.' 그녀가 이 이름을 입에 담자마자 거실에서 누군가 삐걱하는 소리를 냈고, 그와 동시에 루카가 침대에서 뛰쳐나가 무작정 앞으로 달려가더라는 겁니다. 그러더니 갑자기 마치 무슨 청동벽에 부딪친 것처럼 거실 한가운데 가만히 서 있었다는군요. '불을 켜봐, 여보, 빨리 불을 켜보라니까!' 이렇게 아주머니에게 소리치면서 정작 그 자신은 그 자리에서 꼼짝도 않더라는 거예요. 아주머니가 촛불을 밝혀 들고 밖으로 뛰어나가보니, 그가 마치 사형선고를 받은 사람처럼 창백한 얼굴을 한 채 몸을 떨고 있었는데, 목에 달린 단추뿐만 아니라 바짓가랑이까지 떨리고 있더라는 겁니다. 그녀가 다시 물었답니다. '영감, 무슨 일이에요?' 그가 아무 말 없이 손가락으로 가리키는 곳을 보니, 천사가 있던 자리가 텅 비어 있었고, 천사 이콘이 방바닥 루카의 발치에 놓여 있더라는 겁니다.

루카 키릴로프는 곧바로 마로이 할아버지에게 가서 이러저러해서 자기 아내가 무엇을 보았는지 또 우리에게 무슨 일이 생겼는지 이야기했습니다. '어서 가서 보시죠.' 그곳에 도착한 마로이는 바닥에 놓여 있는 천사 앞에 무릎을 꿇고는 오랫동안 마치 대리석 묘비처럼 꼼짝하지 않고 그 앞에 있더니, 잠시 후 손을 들어 바짝 깎은 민머리를 쓰다듬으면서 조용히 말했습니다.

'새로 찍어낸 깨끗한 벽돌 열두 장만 가져와!'

루카 키릴로프가 곧바로 벽돌을 가져오자 마로이는 그것들이 전부 화로에서 막 꺼내온 깨끗한 벽돌임을 확인하고는 루카에게 그것들을 탑처럼 차곡차곡 쌓아올리게 한 후에 깨끗한 수건으로 덮고 그 위에 이콘을 올려놓았습니다. 그런 후에 마로이는 바닥에 엎드려 외쳤습니다.

'나의 주 천사시여, 당신이 원하시는 곳으로 당신의 걸음을 옮기소서!'

그가 이 말을 마치자마자, 갑자기 문에서 똑 똑 똑 하는 소리가 들리더니 낯선 목소리가 울려왔습니다.

'이봐, 분리파교도들. 여기 자네들 우두머리가 누구야?'

루카 키릴로프가 문을 열자, 메달을 단 군인이 서 있었습니다.

어떤 우두머리를 원하는지 루카가 물었지요. 그랬더니 그자가 말했습니다.

'그 귀부인 집을 드나든 피멘이란 자 말이야.'

자, 그래서 루카는 곧바로 피멘을 불러오라며 자기 부인을 보내고는 대놓고 물어보았지요. 무슨 일이냐, 무슨 일 때문에 이런 밤에 피멘을 찾으러 왔느냐고 말입니다.

그랬더니 군인이 하는 말이,

'자세한 건 나도 모르지만, 들리는 말에 의하면 유대인들이 우리 주인어른에게 골치 아픈 일을 저질렀다더군.'

하지만 그게 무슨 일인지는 말을 못했지요. 그러면서 하는 말이,

'듣자 하니 처음엔 우리 주인어른이 그 유대인들을 감금했는데, 그 다음엔 그자들이 우리 주인을 감금했다는 것 같던데.'

그러나 왜 그들이 서로를 감금하고 감금당했는지에 관해선 전혀 납득할 만한 말을 하지 못했지요.

그러는 사이에 피멘이 도착했는데, 이 작자, 꼭 유대인처럼 눈만 이리저리 굴리는 겁니다. 무슨 말을 해야 할지 모르는 듯한 눈치였지요. 그래서 루카가 말했습니다.

'이런 못된 사람 같으니, 자네 도대체 무슨 짓을 한 건가. 당장 가서 자네가 한 짓을 해결하고 오게나!'

그래서 그는 군인과 함께 둘이서 배를 타고 떠났지요.

한 시간 후에 돌아온 우리의 피멘은 쾌활한 척 행동했지만, 보아하니 무슨 일이 생긴 것은 분명했습니다.

루카가 그에게 물었습니다.

'말해보게, 이 허풍선이 같은 사람아. 솔직하게 전부 말하라고. 자네 도대체 거기서 무슨 짓을 저지른 건가?'

그러자 그는 이렇게 말했지요.

'아무 일도 아니에요.'

하지만 아무 일도 아닌 듯이 지나간 그 일은 아무 일도 아닌 것이 전혀 아니었습니다.

7

우리의 피멘이 기도를 해주기로 한 그 귀족 양반에게 그야말로 놀라운 사건이 벌어진 것입니다. 제가 여러분께 말씀드린 대로 유대인의 도시로 떠난 그 양반은 그곳에 밤늦게야 도착했는데, 그 시간에 그가 올 줄은 아무도 생각하지 못한 터라, 그는 곧장 상점이란 상점은 모조리 문을 봉쇄하고 내일 아침부터 조사에 들어가겠다고 경찰에 통보했지요. 물론 금방 이 사실을 알게 된 유대인들은 그날 밤 곧바로 그를 찾아가 도움을 요청했습니다. 그들에게 있는 불법적인 상품들을 빼돌리게 해달라는 거였지요. 찾아온 그들은 이 양반에게 단번에 만 루블을 쥐어주었습니다. 그가 말했지요. '난 그럴 수 없다. 고위 관리로서 신뢰를 받고 있는 몸이 뇌물을 받을 수는 없다.' 그러자 유대인들은 저희들끼리 쑥덕쑥덕하더니, 그에게 만 오천 루블을 내놓았습니다. 그는 다시 '그래도 안 된다'고 했지요. 그들이 이만 루블을 내놓았습니다. 그러자 그가 하는 말이, '자네들은 내가 그럴 순 없다고 한 말이 무슨 말인지 못 알아듣는 건가. 난 이미 경찰에 내일 함께 조사에 들어갈 것을 통보했단 말이네.' 그랬더니 그들이 다시 쑥덕쑥덕하더니 이렇게 말하는 것이었습니다.

'저, 있잖어유, 각하 나리, 나리께서 경찰에 통보하신 것은, 있잖어유, 아무 상관이 없습니다요. 여기 나리께, 있잖어유, 이만오천 루블을 드리겠습니다요. 나리께선 그저 우리에게 나리의 인장만 내주시고 내일 아침까지 편히 주무시기만 하면 됩니다요. 나리께 더이상 바라는 건 아무것도 없습니다요.'

그 양반은 이리저리 생각을 해봤지요. 이쯤 되면 자기가 높은 사람이긴 한 것 같은데, 아무리 높은 사람이라도 인지상정이라는 생각이 들어 이만오천 루블을 받은 뒤 봉인을 한 인장을 그들에게 주고는 잠을 자러 갔답니다. 유대인들은 당연히 밤새도록 필요한 것들은 모두 비밀구덩이에서 끄집어내고는 다시 같은 인장으로 봉인을 했습니다. 그러고는 그 귀족 양반이 아직 자고 있는 집으로 가 현관에서 소란을 피웠지요. 어쨌든 그는 그들을 들어오게 했습니다. 그랬더니 그들이 그에게 감사하다면서 하는 말이,

'그러니까 있잖어유, 이제는 있잖어유, 관리 나리, 조사를 시작하시지요.'

자, 그런데 그 말이 무슨 말인지 잘 못 알아들은 이 양반이 말했습니다.

'내 인장을 어서 돌려주게.'

그랬더니 유대인들이 하는 말이,

'저 있잖어유, 우리 돈을 돌려주셔야지요.'

그 양반 하는 말, '뭣이? 뭣이 어째?' 그랬더니 그자들은 그자들대로,

'우리가 있잖어유, 맡겨놓았던 돈 말입니다요.' 이러지 않았답니까.

이 양반이 다시 하는 말,

'뭘 맡겼다고?'

'그러니까 있잖어유, 우리가 돈 맡겨놓았잖아유?'

'말도 안 되는 소리', 이러면서 하는 말이, '이런 교활한 놈들 같으니라고, 예수를 팔아먹은 이놈들, 그 돈은 니들이 나한테 아주 준 돈 아닌가.'

그랬더니 그들은 서로를 쳐가며 웃는 것이었습니다. 그러면서 하는 말이,

'자네, 들었나, 들었냐구. 우리가 그 돈을 아주 줬대네…… 허허, 이런, 이런, 우리가 아무 생각 없는 무슨 멍청한 농투성이인 줄 아나 보네. 이런 높으신 양반에게 하바르를 주다니 말이야!' ('하바르'는 그네들 말로 뇌물이란 뜻입니다.)

거 참, 일이 이렇게 될 줄이야 그 누가 상상이라도 했겠습니까? 그 관리 양반 그때 돈을 돌려주었으면 일이 그냥 그렇게 끝났을 텐데, 아니 계속 고집을 부렸지 뭡니까. 돈을 잃는 게 아까웠던 거지요. 아침이 밝았습니다. 도시의 모든 거래가 중단되었지요. 사람들이 와서는 깜짝 놀랐습니다. 경찰은 인장을 요구했지만, 유대인들은 목소리를 높여 외쳐댔지요. '우-우, 뭐 이런 정부가 다 있나! 고위 관료가 우리를 망하게 하려 한다.' 엄청난 소동이 벌어졌지요! 그 귀족 양반은 문

을 걸어 잠그고 들어앉아 점심때까지 어찌할 바를 몰라 하다가, 저녁
경에야 그 교활한 유대인들을 불러 말했습니다. '이 저주받은 인간들
같으니, 자 여기 너희들 돈이 있으니 가져가고 어서 내 인장이나 돌려
다오!' 그런데 이자들이 벌써 마음을 달리 먹고 한다는 말이, '그러니
까 있잖어유, 그건 안 될 말씀이쥬! 우리 온 시내가 하루 종일 아무 장
사도 못 했잖아유. 그러니 이제 나리께서 우리에게 오만 루블을 내셔
야지유.' 일이 어떻게 되었는지 아시겠지요! 유대인들이 협박을 해가
며 하는 말이, '만약 오늘 오만 루블을 내놓지 않으면, 내일은 이만오
천 루블이 더 올라갈 거구만요!' 밤새 한잠도 못 잔 그 귀족 양반은
다음 날 아침 다시 유대인을 불러서 그들에게 받은 돈 전부를 돌려주
고, 또 이만오천 루블짜리 어음까지 써줬답니다. 그러고는 어찌어찌
조사를 했는데, 당연히 아무것도 발견한 것이 없었지요. 그래서 서둘
러 아내에게로 돌아와 그녀 앞에서 길길이 날뛰면서 유대인들에게 써
준 어음 이만오천 루블을 어디에서 구할 거냐며 소리를 질러대며 하
는 말이, '당신이 지참금으로 가져온 영지를 팔 수밖에 없소.' 그랬더
니 이 여자 하는 말, '절대로 그럴 수는 없어요. 내가 얼마나 아끼는
땅인데.' 그가 말했지요. '이게 다 당신 잘못 아니오. 내가 파견을 나
가야 한다면서 당신이 그 분리파교도인가 뭔가에게 기도를 부탁했고,
그네들 천사가 날 도와줄 거라고 큰소리치더니, 그 천사가 날 도와준
꼴이 이게 대체 뭐란 말이오.' 그러자 그녀가 대꾸하길, '잘못한 건
당신이지요. 어떻게 그렇게 멍청한 짓을 해요. 그 유대놈들을 다 잡아
서 그놈들이 당신 인장을 훔쳐갔다고 해버리면 그만일 것을. 어쨌든
상관없어요. 당신은 내 말만 들으면 돼요. 그 일은 내가 알아서 처리

할 테니까요. 당신이 한 멍청한 짓을 다른 사람들이 물게 하면 되죠.'
그러고는 갑자기 거기에 있던 사람에게 고래고래 소리치면서 말했지
요. '지금 당장 드네프르 강을 건너가 분리파교도의 우두머리를 데려
와요.' 그러니 당연히 전령은 가서 우리의 피멘을 데리고 왔던 것이
죠. 귀족 부인은 다짜고짜 그에게 말했습니다. '잘 들으세요. 내가 알
기로 당신은 현명한 사람이지요. 그러니 내가 필요한 게 무엇일지 아
시리라 생각해요. 내 남편에게 작은 불미스런 일이 생겼답니다. 어떤
흉악한 놈들이 내 남편의 돈을 강탈해갔지 뭡니까…… 유대놈들이
말이에요…… 아시겠어요. 그래서 무슨 일이 있어도 오늘까지 이만
오천 루블이 필요한데, 나로서는 도저히 그렇게 빨리 그 돈을 마련할
곳이 없네요. 그래서 당신을 조용히 부른 겁니다. 당신네 구교도들은
현명하고 부자일 뿐만 아니라, 확신컨대 하느님이 무슨 일이든지 당
신들을 도와주시니까, 부탁이니 이만 오천 루블을 마련해주세요. 그
렇게 하면 대신에 내 쪽에선 이 도시의 모든 귀부인들에게 당신네들
의 그 기적을 일으키는 이콘에 관해 이야기해줄게요. 그럴 경우 당신
이 얼마나 많은 양초와 기름값을 얻게 될지 생각해보세요.' 아마 존경
하는 여러분께서는 사태가 이렇게 변한 것에 대해 우리 허풍쟁이의
마음이 어땠는지 짐작하기가 어렵지 않으실 겁니다. 그가 무슨 말을
어떻게 했는지 저로서는 알 길이 없지만, 어쨌든 그가 한 말에 따르
면, 그는 우리 형편에 그런 거금을 마련하기는 불가능하다는 것을 설
득하려 별별 말을 다했다는군요. 하지만 이 여자, 이 헤롯의 새 부인*

---

* 성경에서 자신의 딸을 시켜 세례 요한의 목을 베고 헤롯의 처가 된 간악한 여자를 말함.

같은 여자는 도무지 말을 들으려 하지 않았습니다. 그러면서 하는 말이, '아니에요, 분리파교도들이 부자라는 것을 난 잘 알고 있어요. 그러니 당신네들에게 이만오천 루블은 아무것도 아니죠. 우리 아버지가 모스크바에서 관리로 근무하실 때, 구교도들이 그런 친절을 베푼 것이 한두 번이 아니에요. 이만오천은 그야말로 푼돈에 불과하지요.' 그 말에 피멘은, 모스크바의 구교도들은 자본이 풍부한 사람들이다, 하지만 우리는 평범한 품팔이꾼에 지나지 않는다, 그러니 우리를 모스크바 사람들처럼 생각해서는 안 된다고 설명을 늘어놓았습니다. 하지만 모스크바에서 무슨 훌륭한 교훈을 얻었는지 그녀는 딱 잘라 말하는 것이었습니다. '쓸데없는 말 말아요! 당신네들한테 기적을 일으키는 이콘이 얼마나 많은지 내가 모르는 줄 알아요. 게다가 당신이 직접 나에게 말했잖아요. 러시아 각지에서 당신네들한테 양초와 기름값을 보낸다고 말이에요. 아니, 난 아무 말도 듣고 싶지 않아요. 지금 당장 돈을 가져오세요. 안 그러면 내 남편이 곧바로 현지사에게 가서 당신네들이 무슨 기도를 하며 사람들을 현혹시키는지 다 말해버리고 말 거예요. 그렇게 되면 당신네들 고생 좀 하게 될 거라고요.' 불쌍한 피멘은 거의 계단에서 굴러 떨어질 지경이었지요. 그렇게 집에 돌아와서는, 제가 여러분께 말씀드린 대로, 단 한마디만 했던 겁니다. '아무것도 아니에요'라고요. 그러고는 사우나에서 막 나온 사람처럼 시뻘건 얼굴로 방안 이 구석 저 구석을 오락가락하며 연방 코를 풀어댔습니다. 그래서 루카 키릴로프는 결국 그에게서 몇 가지 사실을 알아냈습니다. 하지만 그자가 모든 사실을 다 말하지 않은 건 당연하지요. 지극히 작은 부분만 말했던 겁니다. '그 귀족 부인이 자기에게 뇌물로 오천 루블을 바치라고 요구했답니다.' 루카가 화를 낸 건 당연하지요. '이런 허튼 작자야, 자네 뭐 하자고 그런 사람들을 알아가지고는 이곳에까지 불러들이는 건가! 우리가 무슨 부자라도 되는가? 우리에게 그런 돈이 어디 있다고 그런 짓을 하느냐 말일세! 무엇 때문에 우리가 그들에게 돈을 주어야 되는가? 돈이 어디 있다고? 자네가 저지른 일이니 자네가 마무리하게. 우리에게 오천이나 되는 돈을 구할 데는 없으니까.' 이 말과 함께 루카 키릴로프는 일터로 갔던 것입니다. 그리하여 그는, 제가 여러분께 이미 말씀드린 대로, 사형선고를 받은 사람처럼 사색이 되어 우리에게 온 것이죠. 간밤에 겪은 일을 통해 그는 이것이 우리에게 어떤 불길한 영향을 끼칠지도 모른다는 예감이 들었기 때문입니다. 그러는 사이에 피멘은 강 건너편으로 넘어갔습니다. 우리는 모두 그가 배를 타고 갈대숲에서 나와 건너편 도시로 건너가는 것을 보았지요. 그때는 그가 오천 루블을 구하려고 얼마나 성가시게 졸랐는지 미하일리차 아주머니가 내게 모든 것을 자세히 이야기해준 시점이라, 저는 그저 그가 귀족 부인에게 양해를 구하러 가겠거니 하고 생각했습니다. 그런 생각을 하면서 저는 아주머니 옆에 서서 이 일로 인해 우리에게 무슨 해로운 일이 생기지는 않을는지, 그런 경우를 대비해서 무슨 방도를 세워야 되는 건 아닌지 하는 생각을 하던 참이었습니다. 그러다가 갑자기 이 모든 것이 이미 늦었다는 걸 알게 되었습니다. 큰 배 한 척이 강가에 닿았는데, 제 바로 뒤에서 왁자지껄하는 소리가 들려왔던 것입니다. 그래서 뒤를 돌아보니, 한껏 제복을 차려입은 관리 몇 명과 적지 않은 수의 헌병과 군인이 있었습니다. 존경하는 여러분, 그들은 정말이지 미하일리차 아주머니와 제가 눈 깜짝할 새도 없이 우리를 지나 곧바로 루카의 사옥으로 몰려가서는 문에 시퍼런 군도를 든 보초 두 명을 세웠습니다. 아주머니는 보초들에게 달려가서, 이게 무슨 짓이냐고 따지기 시작했습니다. 그러니 당연히 그들은 아주머니를 밀기 시작했고, 그녀가 더욱 사나운 태도로 달려들자 그들 사이에 큰 싸움이 벌어졌고, 급기야는 한 헌병이 그녀를 세게 내리치는 바람에 그녀는 계단 아래로 굴러 떨어졌습니다. 저는 루카를 부르러 다리로 달려갔는데, 루카도 이미 제 쪽으로 오고 있는 것이 보였습니다. 그 뒤에는 우리 전 조합원이 흥분한 상태로 그를 따라오고 있었는데, 모두들 일터에서 가지고 일하던 그대로, 어떤 이는 쇠지렛대를 들고, 또 어떤 이는 곡괭이를 든 채, 모두들 우리의 성물을 지키려고 달려오고 있었던 것입니다…… 그리고 배를 타지 못해 강가까지 올 수가 없었던 사람들은 일하던 복장 그대로 다리에서 곧장 물로 뛰어들어 앞을 다투어 그 차가운 물을 헤엄쳐 건너왔습니다…… 그런데 이 일이 얼마나 비참하게 끝났는지 아십니까. 거기에 도착한 병정들은 이십 명이었고 모두들 갖가지 전투 복장을 하고는 있었지만, 우리 쪽 수는 오십이 넘는 데다가 모두들 뜨거운 신앙으로 가득 찬 사람들이었지요. 또한 물개처럼 강물을 헤엄쳐 온 그들은 모두 누군가가 그들 머리를 방망이로 내리친다고 할지라도 우리의 성물이 있는 강가로 달려왔을 사람들입니다. 이런 사람들이 온몸이 젖은 상태 그대로, 마치 살아 있고 깨지지 않는 하느님의 바위처럼, 앞으로 달려오고 있었던 것입니다.

8

여러분이 기억하실지 모르겠는데, 제가 미하일리차 아주머니와 계단에서 대화를 나눌 때 사옥에선 마로이 할아버지가 기도 중이었지요. 그때 관리 양반들이 무더기로 그곳으로 들이닥쳤다가 할아버지를 발견했습니다. 나중에 그가 전한 말에 따르면, 그들은 방으로 들어오자마자 문을 잠그고 곧장 이콘 있는 데로 몰려갔답니다. 어떤 사람들은 촛불을 끄고 또 어떤 사람들은 벽에서 이콘들을 떼어내어 바닥에 깔아놓으면서 그에게 소리쳤습니다. '당신이 사제인가?' 그가 말했습니다. '아니요. 사제가 아니에요.' 그들이 하는 말, '당신네들 중에 누가 사제야?' 그가 대답하기를, '우리는 사제가 없어요.' 그러자 그들이 하는 말, '뭐, 사제가 없다고! 사제가 없다니, 그따위 말이 어디 있어?' 그 대목에서 마로이 할아버지는 그들에게 우리에게는 사제가 없다는 것을 설명해주려 했지만, 그가 하는 말이란 게 이상한 혀 차는 소리뿐이니까 도저히 무슨 말인지 알아들을 수 없었던 그들이 말했습니다. '이자를 묶어!' 열댓 명의 군인들이 자기 손을 밧줄로 묶는데도 마로이는 아무렇지도 않게 그냥 순순히 서 있었지요. 모든 것을 신앙으로 받아들이면서 그냥 그렇게 선 채로 일이 어떻게 되는지 보고 있었던 겁니다. 그러는 동안 몇몇 관리들이 촛불을 켜서 이콘들에 봉인을 하기 시작했습니다. 한 사람이 인장을 찍으면 다른 사람이 목록에 기록을 하고, 또 다른 사람은 이콘들에 구멍을 뚫어 꼭 무슨 베이글처럼 쇠막대기에 이콘들을 차례로 끼웠습니다. 할아버지는 꼼짝 않고 이 모든 신성모독적인 행동들을 바라보고 있었습니다. 이런 야만스런 짓들이 모두 하느님의 뜻에 따라 이루어진다고 생각했던 거지요. 그런데 그때였습니다. 마로이 할아버지는 갑자기 밖에 있던 헌병 한 명이, 뒤이어 다른 헌병 한 명이 소리 지르는 것을 들었습니다. 문이 열리면서 우리 편 사람들이 물개처럼 막 물에서 나온 젖은 몸을 하고 사옥 안으로 밀려 들어왔습니다. 하지만 다행히 그들의 맨 앞에는 루카 키릴로프가 있었습니다. 그가 얼른 소리쳤습니다.

'멈추시오, 그리스도인들이여, 난동 부리지 마시오!' 그리고 그는 관리들에게 돌아서서 쇠막대기에 꽂혀 있는 이콘들을 가리키면서 말했지요. '나리들, 도대체 이게 무슨 짓입니까? 왜 성물들을 훼손시키는 겁니까? 당신들이 이 성물들을 가져갈 권리가 있다면 가져가신다 해도 우리는 관권에 저항하지 않을 것입니다. 하지만 도대체 왜 이 나라의 귀한 예술품을 훼손시키는 겁니까?'

그랬더니 이들 중에 가장 높은 사람이 루카 아저씨에게 소리를 쳤는데, 그는 다름 아닌 피멘과 안면이 있는 그 귀부인의 남편이었습니다.

'입 닥쳐라, 이 나쁜 놈! 아직도 무슨 할 말이 있다고!'

루카는 자존심이 강한 사람이었지만, 자신을 진정시키며 조용히 대답했습니다.

'저, 관리 나리, 무슨 말씀인 줄 알겠습니다. 이곳 우리 사옥에는 백오십 개의 이콘이 있습니다. 원하신다면 이콘 한 개당 삼 루블씩 쳐드릴 테니, 돈을 가져가시고 그 귀한 예술품들은 훼손시키지 말아주십시오.'

그러자 이 양반, 눈을 번쩍이더니 큰 소리로 하는 말이,

'말도 안 되는 소리!' 그러면서 작은 소리로 속삭이기를, '한 개당 백 루블씩! 안 그러면 전부 불태워버릴 테니까' 라고 하지 않았겠습니까.

상상도 할 수 없는 거금이었던지라 줄 형편이 못 되었던 루카가 말했습니다.

'정 그렇다면 어쩔 수 없지요. 전부 없애든지 마음대로 하십시오. 우리에게 그런 돈은 없습니다.'

그랬더니 이 양반 있는 대로 성을 내며 한다는 말이,

'뭣이 어째, 이 늙어빠진 염소 같은 놈, 어디서 함부로 돈 이야기를 꺼내는 거야?' 그러고는 갑자기 미친 듯이 이리저리 뛰어다니면서 눈에 보이는 이콘이란 이콘은 모조리 모아서 쇠막대기에 꽂게 한 후에, 막대의 양 끝을 암나사로 꽉 죄어 완전히 봉해버려 아무도 이콘을 빼거나 바꾸지 못하게 만들어버렸지요. 그들은 이런 식으로 일을 전부

마무리하고는 출발할 채비를 하였습니다. 그렇게 이콘들이 무더기로 꿰어진 막대를 군인들이 어깨에 메고 배로 옮겼습니다. 그러는 사이에 사람들 뒤에 있다가 사옥으로 밀려 들어왔던 미하일리차가 몰래 강대상에서 빼돌린 천사 이콘을 수건 아래 숨겨 별채로 옮기고 있었는데, 손이 떨리는 바람에 그만 이콘을 떨어트리고 말았지 뭡니까. 그랬더니 여러분, 그 관리 양반 길길이 날뛰면서 우리더러 도둑놈이니 사기꾼이니 온갖 욕을 다 퍼붓더군요.

'요것들 봐라! 이 사기꾼 같은 놈들, 이걸 막대에 꿰지 못하게 빼돌리려고 했겠다. 그래, 그게 이 막대에 꽂히지 않았다면, 내 요런 식으로 해주지!' 그러고는 봉랍막대를 뜨겁게 달군 후에 불똥이 튀길 정도로 펄펄 끓는 수지를 묻힌 그대로 천사의 얼굴 한가운데를 찍어버렸답니다!

친애하는 여러분, 그 관리라는 작자가 끓는 수지를 천사의 얼굴에 끼얹은 것도 모자라, 그 잔인한 인간이 우리에게 보란 듯이 그 이콘을 쳐들었을 때, 그때 우리의 심정이 어땠는지 여러분께 말씀드리지 못한다고 저를 너무 나무라지 마시기 바랍니다. 제가 기억하는 건 단지, 신성한 광채에 둘러싸였던 그 얼굴이 붉게 물든 채 봉인되었고, 봉인된 자국 밑으로 불붙은 수지에 녹아내린 니스가 마치 피눈물처럼 두 갈래로 흘러내리던 그 광경뿐입니다……

우리는 모두 외마디소리를 지르며 손으로 눈을 가린 채, 바닥에 엎드려 마치 고문을 당하기라도 하는 것처럼 신음을 했습니다. 그렇게 우리의 통곡은 한없이 계속되었고, 봉인된 천사를 애통해하는 우리들 위로 어느덧 칠흑 같은 밤이 깃들었습니다. 그때 그 고요한 어둠 속,

파괴된 우리 조상들의 성물이 있던 곳에서 우리에게 어떤 생각이 떠올랐습니다. 바로 우리의 수호천사를 어디로 끌고 가는지 알아내야 한다는 생각이었지요. 우리는 생명의 위험을 무릅쓰고라도 수호천사를 훔쳐내와 봉인 자국을 없애기로 맹세했습니다. 이 일을 수행하기 위해 사람들은 저와 젊은 레본치를 선출했습니다. 레본치는 나이로는 아직 열일곱 살도 채 되지 않은 어린 소년에 불과했지만, 기골이 장대했고 선량한 마음에 어렸을 때부터 신심이 깊었으며, 은빛 재갈을 물린 백마처럼 모든 일을 잘해내는 뛰어난 친구였습니다.

봉인되어 눈이 멀어버린 천사 생각에 도저히 견딜 수 없었던 사람들은 천사를 찾아서 훔쳐오는 그런 위험천만한 일을 수행하는 데 우리보다 더 나은 적임자는 없다고 생각했던 거지요.

9

저와 제 파트너가 그야말로 이 잡듯 샅샅이 훑고 다니면서 알아낸 일들을 자세히 말씀드려 여러분을 지루하게 하고 싶은 생각은 없습니다. 다만 관리들에 의해 구멍 뚫린 우리의 이콘들이 쇠막대기에 꽂힌 그대로 무더기로 주교청 지하창고에 처박혀 있다는 소식을 들었을 때, 우리의 마음이 너무도 고통스러웠다는 것만은 말씀드리겠습니다. 이로써 우리의 일은 관 속에 파묻힌 것과 같이 이미 끝나버린 셈이어서, 더이상 미련을 둘 여지가 없었지요. 하지만 불행 중 다행이라고, 사람들이 하는 말이, 주교께서 그런 야만스런 행동을 탐탁지 않게 생각하시고 이렇게 말씀하셨답니다. '왜 그런 짓을?' 그리고 심지어 오래된 예술품을 옹호하면서 이런 말씀까지 하셨다더군요. '이건 고대의 유물이네. 잘 보존해야 되는 거란 말일세!' 하지만 불행한 사실은,

바로 이 높은 안목이 예술품의 가치에 무지한 것보다 오히려 더 큰 새로운 화근이 되었다는 겁니다. 어쨌든 확실한 사실은 이 주교는 적의가 아니라 분명 호의와 관심을 가지고 우리의 봉인된 천사를 받아들였다는 거지요. 그는 오랫동안 천사를 관찰한 후에 다른 곳으로 눈을 돌리며 이렇게 말했답니다. '정말 안타까운 모습이군! 어떻게 이토록 끔찍하게 망쳐놓을 수가 있을꼬! 이 이콘은 지하창고에 갖다놓지 말고 내가 있는 성당의 제단 뒤 창가에 걸어놓으시오.' 주교의 하인들은 그의 명을 따랐지요. 솔직히 말씀드리면, 교회 주교가 보인 그런 관심은 한편으로는 우리에게 매우 다행스런 일이기도 했지만, 다른 한편 천사를 훔쳐내려던 우리의 모든 계획을 포기하지 않을 수 없게 했습니다. 이제 유일하게 남은 방법은 주교의 하인을 매수해서 그의 도움으로 천사 이콘을 그에 견줄 만큼 잘 그려진 다른 이콘과 바꿔치기하는 것뿐이었습니다. 우리 구교도는 이런 방법으로 여러 차례 성공한 적이 있었거든요. 하지만 이를 위해선 무엇보다도 이콘을 정확히 따라 그릴 수 있는 능수능란하고 경험 있는 손을 가진 이콘화가가 필요했는데, 우리가 알고 있는 한 이 지역에는 그런 이콘화가가 없었습니다. 이때부터 우리에게 큰 슬픔이 밀어닥쳤고, 슬픔은 마치 피부에 난 수두와도 같이 우리 사이에 퍼져갔습니다. 예전에 축복의 소리만 들려왔던 사옥에선 울음소리만 들려왔고, 얼마 지나지 않아 우리 모두는 너무 통곡한 나머지 몸의 기력이 쇠하고 눈물이 앞을 가려 한 치 앞 땅도 볼 수 없을 지경에까지 이르렀습니다. 또한 이것 때문인지는 잘 모르겠으나 마을에 눈병이 돌더니 온 주민에게 다 퍼지게 되었지요. 그전에는 한 번도 그런 적이 없었는데, 때마침 그렇게 된 겁니다.

아픈 사람이 셀 수도 없이 늘어났지요! 모든 노동자들 사이에 이런 소문이 떠돌았습니다. 이 모든 일이 그냥 일어난 게 아니다. 구교도의 천사 때문이다. '그들이 천사의 눈을 봉인하여 멀게 했기 때문이다. 이제 우리도 모두 눈이 멀게 될 것이다.' 이런 소문은 우리뿐만 아니라, 국교회에 다니는 사람들까지 모두 크게 동요시켰습니다. 그래서 영국인 감독들이 아무리 의사들을 데리고 와도 의사에게 가거나 약을 먹으려고 하는 사람은 아무도 없었지요. 그저 눈물로 이렇게 호소할 뿐이었습니다.

'우리에게 봉인된 천사를 데려다주시오. 우리가 원하는 건 그분께 기도하는 것뿐이오. 오직 그분만이 우리를 치료할 수 있습니다.'

영국인 총감독 야코프 야코블레비치는 이 일의 전후를 잘 살펴본 후 직접 주교를 찾아가 말했습니다.

'이러저러하니, 주교 예하, 신앙이란 위대합니다. 누가 어떤 식으로 신앙생활을 하는지는 그 사람의 믿음에 달려 있겠지요. 그러니 저쪽 강가에 있는 사람들에게 봉인된 천사를 내주시기 바랍니다.'

하지만 각하께서는 이 말을 듣지 않고 이렇게 말씀하셨지요.

'이번 일은 안 되겠소.'

그 당시 이 말은 우리에게 너무도 잔인하게 여겨져 우리는 그 대목자(大牧者) 분을 갖은 나쁜 말로 비난했습니다. 하지만 나중에야 이 모든 것이 그분의 잔인한 성품 때문이 아니라 하느님의 섭리임을 알게 되었지요.

그러는 동안 여러 징조들이 계속 일어났습니다. 먼저 하늘의 징벌은 이 모든 일에 가장 큰 책임이 있는 피멘에게 내렸습니다. 그는 이런 불행한 사태가 벌어진 후 우리를 떠나 강 저편으로 건너가 국교회로 이적했지요. 나는 거기 도시에서 그를 한 번 만난 적이 있습니다. 그가 내게 인사를 했고, 나도 답례를 했지요. 그랬더니 그가 하는 말이,

'마르크 형제, 난 자네들을 떠나 신앙을 버리는 죄를 짓고야 말았다네.'

난 이렇게 대답했지요.

'어떤 신앙을 갖든지 그것은 하느님이 관여할 일입니다. 하지만 당신이 사욕에 빠져 가난한 사람들을 팔아넘긴 것은 당연히 잘못된 일입니다. 미안한 일이지만, 아모스 선지자*가 명한 것처럼, 난 당신의 형제로서 당신을 책망하지 않을 수 없습니다.'

그는 선지자의 이름을 듣고 온몸을 떨며 말했습니다.

'선지자들 이야기는 하지 말아주게. 성경은 나도 알고 있으니까. '이 땅에 사는 사람들은 선지자들을 통해 고난을 당하리라'라는 말을 몸소 체험하고 있는 중이라네. 심지어 이런 징조까지 나타났으니까.' 그러면서 잔뜩 풀이 죽어 하는 말이, 며칠 전에 강에서 미역을 감았는데, 그 이후 온몸에 반점이 생겼다는 겁니다. 그러면서 가슴을 풀어헤쳐 보여주었는데, 정말로 가슴에서부터 목까지 얼룩얼룩한 점들이 퍼져 있는 게, 무슨 점박이 말 같더군요.

죄인이여, 나는 머릿속에 이런 생각이 떠올랐습니다. '하느님은 악인을 벌하시는 법.' 하지만 나는 가까스로 이 말을 입속에 담아두고, 이렇게 말했습니다.

---

* 구약에 나오는 이스라엘의 선지자. 이스라엘 백성들의 잘못을 책망했다.

‘뭘 어쩌겠습니까. 기도하십시오. 그리고 이 땅에서 그런 일을 당한 것을 기뻐하십시오. 혹시 내생에서 속죄를 받을지도 모르니까요.’

그는 내 앞에서 울면서, 자기는 정말로 불행하다는 둥, 만약 이 반점이 얼굴에까지 퍼지면 어찌되겠냐는 둥 하소연하더군요. 피멘이 국교회로 이적할 때, 현지사가 직접 피멘의 뛰어난 용모를 보고 아주 기뻐하면서 시장에게 말하기를, 도시의 유명 인사들을 만날 때 꼭 피멘에게 은쟁반을 들려서 그를 가장 앞쪽에 세우라고 했다는 겁니다. 그런 마당에 반점이 생기면 누가 자기를 그런 자리에 세우겠냐는 거지요. 정말 듣자듣자 하니 별 쓸데없는 소리를 다 듣겠더군요. 나는 돌아서서 그 자리를 떠났지요.

그렇게 우리는 그와 헤어졌습니다. 그의 반점은 점점 더 뚜렷하게 나타났고, 또 우리에게도 다른 징조들이 계속 나타났습니다. 그렇게 가을이 되었는데, 얼음이 어는가 싶더니 금방 날씨가 풀려 얼음이 녹아내렸지요. 그런데 얼마나 얼음이 많이 녹았던지 우리 공사현장이 다 물에 잠길 지경이 되었습니다. 갈수록 피해가 커지더니 급기야 화강암 교각 하나가 물결에 휩쓸려 내려가 잠기는 바람에 수천 루블에 달하는 몇 년간의 수고가 물거품이 되어버렸지요……

이 일로 인해 우리 영국인 감독들도 큰 충격을 받았습니다. 그때 그들의 수장인 야코프 야코블레비치에게 누군가 이런 말을 했답니다. 그러니까 이 모든 불행을 피하기 위해서는 우리, 즉 구교도들을 쫓아내야 한다고 말입니다. 하지만 어진 마음을 가진 사람이었던 그는 이 말을 듣지 않고, 오히려 저와 루카 키릴로프를 불러서 이렇게 말했습니다.

'여보게들, 자네들이 직접 내게 조언을 좀 해주게. 자네들의 고통을 덜기 위해 내가 어떻게 도와줄 방법이 있는지 말이야.'

하지만 우리는 그에게, 언제 어디서나 우리를 인도했던 그 거룩한 천사의 얼굴이 불붙은 수지로 봉인되어 있는 한 우리는 그 무엇으로도 위로받을 수 없고 또 불행을 피할 수도 없다고 대답했습니다.

'그러면 자네들은 무슨 생각이라도 있는 건가?'

'때를 봐서 그것을 몰래 다른 것과 바꿔치기한 후에, 불경스런 관리의 손에 의해 훼손된 천사의 얼굴을 깨끗이 원상 복구시킬 생각을 하고 있습니다.'

'그 천사가 그렇게도 자네들에게 소중한가? 정말 다른 것으로 대신하면 안 되겠나?'

'그 천사가 우리에게 소중한 이유는 천사가 우리를 지켜주었기 때문이고, 그건 다른 어떤 것으로도 대신할 수가 없습니다. 또한 그 천사는 믿음이 굳건한 시대에 경건한 손으로 그려졌고, 고대의 한 사제가 표트르 모길라의 기도서*에 따라 축성한 것이기 때문입니다. 그런데 현재 우리에게는 사제도, 그런 기도서도 없답니다.'

'그런데 자네들은 그 천사의 봉인을 어떻게 없앨 작정인가? 그 얼굴이 온통 봉인납으로 타버렸을 텐데.'

'그런 일은 감독님께서 염려하지 않으셔도 됩니다. 그 천사가 우리 손에 들어오기만 하면 우리의 수호천사가 스스로 다 알아서 할 것입니다. 그 천사는 매매를 위한 일반 수공업자의 작품이 아니라, 진짜

---

* 1646년경 키예프의 대주교 표트르 모길라에 의해 편집된 기도서를 말한다.

스트로가노프의 작품이랍니다. 스트로가노프의 니스는 코스트로마의 니스처럼 소인에도 끄떡없습니다. 아무리 수지가 흘러도 부드러운 색까지 스며드는 법은 없답니다.'

'자네들 그 말 장담할 수 있는가?'

'장담할 수 있고말고요. 이 니스는 러시아의 옛 신앙과도 같이 강력하답니다.'

그러자 그는 그런 예술품을 아낄 줄 모르는 사람들을 비난했지요. 그러더니 우리에게 손을 내밀면서 다시 한번 말했습니다.

'너무 그렇게 근심하지 말게. 내가 자네들을 도와주겠네. 우리가 자네들의 천사를 손에 넣을 수 있을 거네. 그런데 그 천사를 다른 것과 바꿔치기하는 데 시간이 오래 걸리나?'

'아닙니다. 잠시 동안이면 됩니다.'

'그렇다면 내 이렇게 말하지. 자네들의 봉인된 천사에 값비싼 황금 리사*를 입히고 싶다고 말이야. 천사가 내 손에 들어오는 즉시 바로 바꾸도록 하지. 내일 내가 일을 처리하도록 하겠네.'

하지만 우리는 감사의 뜻을 전하며 다음과 같이 말했습니다.

'하지만 내일도, 모레도 안 됩니다. 나리.'

그가 물었지요.

'그건 또 왜 그런가?'

우리가 대답했습니다.

'그게 그러니까, 나리, 우리는 무엇보다 먼저 바꿔치기할 이콘을

---

* 리사 혹은 오클라드. 147쪽 옮긴이 주 참조.

마련해야 합니다. 그것도 진품과 완전히 똑같은 이콘을 말이지요. 그런데 그걸 그릴 만한 장인이 이곳에는 없을 뿐만 아니라, 이 근처 어디에서도 찾을 수가 없습니다.'

'쓸데없는 걱정일세.' 그가 말했지요. '내가 직접 도시에서 화가를 불러오겠네. 모사본뿐만 아니라 초상화도 훌륭하게 그리는 사람으로 말이야.'

'그건 안 됩니다.' 우리가 대꾸했습니다. '제발 그러지 마십시오. 왜냐하면, 첫째, 그런 세속 화가는 괜한 소문을 불러일으킬 수 있고, 둘째, 보통 그림을 그리는 사람은 그런 일을 감당할 수 없기 때문입니다.'

영국인 감독은 이 말을 믿지 않았습니다. 그래서 제가 나서서 그에게 그 차이점들을 전부 설명해주었지요. 오늘날의 세속 화가치고 그런 기술을 가진 사람은 없다는 것을 말입니다. 그러니까 세속 화가는 기름 물감으로 색을 내는 반면에, 진정한 이콘화가는 계란 흰자를 섞은 부드러운 물감을 사용합니다. 그래서 붓 터치가 거친 일반 그림은 먼 거리에서만 자연스럽게 보이는 반면, 이 사람들의 붓 터치는 연해서 아주 가까이에서 보아도 뚜렷하지요. 또한 그림을 옮겨 그리는 것도 세속 화가는 제대로 하지 못합니다. 왜냐하면 그들은 이 지상의 삶을 사랑하는 인간의 육체만을 그리도록 배웠을 뿐인데, 성스런 러시아의 이콘은 물질적 인간으로서는 제대로 상상할 수 없는 천상에 계시는 분의 용모를 표현해야 하기 때문이라고요.

그는 이 말에 관심을 보이면서 물었습니다.

'그렇다면 아직 이런 그림을 그릴 줄 아는 화가가 어딘가 있단 말

인가?'

'현재 이런 사람들은 매우 드뭅니다. (그 당시 이런 사람들은 아주 은밀한 곳에 숨어 살았지요.) 므스테라 마을에 호흘로프란 화가가 한 명 있는데, 너무 나이가 많이 들어서 먼 길을 다닐 수가 없습니다. 그리고 팔리호보에 두 사람이 있긴 하지만, 그 사람들도 올 생각은 하지 않을 것입니다. 게다가 므스테라나 팔리호보의 화가들은 우리에게 별반 도움이 안 됩니다.'

'그건 또 왜 그런가?' 그가 재차 물었습니다.

'그들은 양식이 다르기 때문이지요. 므스테라 화가의 그림은 좀 무거운 느낌이 들고 붓 터치도 탁한 편입니다. 한편 팔리호보 화가들은 터키석 색조를 많이 사용해서 전체적으로 너무 파란 느낌을 줍니다.'

'그럼 뭘 어떻게 해야 하는 건가?'

'제 자신도 잘 모르겠습니다.' 제가 말했지요. '제가 듣기로는 모스크바에 실라체프라는 또 한 명의 훌륭한 화가가 있다고 합니다. 러시아 전역에 퍼져 있는 우리들 사이에선 그 사람도 유명하지요. 하지만 그는 붓 터치가 다분히 노브고로트나 황제가 거하시는 모스크바의 성향이 강한 데 반해, 우리 스트로가노프의 이콘은 사제들이 입는 아주 밝은 가사의 색채가 강합니다. 그래서 우리 취향에 맞는 화가는 오직 이 강 하류에 산다는 세바스찬밖에 없는 상황입니다. 그런데 그는 방랑벽이 아주 강한 사람이랍니다. 구교도들의 이콘을 수선하면서 온 러시아를 다 돌아다니는데, 지금 그가 어디에 있는지 알 길이 없습니다.'

영국인 감독은 아주 만족스러워하며 제 말을 모두 들은 후에 미소를 지으며 말했습니다.

'정말 자네들은 신기한 사람들이네. 자네들 말을 듣고 있자니 기분까지 좋아지는구먼. 자네들 신앙에 대해서 어떻게 그렇게 잘 알고 있나. 심지어 예술 분야까지 그렇게 훤히 꿰고 있다니 말이야.'

'예술이라고 해도 모를 건 없지요, 나리.' 제가 말했지요. '이건 신령한 예술이니까요. 우리 가운데 있는 이콘 애호가들은 평범하기 짝이 없는 농부들인데도 온갖 유파들의 특성을 다 알고 있답니다. 그러니까 예를 들어 어떤 이콘이 있다면 그것이 우스추크 산인지 노브고로트 산인지, 또는 모스크바 산인지 볼로고트 산인지, 혹은 시베리아 산인지 스트로가노프 산인지 그 붓 터치를 구별할 수가 있다는 말씀이지요. 그뿐 아니라 같은 유파 속에서도 유명하고 오래된 러시아 이콘들을 한 치의 오차도 없이 다 구별할 수 있습니다.'

'그게 정말 가능한가?' 그가 물었지요.

'그건 나리께서 사람들의 필체를 구별하는 것과 마찬가지입니다. 그것처럼 그들도 그림을 척 보면 대번에 누가 그렸는지, 쿠지마인지, 안드레이인지, 아니면 프로코피인지 알 수 있는 것이지요.'

'어떤 특징이 있는데?'

'그림을 그리는 방식에서 차이가 나듯이, 색조, 공간 구성, 인물들의 얼굴 표정이나 행동에 차이가 있게 마련이지요.'

그는 이 모든 말을 열심히 들었습니다. 그래서 저는 제가 알고 있던 우샤코프*와 루블료프**에 관해서, 또 러시아에서 가장 오래된 화가

---

* 시몬 우샤코프(1626~1686). 모스크바 황실에서 활동한 이콘화가. 러시아 전통화풍과 서구의 사실주의적 양식을 접목시켰다.

인 파람신에 관해서도 이야기를 들려주었습니다. 파람신의 이콘은 경건했던 우리의 차르와 대귀족들이 자녀들에게 축복을 빌며 선물하곤 했던 것인데, 임종시에 그들의 자녀들에게 그 이콘들을 눈동자보다도 더 귀중하게 간직하라고 유언을 했답니다.

그 말에 영국인 감독은 곧바로 수첩을 꺼내더니 이런저런 질문을 했습니다. 그 화가의 이름을 다시 한번 말해달라는 등, 그의 작품을 어디에서 볼 수 있냐는 등 말입니다. 그래서 제가 말해주었지요.

'아무리 찾아도 헛수고입니다, 나리. 아무것도 남질 않았으니까요.'

'어디로 사라졌단 말인가?'

'저도 모릅니다.' 제가 말했지요.

'누군가 담뱃대 닦개로 사용했거나 담배와 바꾸려고 외국인들한테 줘버렸겠지요.'

'어떻게 그럴 수가 있단 말인가.' 그가 말했습니다.

'그럴 수 있고말고요. 그럴 가능성이 충분합니다. 실제 그런 경우가 있기도 하고요. 로마의 바티칸 교황청에 접책으로 된 이콘들이 있는데, 그것들은 우리 러시아 화가 안드레이, 세르게이와 니키타가 13세기에 그린 것입니다. 많은 성인들이 그려진 이 세밀화는 얼마나 세밀한지 심지어 훌륭하기 그지없는 외국 화가들조차도 이 그림을 보고 신기한 솜씨에 경탄을 금치 못했다더군요.'

'그런데 그 그림이 어떻게 로마로 가게 되었는가?'

'표트르 1세가 외국인 사제에게 선물했는데, 그자가 팔았다더군요.'

※ 안드레이 루블료프(1360?~1430). 러시아의 대표적인 이콘화가로서 그의 〈삼위일체〉 이콘은 특히 유명하다.

이 말에 영국인은 빙긋이 웃으면서 잠시 생각에 잠기더니 조용히 말하더군요. 자기네들 영국에는 어떤 그림이라도 세대를 거쳐 보관되고, 게다가 출처를 밝힌 증서까지 첨부된다고 말입니다. 그래서 제가 말했지요.

'우리 관습과는 정말로 다른 것 같습니다. 우리는 고대 전승의 딱지를 떼어내는 데만 급급하지요. 모든 것을 새것처럼 보이게 말입니다. 마치 러시아의 모든 것이 어제 막 알을 까고 나온 것처럼 말이에요.'

'만일 자네들의 관습이 그렇게 야만적이라면, 자네들 자국의 것을 사랑하는 자들이라도 자국의 예술을 지키려고 노력해야 할 텐데 왜 그렇게 하지 않는 건가?'

'친절하신 감독 나리, 우리에겐 그것을 지켜나갈 자가 없답니다. 새로운 예술 유파는 온통 부패하여 헛된 생각에만 사로잡혀 있습니다. 고상한 영감은 사라져버리고 모든 것이 세속에 물들어 세속적인 열망만이 드러날 뿐입니다. 최근 우리의 이콘화가들은 미하일 대천사를 크림 산맥의 포툠킨 공후의 모습으로 그리기 시작했고, 그도 모자라 이제는 구세주이신 그리스도를 유대인의 용모로 그리는 판국이니 말입니다. 그러니 그런 사람들에게서 기대할 게 무엇이 더 있겠습니까? 할례받지 않은 그런 사람들의 마음으로 그림을 더욱 많이 생산해낼 경우, 그것들에 경건한 예배를 드리라고 명할지도 모르는 일 아닙니까. 이집트와 같은 곳에서는 황소나 빨간 털이 박힌 양파도 신으로 경배한다고 하지만 말입니다. 어찌되었건 우리는 우리가 모르는 신들은 섬기지 않을 것이고, 또 유대인의 얼굴을 구세주의 용안으로 받아들이지도 않을 것입니다. 그리고 이 그림들이 제아무리 뛰어난 솜씨로 그려졌다 하더라도 우리에겐 파렴치한 행위에 지나지 않으며, 우리 조상들의 전례에 따라 그것들을 멀리할 수밖에 없습니다. '수도관이 더러우면 물이 더러워지듯이, 눈이 즐거우면 정신이 혼탁해진다'는 말처럼 말입니다.'

제가 이 말을 마치고 입을 다물자, 영국인 감독이 말했습니다.

'계속하게나. 자네의 생각이 마음에 드네.'

제가 대답했지요.

'드릴 말씀은 다 드렸습니다.' 그랬더니 그가 말하더군요.

'그러지 말고, 자네가 생각하는 영감에 찬 그림이란 어떤 것인지 더 말해주게.'

존경하는 여러분, 이런 질문은 저같이 평범한 사람에겐 상당히 어려운 것이지만 저는 하는 수 없이 말을 계속했지요. 노브고로트의 별이 빛나는 하늘이 그려진 그림*에 이어, 여호와 하느님 양편에 날개 달린 일곱 명의 대천사들이 서 있는 키예프의 소피아 성당에 있는 이콘에 관한 이야기를 들려주었습니다. 물론 그 천사들은 포툠킨 공후와는 다른 모습이지요. 그리고 제단의 휘장 아래 한쪽 계단 위에 서 있는 선지자와 교부들, 그 아래 계단에 십계명 석판을 든 모세, 그 밑으로 주교의 모자를 쓰고 싹 난 지팡이를 든 아론, 그리고 다른 쪽 계단에 그려진 왕관을 쓴 다윗 왕, 두루마리 문서를 든 이사야 선지자, 닫힌 성전 문 앞에 서 있는 에스겔,** 그 누구의 손길도 닿지 않은 돌

---

* 노브고로트의 소피아 성당에 있는 이콘 〈신의 지혜 소피아〉에 묘사된 하늘을 가리킨다. 수많은 별로 수놓은 짙은 파란색의 하늘을 천사가 떠받들고 있다.
** 구약의 에스겔 선지자. 「에스겔서」 46:1 참조.

과 함께 그려진 다니엘*에 관한 이야기, 또한 하늘 길을 가르쳐주는
이 성인들의 주위에 그려진 은사의 상징물에 관한 이야기도 들려주었
습니다. 사람들을 영광의 길에 참예하게 하는 그 은사들 말입니다. 즉
일곱 봉인이 찍힌 책은 지혜의 은사, 일곱 가지 촛대는 총명의 은사,
일곱 개의 눈은 모략의 은사, 일곱 나팔은 권능의 은사, 일곱 별 가운
데 있는 오른손은 직관의 은사, 일곱 향로는 경건의 은사, 그리고 일
곱 번개는 경외의 은사를 말한다고요. 설명을 마친 후에 저는 이렇게
덧붙였지요.

'이런 그림들이 바로 우리를 고양시키는 그림이지요.'

그랬더니 영국인 감독이 이렇게 묻더군요.

'미안하지만, 자네가 왜 이 그림들을 고양시키는 그림이라고 하는
지 난 이해가 잘 가지 않네.'

'왜냐하면 그런 그림들이야말로 세속에서 벗어나 말로 형언할 수
없는 하느님의 영광에 이르도록 그리스도인들이 기도하고 간구해야
한다는 것을 우리 영혼에게 명확히 알려주기 때문입니다.'

'하지만 그런 건 성경과 기도를 통해서도 누구나 이해할 수 있는
게 아닌가.'

'절대 그렇지가 않습니다.' 제가 대답했습니다. '누구나 다 성경을
이해할 수는 없습니다. 그리고 이해하지 못하는 자는 기도를 해도 어
둠이 떠나질 않습니다. 어떤 사람은 '위대하고 풍성한 은혜'의 말씀을
듣고는 이것이 돈에 관한 말씀이라고 생각하고 욕심을 내어 기도하기

---

* 구약의 「다니엘서」 2:45 참조.

도 합니다. 하지만 그런 사람이 이콘을 통해 눈으로 하늘의 영광을 보게 되면, 인생의 가장 고귀한 의미를 생각하며 어떻게 이 목표에 도달해야 할지 알 수 있게 됩니다. 왜냐하면 여기에는 이 모든 것들이 단순하고 알기 쉽게 나타나 있기 때문이지요. 사람이 무엇보다도 먼저 자기 영혼을 위해 하느님을 경외하는 은사를 간구하면, 그 사람의 영혼은 그 즉시 한 계단 한 계단 세속에서 벗어나게 되고 매 걸음마다 최고의 은사를 누리게 될 것입니다. 그러면 그 이후로 그 사람에게 돈이나 이 세상의 명예 같은 것들은 기도 가운데 주님 앞에서 추악한 것이 되고 맙니다.'

그러자 영국인 감독이 자리에서 일어나 기쁜 얼굴로 이렇게 묻더군요.

'자네들은 정말 괴짜들이군. 그러면 자네들은 무엇을 위해 기도하지?'

'우리는 그리스도인으로서 인생을 마치고 최후 심판의 날에 선한 판결을 받기 위해 기도합니다.'

그는 미소를 짓더니 갑자기 웬 금색 줄을 잡아당겼는데, 그와 함께 녹색 커튼이 열렸습니다. 커튼 뒤로 안락의자에 앉아 촛불 앞에서 긴 뜨개바늘로 뜨개질을 하고 있는 그의 영국인 아내가 보였습니다. 그녀는 정말 아름답고 친절한 귀부인이었는데, 우리말을 잘하지는 못해도 알아듣기는 다 알아들었습니다. 보아하니 그녀는 우리와 그녀의 남편이 나누는 종교에 관한 대화를 듣고 싶었던 모양이었습니다.

그런데 여러분 생각은 어떻습니까? 그녀를 가렸던 커튼이 걷히자, 마음씨 고운 그녀는 놀라며 벌떡 일어났습니다. 그러고는 루카와 내가 서 있는 곳으로 와 우리같이 보잘것없는 사람들에게 두 손을 내밀었습니다. 눈물이 어른거리는 눈으로 그녀는 우리의 손을 꼭 잡고 이렇게 말하더군요.

'선한 사람들, 선한 러시아 사람들!'

루카와 저는 이 고마운 말에 대한 감사의 표시로 그녀의 두 손에 입을 맞추었죠. 그러자 그녀도 보잘것없는 우리의 머리에 자신의 입술을 대었습니다."

여기서 잠시 말을 멈춘 이야기꾼은 소매로 조용히 눈물을 훔치고는 속삭이듯 덧붙였다. "정말 심성이 고운 분이었습니다!" 그러고는 마음을 가다듬고 다시 말을 계속했다.

"그렇게 친절을 베푼 후에 그 영국인 부인은 남편에게 자기 나라 말로 뭐라고 말을 했는데, 무슨 말인지 알아들을 수는 없었지만 말투로 보아 우리를 위해 무언가 부탁하는 것처럼 보였습니다. 아내의 선한 행동에 내심 흐뭇했던 영국인 감독은 자부심에 가득 찬 눈으로 그녀를 바라보면서 연방 그녀의 작은 머리를 쓰다듬으며, 자기네 말로 비둘기처럼 '굿, 굿' 했는데, 그네들 말로는 무슨 뜻이 있는 말인 것 같았습니다. 어쨌든 그가 그녀를 칭찬하면서 그녀의 말에 동의하는 중이라는 것만은 눈치를 챌 수 있었습니다. 그는 사무실 책상으로 다가가 백 루블짜리 지폐 두 장을 꺼내 들고 말했습니다.

'루카, 여기 돈이 있네. 자네들이 필요로 하는 훌륭한 이콘화가가 어디 있는지 찾아보게. 그래서 자네들이 필요한 것을 말하고 내 아내에게도 자네들의 방식대로 그림 하나만 그려달라고 해주게. 아내가 그런 이콘을 우리 아들에게 선물해주고 싶어하는구먼. 그리고 이 돈

은 그것을 위한 수고비와 경비로 내 아내가 자네들에게 주는 것이네.'

부인은 눈물을 머금은 채 미소 지으며 재빨리 말했습니다.

'아니, 아니에요. 그건 남편이 주는 거예요. 나는 나대로 줄 게 있어요.'

이 말과 함께 부인은 문밖으로 나가더니 손에 또 한 장의 백 루블 지폐를 들고 들어왔습니다.

'남편이 옷을 사라고 내게 준 돈이에요. 하지만 난 옷이 필요 없어요. 당신들에게 드리겠어요.'

우리는 물론 거절했지요.

하지만 부인은 그 말을 들으려 하지 않고 그냥 서둘러 나가버렸습니다. 남편이 말하더군요.

'아닐세. 거절할 생각은 하지 말게. 아내가 주는 것을 받게.' 그러고는 돌아서면서 이렇게 말했습니다. '자, 괴짜 친구들, 이젠 나가주게!'

물론 우리는 이렇게 쫓겨나면서도 전혀 모욕감을 느끼지 않았지요. 왜냐하면 우리는 그 영국인 감독이 우리로부터 등을 돌린 이유가 자신의 마음의 감동을 숨기기 위해서라는 사실을 느낄 수 있었기 때문이었습니다.

존경하는 여러분, 이런 식으로 우리나라 사람들에게 박대를 당한 우리는 영국 사람들을 통해 위로를 받고 우리의 영혼에 대한 열정을 되찾을 수 있었습니다. 마치 영이 소생하는 침례를 받듯 말입니다!

존경하는 여러분, 이제부터 제 이야기의 2부를 시작하겠습니다. 간단히 말씀드리지요. 은빛 재갈을 물린 레본치와 제가 이콘화가를 찾아다니면서 겪은 일들과 우리가 돌아다닌 곳, 만난 사람들, 우리에게 나타난 기적, 그리고 마침내 우리가 발견한 것과 잃어버린 것, 그리고 돌아올 때 무엇을 가지고 있었는지 말입니다.

10

　여행을 떠나는 사람에게 가장 중요한 것은 동행인이지요. 영리하고 선량한 동료와 함께하면 추위도 배고픔도 견디기가 더 수월한 법입니다. 그런 면에서 제가 걸출한 소년이었던 레본치와 함께 갈 수 있었던 것은 은총이 아닐 수 없었습니다. 우리는 배낭과 충분한 여비를 몸에 지니고 도보로 길을 떠났지요. 서로의 생명을 지키기 위해 칼등이 넓은 작은 구식 군도도 몸에 지녔는데, 그 칼은 위험을 대비하여 우리네 사람들이 항상 지니고 다니던 것이었습니다. 우리는 장사꾼 행세를 하며 돌아다녔는데, 도착하는 곳마다 이런저런 것들이 필요하다고 둘러대면서 우리가 목적한 바를 찾아다녔습니다. 맨 처음에 도착한 곳은 클린치와 즐린카라는 곳이었고 다음은 오룔에 있는 우리의 형제들을 찾아가보았지만, 얻어낸 것은 아무것도 없었습니다. 그 어디에서도 마땅한 이콘화가를 발견하지 못한 채, 그냥 그렇게 모스크바에 도착했지요. 하지만 무슨 말을 어떻게 해야 할지…… 오, 슬프도다, 그대, 모스크바여! 슬프도다, 고대 러시아의 영광스런 여왕이여! 구교도들의 대표로 온 우리에게 그대는 아무런 위로가 되지 못했도다.

이런 말을 하고 싶지는 않지만, 도저히 말하지 않을 수 없는 사실은, 우리가 모스크바에서 접하게 된 분위기란 것이 우리의 기대와는 전혀 달랐다는 것입니다. 그곳에서 옛 전통을 유지하는 것은 이제 더 이상 선의나 경건함이 아닌, 오로지 독선일 뿐이라는 사실을 깨달았던 것입니다. 날이 갈수록 그것은 확실해졌고, 그 사실에 레본치와 저는 수치심을 느꼈습니다. 그 정도로 우리 두 사람이 그곳에서 본 것은 조용히 신앙을 지키며 사는 사람들에게는 치욕적인 것이었습니다. 하지만 우리는 서로 마음속으로 수치감을 느끼면서도, 그 모든 것에 관해서 아무 말도 하지 않았습니다.

물론 우리는 모스크바에서도 이콘화가들을 찾아냈습니다. 그것도 아주 뛰어난 기술을 가진 사람들을 말입니다. 하지만 그 모든 사람들 가운데 우리의 옛 조상들이 말한 그런 정신을 지닌 사람은 없었으니, 무슨 소용이 있었겠습니까? 경건한 옛 화가들은 신성한 예술 작업을 시작하기 전에 금욕과 기도로 준비하고, 돈이 많건 적건 간에 숭고한 일이니만큼 최선을 다해 작업을 했답니다. 그런데 이 사람들은 어떤 사람에게는 비싼 재료의 색깔을, 또 어떤 사람에게는 싼 재료의 색깔을 사용하더군요. 그것도 오랜 기간에 걸쳐 그리는 게 아니라 단시간 안에 해치워버리는 겁니다. 게다가 바탕도 설화석고가 아니라 묽은 석회로 칠해버리고, 덧칠도 그냥 되는 대로 한 번만 칠해버리더군요.

그에 반해 옛날에는 물처럼 연하기 그지없는 수성 물감으로 네 번 심지어는 다섯 번까지 칠해 오늘날에 도저히 찾아볼 수 없을 정도로 경이로운 부드러운 색깔을 냈지요. 한데 그림이 섬세하지 않은 것은 차치하고라도 요즘 화가들은 정신상태 자체가 많이 쇠퇴해 모두들 자기만 내세울 줄 알고 다른 사람들은 무슨 수를 써서라도 낮추어 보려고 합니다. 게다가 더욱 나쁜 것은 끼리끼리 몰려다니면서 교활하기 그지없는 거짓말을 일삼는다는 것입니다. 선술집에 모여 술을 마시면서 교만하기 짝이 없는 자세로 제 작품은 칭찬을 늘어놓으면서도 다른 사람의 기술에 대해서는, 하느님이 두렵지도 않은지, '악마의 작품'으로 몰아세우기 일쑵니다. 그리고 그들 주위에는 언제나 중고품 상인들이 참새가 방앗간을 찾듯 따라다닙니다. 그들은 다양한 고대 이콘들을 이 손 저 손 거치면서 교환하거나 다른 것으로 바꿔치기도 하고, 위조품을 만들기도 하고, 오래된 것처럼 보이기 위해 연통에 그슬기도 하고, 흠집을 만들거나 벌레 먹은 것처럼 꾸미기도 하지요. 또한 청동으로 다양한 모양의 철제장식을 만들어 고대에 주조된 진품처럼 보이도록 하거나, 고대의 에나멜을 칠한 것처럼 보이게도 합니다. 그리고 일반 철제대야에 이반 뇌제 시대의 고풍스런 독수리 문장을 새겨 넣어 세례용 예반으로 둔갑시켜서는 경험 없는 얼뜨기 신자들에게 고대의 진품으로 팔아먹습니다. 그런 세례용 예반은 이미 온 러시아 땅에 엄청 많이 돌아다니고 있는데도 말입니다. 모든 게 사기고 비양심적인 거짓말이지요. 한마디로 말해서 이들 모두 흑인 집시들이 서로 말(馬)을 사고팔 때 속이는 것처럼 성물을 갖고 사기를 치는 것입니다. 그들의 모든 행위는 그야말로 죄악과 타락, 신앙에 대한 모욕으로 가득해서 차마 눈 뜨고 보지 못할 지경이랍니다. 하지만 이런 수치스런 행위에 익숙한 사람은 이런 것들을 아무렇지도 않게 받아들이지요. 모스크바의 이콘 애호가들 중에는 심지어 이런 파렴치한 행위들에 흥미를 갖고 오히려 그것을 즐기는 사람들도 있답니다. 이곳에서는 어떤 사람이 그리스도상으로 사람을 속이는가 하면, 또 다른 곳에서는 다른 사람이 니콜라이 성자로 사기를 치거나 비열하기 짝이 없는 방식으로 위조한 성모상을 끼워 팔기도 하지요. 이 모든 일들이 아주 공공연히 행해질 뿐만 아니라, 경험 없는 구매자들을 성물로 속이기 위해 서로 경쟁하듯 기를 씁니다. 하지만 순박한 시골 신자였던 저와 레본치에게 이 모든 것들은 기가 막히다 못해 무서워지기까지 할 정도였습니다. 우리는 생각했습니다.

'우리의 옛 신앙이 오늘날 정말 이렇게까지 변해버렸는가?' 저만 이렇게 생각한 것이 아니라 제가 보기에 레본치 역시 슬픈 마음에 같은 생각을 하고 있었습니다. 하지만 우리는 서로 그것을 내색하지 않았습니다. 다만 저는 어린 레본치가 점점 더 외따로 있을 곳을 찾는다는 것을 눈치챘습니다.

그러던 중 그 아이를 보며 이런 생각이 들었습니다. '이 아이가 괴로운 나머지 쓸데없는 행동을 하지는 않을까?' 그래서 말했지요.

'레본치, 너 왜 그래? 무슨 괴로운 일이라도 있어?'

그러자 그 아이가 대답하더군요.

'아니, 아무것도 아니에요, 아저씨. 그냥 그러는 것뿐이에요.'

'그러지 말고 나와 함께 이콘화가를 만나러 보제닌 거리에 있는 에리반 선술집에나 가자고. 오늘 그리로 두 명이 오겠다고 약속했거든.

고대 이콘들을 가지고 말이야. 하나는 이미 산다고 이야기했고, 오늘 나머지 하나를 보고 사려고 하는데.'

그런데 레본치는 이렇게 대답했습니다.

'아니에요, 아저씨 혼자 가세요. 저는 안 갈래요.'

'왜 안 가려고 그러는 거야?'

'오늘 웬일인지 기분이 나질 않아요.'

그래서 저는 한 번 두 번 그를 떠보다가, 세번째 다시 그에게 말했습니다.

'애, 레본치, 그러지 말고 같이 가자꾸나.'

그랬더니 그 아이는 거의 애처로울 정도로 간청을 하는 것이었습니다.

'사랑하는 아저씨, 제발 저를 집에 그냥 있게 해주세요.'

'하지만 레바,* 넌 날 도와주러 왔잖아. 그런데 이렇게 계속 집에만 붙어 있으면 어쩌자는 거냐. 이러면 나한테 무슨 도움이 되겠니, 애야.'

그랬더니 그가 하는 말이,

'사랑하는 마르크 알렉산드리치 아저씨, 제발 절 그곳에 데려가지 마세요. 사람들이 먹고 마시면서 성물에 관해 쓸데없는 이야기나 하는 그런 곳에 말이에요. 유혹에 빠질까봐 두려워요.'

그 아이가 그렇게까지 자기 감정을 솔직하게 말한 것은 그때가 처음이었지요. 그 말은 제 마음에 큰 충격을 주었답니다. 하지만 전 그

---

* 레본치의 애칭.

아이와 다투진 않았지요. 그냥 그렇게 혼자 가서, 그날 저녁 두 명의 이콘화가와 많은 대화를 나눴습니다. 그런데 그들에게서 얼마나 혹독한 시련을 당했던지. 그들에게 당한 것을 생각하면 지금도 소름이 끼칠 지경이랍니다! 한 사람이 사십 루블에 이콘을 내게 넘기고 간 후에 다른 사람이 말했습니다.

'예끼, 여보쇼, 이런 사람하고는. 이 이콘에는 기도할 생각일랑 하지 마쇼.'

내가 물었습니다.

'왜요?'

그가 대답했습니다.

'그건 악마의 작품이요.' 그러면서 손톱으로 그림의 한쪽 모퉁이를 긁어대자 구석 부분의 그림이 한 꺼풀 떨어져나갔는데, 그 아래쪽 바탕에 꼬리 달린 악마가 그려져 있지 않겠습니까! 그자가 다른 쪽을 긁자, 거기 아래에서도 또 악마가 나타났습니다.

'오, 주여!' 저는 울음을 터트리고 말았습니다. '이게 도대체 뭐란 말입니까?'

'그러니까 그 사람 말고 나한테 주문해야 한다는 거요.' 그가 말했습니다.

저는 그때 그들이 한 패거리며, 날 해코지하려고 작당했다는 것을 깨달았습니다. 저는 그 자리에 이콘을 놔둔 채, 눈물을 머금고 그들을 떠났습니다. 가면서 우리 레본치가 이 일을 당하지 않은 것에 대해 하느님께 감사를 드렸습니다. 가뜩이나 그 아이의 신앙이 위기에 처해 있는데 이런 일까지 당했다면 어찌되었겠습니까. 집에 거의 다다랐는데 우리가 빌린 방의 불이 꺼져 있더군요. 그리고 그곳에서 여리고 부드러운 노랫소리가 울려왔습니다. 전 곧바로 그것이 아름다운 레본치의 목소리임을 알아챘습니다. 그 아이는 한 음 한 음을 눈물로 씻어내듯 감정을 실어 노래를 부르고 있었습니다. 저는 그가 눈치채지 못하도록 조용히 들어갔지요. 문가로 다가가자, 그 아이가 부르는 〈요셉의 애가〉*가 들렸습니다.

　　누구에게 내 슬픔을 전하리오,
　　누굴 불러 내 통곡을 들려주리오.

　여러분이 이 노래를 알고 계신지 모르겠지만, 이 시구는 너무도 서글퍼 그냥 조용히 듣고 있을 수가 없을 정도이지요. 그 노래를 부르면서 레본치는 슬피 울고 있었던 것입니다.

　　내 형들이 나를 팔았다네!

　그는 마치 자기 어머니의 무덤가에서라도 부르듯 그렇게 슬피 울며 노래를 불렀고, 형제들의 죄를 위해 이 땅에 목 놓아 울부짖었습니다. 언제나 듣는 이의 마음을 감동시키는 이 가사는 바로 그때, 제 자신, 죄 많은 형제들에게서 도망쳐 나온 상황이었던 터라 제 마음을 너무도 강하게 사로잡아 저도 그만 흐느끼고 말았답니다. 레본치가 그

____

* 러시아정교의 찬미가 중의 하나. 구약 성경에서 아버지의 사랑을 독차지한 요셉을 시기한 형들이 요셉을 이집트의 노예로 판다.

214

소리를 듣고 노래를 그치고는 날 불렀습니다.

'아저씨, 아저씨!'

'그래, 우리 착한 친구!'

'이 노래에서 나오는 어머니가 누구를 가리키는지 아세요?'

'라헬이지.' 제가 대답했습니다.

'아니요.' 그가 말했습니다. '예전엔 라헬을 가리켰는지 모르지만, 지금은 다른 신비한 뜻이 있어요.'

'어떤 신비한 뜻을 말하는 거냐?' 제가 물었지요.

'지금 이 말은 다른 의미로 변했어요.'

'애야, 너 지금 제정신으로 하는 말이냐?'

'그럼요. 지금 저는 그것이 가슴으로 느껴지고 있어요. 우리 구세주는 우리 때문에 십자가에 매달리셨어요. 우리가 한 입으로, 한 마음으로 그를 찾지 않기 때문이라고요.'

저는 그 아이가 어떻게 될지 몰라 더욱더 놀라면서 말했습니다.

'레본치, 애야, 우리 어서 이곳 모스크바를 떠나 니지니노브고로트로 가서 이콘화가 세바스찬을 찾아보자꾸나. 듣자 하니 그 사람, 지금 거기 있다더라.'

'좋아요, 가요. 이곳 모스크바는 뭔지 모르지만 저를 괴롭히고 아프게 하는 영이 있어요. 그런데 그곳에는 숲이 있고 공기가 더 깨끗하잖아요. 그리고 제가 듣기론 그곳에 팜바 장로님이 계시대요. 전혀 시기심도 없고 화도 내지 않는 은수자(隱修者)래요. 전 그분을 뵙고 싶어요.'

'팜바 장로는 국교회에 속한 사람인데, 그 사람을 만나서 뭐하려고?' 저는 엄한 말투로 말했습니다.

'왜 안 돼요?' 그 아이가 말했습니다. '전 그분을 만나서 국교회는 어떤 축복이 주어지는지 알고 싶어요.'

저는 그 아이를 꾸짖으면서, '거기엔 무슨 축복이고 나발이고 할 게 없다'고 했습니다. 그러면서도 레본치가 저보다 더 옳다는 느낌이 들었지요. 전 아무것도 모르면서 그저 거부만 했는데, 그 아이는 직접 알아보려고 했으니까요. 그러나 어쨌든 저는 계속 고집스럽게 안 된다고 하면서 아주 말도 안 되는 이유를 들었습니다.

'국교회 사람들은 하늘을 바라볼 때도 믿음으로 보는 것이 아니라 『아리스토텔레스의 문』*에 의지하고, 항해를 할 때도 이교도 신인 렘판**을 따라간단다. 너도 그자들처럼 되고 싶은 거냐?'

그랬더니 레본치가 대꾸했지요.

'아저씨, 말도 안 되는 소리 하지 마세요. 렘판이라는 신은 옛날에도 없었고 지금도 없어요. 모든 건 오로지 하느님의 지혜로만 창조된 거예요.'

이 말에 저는 한층 더 어리석은 말을 하고 말았습니다.

'국교회 사람들은 커피를 마신다고!'

'그게 무슨 잘못인가요? 커피는 콩에서 나온 거라고요. 다윗 왕이 선물로 받기도 했고요.' 레본치가 말했습니다.

---

* 18세기까지 러시아에 존재했던 책으로, 1551년에 열린 모스크바 종교회의에서 이단의 사상을 포함한 금서 판정을 받았다.
** 렘판은 구약 「아모스서」(5:26)에 언급된 별의 신을 가리키는데, 광야 생활을 하던 유대인들이 숭배했다고 전해진다. 농업의 신으로 여겨지는 새턴(토성)을 가리키기도 한다.

'넌 그런 걸 다 어디서 알았니?'

'책에서 읽었어요.'

'너, 책에 모든 게 다 써 있다고 생각해서는 안 된다.'

'거기에 안 씌어 있는 게 또 뭐가 있는데요?'

'뭐? 안 씌어 있는 게 뭐냐고?' 저는 제가 무슨 말을 하는지도 모르고 그저 입에서 나오는 대로 지껄였습니다.

'국교회 사람들은 토끼고기를 먹어. 토끼는 부정한 동물인데 말이야.'

'하느님이 만드신 걸 욕하지 마세요. 그건 죄예요.'

'토끼가 부정한데 어떻게 욕하지 않을 수 있느냐. 토끼는 당나귀하고도 비슷하고, 또 암수가 같은 데다가, 사람의 피를 답답하고 우울하게 만든단다.'

그 말에 레본치는 웃음을 터트리면서 말했습니다.

'아저씨, 주무셔야겠어요. 계속 이상한 말씀만 하시니 말이에요!'

여러분께 고백하지만, 전 그때까지도 이 축복받은 소년의 마음에 어떤 변화가 일어났는지 깨닫질 못했답니다. 다만 그 아이가 더이상 말하고 싶어하지 않는다는 사실이 몹시 기뻤지요. 내가 말하는 것을 내 자신도 이해하지 못한다는 것을 알고 있었기 때문이지요. 그래서 아무 말 없이 자리에 눕자마자 또 이런 생각이 들었습니다.

'아니야. 이 아이가 그런 생각을 하는 건 슬퍼서 그런 거야. 내일 날이 밝는 대로 출발하자. 그러면 이 아이 속에 있는 것들이 모두 사라질 것이다.' 그러나 어쨌든 저는 그 아이와 함께 가면서 한동안 말을 하지 않기로 굳게 마음먹었습니다. 제가 화가 많이 났다는 것을 그 아이가 알도록 말이지요.

하지만 워낙 모질지 못한 성격 탓에 저는 화난 표정을 오래 짓지 못했고, 레본치와 곧 다시 말을 하게 되었답니다. 단, 종교에 관한 말은 하지 않았지요. 그 방면에선 그 아이가 저보다 훨씬 유식했으니까요. 그 대신 우린 주변 경치에 관한 이야기를 나누었습니다. 우리가 가는 길을 따라 이어지는 거대한 어두운 숲들이 순간순간 우리에게 새로운 모습으로 나타났으니까요. 그런 와중에 전 모스크바에서 레본치와 나눈 이야기들을 모두 잊어버리려고 노력하면서도 한 가지 사실만은 유념하고 있었습니다. 그 팜바 장로라고 하는 은수자를 만나서는 안 된다는 것이었죠. 레본치가 그렇게 만나고 싶어하는 그 사람의 고귀한 삶에 얽힌 기이한 기적들에 관해서는 제 자신도 국교회 사람들에게서 들은 바가 있었습니다.

'걱정할 필요가 뭐 있어?' 하고 저는 생각했습니다. '그 사람한테 가지만 않으면 되지. 그 사람이 직접 우리를 찾을 리야 없을 테니까.'

그래서 우리는 다시 평화로운 분위기에서 기분 좋게 길을 갔습니다. 마침내 목적지에 도착한 우리는 이콘화가 세바스찬이 바로 그 지방에 모습을 나타냈다는 말을 듣고, 이 도시 저 도시, 이 마을 저 마을 그가 나타났다는 말이 들리기만 하면 곧장 그곳으로 달려갔습니다. 그런데 언제나 간발의 차이로 그를 만날 수가 없었습니다. 꼭 사냥개마냥 이삼십 베르스타 길을 쉬지 않고 달려가 도착하면 사람들이 한다는 말이,

'그래요, 그 사람 여기 있었지요. 그런데 방금 한 시간 전쯤에 떠났소이다!'

하지만 곧바로 뒤를 따라가도 도무지 찾을 수가 없었습니다!

그러던 가운데 한 갈림길에 이르러 갑자기 레본치와 제가 의견충돌을 벌이게 되었지요. 저는 '오른쪽으로 가야 된다'고 말했고, 그는 '왼쪽'이라고 주장했습니다. 그러다가 막판에 내심 그 아이의 말이 옳다는 생각을 하면서도 저는 제 길을 고집했지요. 그래서 결국 그 길로 갔는데, 가도 가도 어디로 가야 될지 알 수가 없었고, 어느 순간 더이상 길도, 사람이 다닌 흔적도 보이지 않는 것이었습니다.

제가 그 아이에게 말했죠.

'돌아가자, 레바!'

그랬더니 그 아이가 말했습니다.

'아니에요, 아저씨, 더이상 걸을 수가 없어요. 힘이 없어요.'

저는 걱정이 되어 물어보았습니다.

'왜 그러냐, 애야?'

그 아이가 대답했습니다.

'제 몸이 떨리는 게 안 보이세요?'

그러고 보니 정말로 그 아이의 온몸이 사시나무 떨듯 떨리고, 눈이 돌아가고 있지 않겠습니까. 그런데 여러분, 이 모든 일들이 벌어진 게 순식간이었답니다! 별다른 기색 없이 활기차게 걷던 애가 갑자기 숲속 수풀에 주저앉더니 썩은 그루터기에 머리를 대고는 이렇게 울부짖는 것이었습니다.

'아이고, 머리야, 내 머리! 아야야, 머리에 불이 붙은 것 같아요! 걸을 수가 없어요. 한 발도 못 움직이겠어요!' 그러면서 그 불쌍한 녀석이 그대로 땅에 꼬꾸라져버리는 게 아니겠어요.

그게 저녁 무렵이었어요.

전 정말 놀라서 죽는 줄 알았습니다. 그 자리에서 아이의 증세가 나아지기를 기다리다보니 어느새 밤이 되었습니다. 때는 가을이었고 어두운데, 주위는 온통 빈랑나무와 같은 소나무와 무성한 전나무뿐인데다가 어딘지도 모르는 곳에서 그 아이는 죽어가고 있었습니다. 어떻게 해야 한담! 저는 눈물을 흘리며 그 아이에게 말했습니다.

'레본치, 애야, 힘 좀 내라, 혹시 가까운 곳에 잠잘 곳이라도 있을지 모르니까.'

하지만 그는 부러진 꽃처럼 고개를 떨어뜨린 채 잠꼬대인 양 헛소리를 해댔습니다.

'절 가만히 놔두세요, 마르코 아저씨, 가만히 놔두세요, 그리고 무서워하지 마세요.'

제가 말했습니다.

'제발, 레바, 인적도 없는 이런 외딴 곳에서 어떻게 무서워하지 않을 수 있겠니?'

그 아이가 말했습니다.

'너를 지키시는 자는 주무시지도 않으시나니!'

'오, 주여! 이애가 어떻게 된 겁니까?' 이런 생각을 하면서 저는 무서움을 무릅쓰고 귀를 기울여보았지요. 그랬더니 숲속 저 멀리서 바스락거리는 소리가 나는 것 같았습니다…… '오, 자비하신 전능자여! 이건 분명히 짐승일 거야. 이제 곧 우리를 물어뜯겠지!' 저는 이렇게 생각하면서도, 더이상 레본치에게 소리칠 생각 따위는 하지 않았습니다. 그도 그럴 것이 그 아이는 완전히 제정신이 아닌 채 다른 세계를 떠도는 것 같았기 때문입니다. 제가 할 수 있는 건 기도밖에 없었습니다. '그리스도의 천사여, 이 두려운 때에 우리를 지켜주소서!' 그러는 사이에 바스락거리는 소리는 점점 가까워졌고, 이젠 아주 지척에서 들려오는 것이었습니다…… 여러분 여기서 저는 비겁했던 제 모습을 여러분께 고백하지 않을 수 없습니다. 그때 전 너무나도 두려운 나머지 아픈 레본치를 그 자리에 둔 채로 다람쥐보다도 더 빨리 나무 위로 뛰어올라 가지 위에 앉아서는 군도를 빼들고 놀란 늑대처럼 이를 딱딱 부딪치면서 무슨 일이 벌어지는지 지켜보았답니다…… 그런데 갑자기 어둠 속—제 눈은 이미 어둠에 익숙해져 있었습니다—숲속에서 무언가가 불쑥 튀어나왔는데, 처음에는 그것이 짐승인지 산적인지 전혀 형태를 알아볼 수 없다가 차츰 그 형태가 눈에 들어왔습니다. 그것은 짐승도 산적도 아닌, 사제모를 쓴 키가 아주 작은 노인이었는데, 자세히 보니 허리춤에 도끼를 차고 등에 커다란 나뭇짐을 지고 있었습니다. 그는 나무가 없는 빈터로 나오더니 마치 사방에서 공기를 끌어모으는 것처럼 자꾸만 숨을 들이마셨습니다. 그러더니 갑자기 사람 냄새를 맡은 듯 나뭇짐을 바닥에 던져버리고는 곧장 저의 동료에게로 가는 게 아닙니까. 레본치에게 가까이 다가간 그는 몸을 굽혀 그 아이의 얼굴을 보고는 손을 잡고 이렇게 말했습니다.

'일어나라, 형제여!'

여러분, 그러고는 무슨 일이 일어났는지 아십니까? 그가 레본치를 일으켜 세워 곧바로 자기 짐이 있는 데로 끌고 가는 게 보였습니다. 그러고는 짐을 그의 어깨에 지우고 이렇게 말하는 것이었습니다.

'이걸 지고 날 따라오게!'

그랬더니 레본치가 그대로 따라 하더군요.

11

존경하는 여러분, 제가 그 기적과 같은 일을 보면서 얼마나 놀랐을지 상상이 가십니까! 어디서 이렇게 조용하면서도 단호한 노인이 나타났고, 또 어떻게 고개도 못 들 정도로 힘없이 죽어가던 레본치가 나뭇짐을 들 수 있게 되었을까요!

저는 재빨리 나무에서 내려와 등에 멘 망 속에 칼을 넣고, 만일의 경우를 대비하여 단단한 나뭇가지를 하나 꺾어 들고 그들의 뒤를 쫓아갔습니다. 그들은 금방 따라잡을 수 있었지요. 제가 보니 노인은 앞에서 가고 있었는데, 처음 봤을 때 그대로 작은 키에 등이 굽었고, 양 볼에 무성하게 난 수염은 희기가 꼭 비누거품 같았습니다. 그의 뒤에 우리 레본치가 가고 있었는데, 힘찬 발걸음으로 노인의 뒤를 바짝 따르고 있었습니다. 그러다가 문득 저를 바라보기에 제가 말을 걸었는데, 아무리 말을 걸고 그 아이의 손을 잡아대도 그 아이는 저를 전혀 알아보지 못하고 몽유병자처럼 계속 걸어갔습니다.

제가 노인의 옆으로 달려가 말했지요.

'선한 분이시여!'

그가 대답했습니다.

'무슨 일인가?'

'우리를 어디로 인도하는 중입니까?'

'난 그 누구도 인도하지 않네. 모든 사람들을 인도하시는 분은 주님이시지!'

이 말과 함께 그가 갑자기 멈춰 섰습니다. 제가 보니, 우리 앞에 나지막한 담으로 이어진 대문이 있었는데, 그 대문에는 쪽문이 하나 나 있었습니다. 노인이 이 쪽문을 두드리며 외쳤습니다.

'미론 형제! 미론 형제 있나!'

그랬더니 안쪽에서 거친 음성이 들려왔습니다.

'또 이 한밤중에 기어 들어오다니. 들여보내줄 수 없으니까, 숲에서 밤을 새우든지 맘대로 하쇼!'

노인은 상냥한 말투로 다시 한번 부탁하더군요.

'좀 들여보내주게나, 형제!'

그러자 갑자기 문이 열리더니 그 거친 음성의 남자가 보였는데, 그 사람도 노인처럼 사제모를 쓰고 있더군요. 그런데 어찌나 난폭한 사람인지 노인이 문지방을 넘기가 무섭게 세게 밀치는 바람에 노인은 그대로 나가떨어질 뻔했지요. 그런데도 노인은,

'형제, 이렇게 대접해주니 고맙네'라고 하지 않겠어요.

'오, 주여! 우리가 도대체 누구의 수중에 떨어진 겁니까?' 갑자기 번개처럼 번득 이런 생각이 들면서 저는 소스라치게 놀라고 말았습니다.

'자비하신 구세주여! 이 사람이 혹시 화를 내지 않는다는 그 팜바라는 사람이 아닙니까! 만약 그렇다면 그가 사는 이곳에서 몸을 피할 수나 있을까요? 차라리 깊은 산중에서 죽거나, 아니면 짐승이나 강도의 소굴로 들어가는 편이 더 나을 뻔했습니다.'

그는 우리를 어떤 작은 오두막집으로 데리고 가 노란 밀랍초에 불을 붙였는데, 그러자 우리가 있는 곳이 진짜로 산속의 수도원이라는 것이 확실해졌습니다. 난 더이상 참지 못하고 이렇게 물었습니다.

'경건하신 분이시여, 이런 질문을 용서하십시오. 당신께서 이곳으로 우리를 데리고 왔는데, 이런 곳에 우리가 머물러도 괜찮을는지요?'

그가 말했습니다.

'이 지상의 모든 곳은 주의 것이고, 살아 있는 모든 것은 주의 축복을 받았네. 누워 주무시게!'

'그게 아니라, 당신께 말씀드릴 게 있습니다. 우리는 구교도입니다.'

'우리는 모두 그리스도의 지체들이네! 그분은 우리 모두를 하나로 이끄시지!'

이렇게 말한 후에 그는 우리에게 구석진 한쪽 바닥을 가리켰는데, 그곳엔 거적으로 된 초라한 침대가 있었고, 그 머리맡에는 짚으로 덮어놓은 통나무 조각이 놓여 있었습니다. 그는 다시 우리 두 사람에게 말했습니다.

'잠들 주무시게나!'

그런데 이게 웬일입니까? 우리 레본치가 고분고분한 아이처럼 곧바로 쓰러져버리는 게 아니겠습니까. 하지만 전 경계를 늦추지 않고 이렇게 말했지요.

'하느님의 사람이여, 죄송하지만 하나만 더 여쭤보겠습니다……'

그가 대답했습니다.

'여쭤보긴 뭘. 하느님이 전부 알고 계시는걸.'

'하지만 이것만 말씀해주십시오. 성함이 어떻게 되십니까?'

그랬더니 그는 전혀 생뚱맞게 이렇게 말하더군요.

'이름이 물오리인들 어떻고 아니면 또 어떠랴.' 이런 황당한 말을 하고는 초를 들고 작은 별채로 기어가더군요. 그곳은 꼭 나무관처럼 좁았습니다. 그때 벽 너머에서 또다시 그 거친 음성이 그에게 소리쳤습니다.

'빨리 불 끄지 못하쇼! 집 태워먹을 작정인가! 책은 낮에나 읽고 지금은 컴컴한 채로 기도나 하라고요!'

'그러지, 미론 형제. 그런다고. 고맙네!'

그러고는 촛불을 불어 껐습니다.

저는 목소리를 낮춰 말했지요.

'신부님! 당신에게 저렇게 막말을 하는 저자는 누굽니까?'

그가 말했습니다.

'내 수종을 드는 미론이라고 하지. 좋은 사람일세. 내 뒷바라지를 해주지.'

그 말에 전 이런 생각이 들었습니다.

'이젠 더 물을 것도 없다! 이자는 은수자 팜바다! 이런 자가 질투도 화도 안 낸다는 팜바가 아니라면 그 누구일 것인가. 이제 우린 죽었다! 저자가 우리를 이곳으로 데리고 왔으니 이제 우리를 바짝 태워 죽일 게 뻔하다. 이제 남은 것은 내일 아침 날이 밝으면 레본치를 빼내어 도망치는 수밖에 없다. 그래야만 우리가 여기 있었다는 것을 레본치가 모를 테니까.' 이렇게 마음먹은 저는 누워서도 잠을 자지 않고 동이 트면 곧바로 레본치를 깨워 도망가야지, 하는 생각만 하고 있었습니다.

깜빡 잠이 들어 때를 놓치는 일이 없도록 저는 누운 채로 구교에 따라 정해진 '신앙고백'을 암송했습니다. 한 번 암송이 끝나면 이렇게 덧붙였지요. '이것이 사도들의 신앙이며, 이것이 가톨릭의 신앙이며, 이것이 만유(萬有)를 지키는 신앙입니다.' 그러고는 다시 암송을 시작했습니다. 이런 '신앙고백'을 몇 번이나 반복했는지 모릅니다. 그저 잠들지 않으려고 수없이 되뇌었지요. 한편 그 노인도 관 같은 자기 자리에서 계속 기도를 했는데, 그쪽에서 널빤지 틈새로 빛이 조금 들어와 노인이 몸을 숙여 기도하는 모습이 보였습니다. 그런데 갑자기 무슨 대화 소리 같은 것이 들리는 것 같았는데…… 무슨 말인지 도통 알아들을 수가 없었지요. 마치 레본치가 노인에게로 들어가 신앙에 관한 이야기를 나누는 것 같았습니다. 그런데 말을 하지 않고 그냥 그렇게 서로 바라보기만 하는데도 서로서로 이해하는 것 같아 보였습니다. 그 모습이 얼마나 오래 보이던지 어느새 나는 '신앙고백'을 암송하는 것도 잊었지요. 그런데 노인이 아이에게 이렇게 말하는 것 같았습니

다. '가서 깨끗이 씻거라.' 그랬더니 그 아이가 대답했습니다. '예, 씻
겠습니다.' 이 모든 게 꿈이었는지 아니면 생시였는지 지금 여러분에
게 말씀드릴 수는 없지만, 어찌되었건 저는 그후에 긴 잠에 빠졌는데,
마침내 잠에서 깨어났을 때는 이미 날이 완전히 밝은 다음이었습니
다. 집주인인 은수자 노인은 무릎 위에 라프치*를 올려놓고 송곳으
로 그것을 짜고 있더군요. 저는 그런 그를 가만히 살펴보았습니다.

아, 정말이지 아름답고 숭고하기 그지없는 모습이었습니다! 마치
하늘에서 내려온 천사가 제 앞에 앉아 이 세상길을 걷기 위해 라프치
를 짜고 있는 것 같았습니다.

정신없이 그를 바라보고 있는데, 어느 순간 그도 저를 보고는 미소
지으며 이렇게 말했습니다.

'마르크, 이제 잠은 충분히 잤으니 할 일을 해야지.'

저는 이렇게 대답했습니다.

'하느님의 사람이여, 제가 할 일이 무엇입니까? 당신은 모든 걸 알
고 계십니까?'

'알고 있네, 알고말고. 할 일도 없이 먼 길을 떠나는 사람이 어디 있
겠나. 모두들 주님의 길을 찾고 있지, 형제. 겸손한 자네를 주님께서
도와주실 거네.'

'거룩한 분이시여, 제가 어떻게 겸손할 수 있겠습니까? 겸손하신
분은 당신이십니다. 저처럼 속된 사람이 겸손하다니 당찮은 말씀입
니다.'

---

* 러시아 평민들이 신던 나무껍질로 만든 신발. 우리나라 짚신과 비슷하다.

그러자 그가 말했습니다.

'아닐세, 형제. 아니야. 난 겸손하지 않아. 난 파렴치하기 짝이 없는 사람이라네. 나 같은 사람이 하늘나라에 가기를 원한다니 말일세.'

그러더니 갑자기 그런 자신이 죄인이라는 생각이 들었는지, 손을 펼치더니 어린아이처럼 울음을 터트리며 이렇게 기도했습니다.

'주여! 욕심 많은 저를 용서하소서! 저를 지옥의 가장 밑바닥으로 보내어 악마들에게 고통을 받게 하소서. 저는 그래야 마땅한 사람입니다!'

이 말을 들은 나는 이런 생각이 들었습니다.

'아, 아니구나. 천만다행이다. 이자는 예지의 은수자 팜바가 아니야. 이자는 그저 정신 나간 노인네일 뿐이야.' 저는 그렇게 생각할 수밖에 없었지요. 도대체 누가 온전한 정신으로 천국을 거절하고 악마에게 고통당하게 해달라고 하느님께 기도를 하겠습니까? 저는 평생 동안 그런 소리는 그 누구에게서든 단 한 번도 들어본 적이 없었습니다. 그래서 그 노인이 미쳤다는 생각에 그자가 우는 것도 외면하면서 이렇게 슬퍼하는 행동 역시 악마가 하는 짓이라고 여긴 겁니다. 그러고는 그제야 일어날 생각이 들어 몸을 일으키는데, 갑자기 문이 열리더니 그때까지 완전히 잊고 있던 우리 레본치가 들어오는 게 보였습니다. 그는 들어오자 곧바로 노인의 발치에 엎드리더니 이렇게 말했습니다.

'신부님, 시키신 대로 다 했습니다. 이제 축복해주십시오!'

노인이 그를 보고 말했습니다.

'그대에게 평안이 있기를. 이제 가서 쉬게!'

제가 보았더니, 레본치는 다시 땅이 닿을 정도로 그에게 절하고 나갔고, 은수자는 다시 라프치 짜는 일을 계속했습니다.

그때 저는 다음과 같은 생각에 벌떡 몸을 일으켰지요.

'안 되지. 한시바삐 레본치를 데리고 좌우 살필 것 없이 이곳을 빠져나가야 해!' 이렇게 생각하며 밖으로 나가보니 레본치는 나무벤치에 베개도 없이 고개를 젖히고 손은 가슴 위에 모은 채 누워 있었습니다.

저는 당황한 기색을 보이지 않으려고 큰 소리로 물었습니다.

'세숫물 어디서 긷는지 아니?' 그러면서 그 애에게 나지막한 소리로 이렇게 속삭였습니다. '살아 계신 하느님의 이름으로 간절히 부탁한다. 어서 빨리 이곳을 빠져나가자!'

그런데 자세히 보니 레본치가 숨을 쉬지 않는 게 아닙니까…… 그가 떠나가다니!…… 그가 죽다니!

저는 부들부들 떨며 소리를 질렀는데, 목소리가 전혀 딴 사람 같았습니다.

'팜바! 팜바 신부님! 당신이 내 아이를 죽였습니다!'

그런데 팜바라는 자는 조용히 문밖으로 나오더니 기쁨에 찬 목소리로 이렇게 말하는 것이었습니다.

'우리의 레본치가 떠나갔도다!'

그 말에 화가 머리끝까지 난 저는 눈물을 흘리며 말했습니다.

'그래요, 그는 떠났습니다. 새장의 비둘기처럼 당신이 그의 영혼을 날려 보내고 말았습니다!' 그러고는 죽은 아이의 발치에 몸을 던져 그를 부여안고 하염없이 신음하며 눈물을 흘렸습니다. 마침내 저녁이 되자 수도원에서 온 사제들이 그의 시신을 싸서 관에 넣어가지고 갔습니다. 말인즉슨 내가 정신없이 자고 있던 그날 아침, 레본치가 국교회로 개종을 했던 것입니다.

저는 팜바 신부에게 더이상 아무 말도 하지 않았습니다. 그 사람에게 말을 한들 무슨 소용이 있었겠습니까. 욕을 퍼부으면 그자는 축복을 할 것이고, 때리면 땅에 엎드려 절을 할 테니 말입니다. 이렇게까지 자신을 낮추는 그런 사람을 어떻게 이길 수 있겠습니까! 심지어 지옥에까지 보내달라고 자청하는 사람이 무엇을 두려워하겠습니까? 그렇습니다. 그가 우리를 태워 죽일 거라고 제가 몸을 떨며 두려워했던 것이 괜한 짓이 아니었습니다. 그런 자는 자신의 겸손으로 온갖 악령들까지도 지옥에서 쫓아내어 하느님께로 돌아가게 할 자입니다! 악령들이 그를 괴롭히면, 그는 이렇게 부탁할 것입니다. '나를 더욱더 고문하라. 나는 그래야 마땅하다!'고 말입니다. 아니, 아닙니다! 그렇게까지 겸손한 자는 사탄도 감당할 수가 없습니다! 사탄이 아무리 그의 손에 상처를 입히고 손톱까지 몽땅 빼어버린다고 해도, 그런 사랑을 창조하신 창조주 앞에서 자신의 무력함을 깨닫고 치욕을 느끼게 될 것입니다.

라프치를 짜는 저 노인이야말로 지옥을 소멸시키기 위해 창조되었다는 생각이 제 마음속에서 울려왔습니다! 저는 밤새도록 숲속을 방황하면서 왜 제가 그곳을 떠나지 않는 건지 알 수 없었고, 끊임없이 한 가지 생각에만 골몰했습니다.

'그는 어떻게 기도를 할까? 어떤 방식으로 그리고 어떤 책에 따라 신앙생활을 할까?'

그러고 보니 그의 방에서는 끈으로 묶은 나무 십자가 이외에 어떤 이콘이나 두꺼운 책도 본 기억이 없었습니다. 급기야 이런 생각까지 들었습니다.

'주님! 만일 국교회에 그런 인간이 두 명만 있었어도 우리는 패배하고 말았을 것입니다. 어떻게 이렇게까지 사랑으로 가득 찬 사람이 있을 수 있습니까.'

계속 이런 생각이 떠나지 않던 저는 새벽녘에 불현듯 그곳을 떠나기 전에 잠깐이라도 그를 만나봐야겠다는 강한 욕구가 생겼습니다.

제가 이런 생각을 하자마자 또다시 갑자기 예전의 그 바스락 소리가 들리더니 팜바 신부가 도끼를 든 채 나뭇짐을 지고 수풀 속에서 나와 말했습니다.

'뭘 그렇게 오래 꾸물거리나? 어서 빨리 바빌론을 세우러 가지 않고.'

이 말에 마음이 몹시 상한 제가 말했습니다.

'노인이시여, 왜 그런 말씀으로 절 나무라시는 겁니까? 전 절대로 바빌론을 세우려 한 적이 없습니다. 오히려 흉악한 바빌론을 피해 몸을 숨기려는 중입니다.'

그랬더니 그가 대답했습니다.

'바빌론이 무엇인가? 자만심의 탑이 아닌가? 자신이 올바르다고 자만하지 말게. 그렇지 않으면 천사가 떠나갈 걸세.'

제가 말했습니다.

'신부님, 제가 무엇 때문에 이렇게 다니는 줄 아십니까?'

저는 그에게 우리의 어려움을 모두 이야기했습니다. 그 모든 이야기를 주의 깊게 듣고 그가 이렇게 말하더군요.

'천사는 모름지기 조용하고 온순한 법. 어떤 옷을 입을지, 어떤 일을 행할지도 모두 주님의 명령을 따른다네. 천사란 그런 존재이지! 천사는 인간의 영혼 속에 살고 있지만, 인간의 헛된 생각으로 인해 봉인되어 있지. 그리고 그 봉인을 파괴할 수 있는 것은 사랑이라네.'

이 말과 함께 그는 제 곁을 떠났는데, 저는 그에게서 눈을 뗄 수가 없었습니다. 그러고는 거역할 수 없는 어떤 힘에 의해 땅에 엎드려 그가 떠난 쪽을 향해 절을 했습니다. 눈을 들자 그는 이미 사라진 뒤였습니다. 나무를 하러 갔거나 아니면…… 어디로 갔는지는 주님께서 아시겠지요.

거기서 저는 그가 한 말이 무슨 뜻인지 생각해보았습니다. '천사는 인간의 영혼 속에 살고 있지만 봉인되어 있고, 그 천사를 자유롭게 하는 것은 사랑이다.' 그때 갑자기 이런 생각이 들었습니다. '만일 바로 그 사람이 천사라면, 하느님이 천사를 다른 모습으로 나에게 나타나게 하신 거라면, 난 레본치처럼 죽게 될 거야.' 이런 생각에 사로잡힌 저는 무슨 나무를 어떻게 타고 냇물을 건너 그곳을 빠져나왔는지 도저히 기억이 나지 않을 정도로 무작정 달렸습니다. 육십 베르스타를 단 한 번도 쉬지 않고 달리면서도, 천사를 보았다는 생각에 두려움이 떠나질 않았습니다. 그러다가 어느 순간 한 마을에 도착했는데, 그곳에서 이콘화가 세바스찬을 만났습니다. 곧바로 저는 우리의 사정을 그에게 다 이야기했고, 다음 날 우리는 함께 길을 떠나기로 했습니다. 하지만 웬일인지 우리 사이에는 냉기가 감돌았는데, 출발할 때는 그 정도가 더욱 심했습니다. 왜 그랬을까요? 우선 이콘화가 세바스찬은 생각이 많은 사람이었고, 게다가 저 역시 이전과는 다른 사람이 되었기 때문이었습니다. 제 영혼 속에는 은수자 팜바가 자리 잡고 있었고, 제 입에서는 '하느님의 영이 이 사람의 코에 있도다' 라는 선지자 이사야의 말이 끊임없이 흘러나오고 있었습니다.

12

돌아가는 여정은 신속히 진행되어 이콘화가 세바스찬과 저는 당일 밤늦게 우리 공사장에 도착했습니다. 그곳에서는 모든 일이 잘 진행되었습니다. 우리네 사람들과 잠깐 인사를 나누고는 곧바로 영국인 야코프 야코블레비치에게로 갔지요. 호기심이 많은 그 사람은 금방 이콘화가에게 큰 관심을 보였는데, 한참 동안 그의 손을 보더니 어깨를 으쓱하더군요. 그도 그럴 것이 세바스찬의 손이 꼭 무슨 삽처럼 엄청나게 큰 데다가 시꺼멓기까지 했으니까요. 세바스찬은 집시처럼 피부가 검은 사람이었습니다. 야코프 야코블레비치가 말했습니다.

'놀랍네. 자네, 그런 왕손을 가지고 어떻게 그림을 그리나?'

그 말에 세바스찬이 대답했습니다.

'왜 그러시는데요? 제 손이 뭐 잘못됐습니까?'

'그 손으로 섬세한 그림을 그린다는 게 믿기지 않아서 말일세.'

'왜지요?' 이자가 물었습니다.

'그 손가락이 유연하게 움직여주지 않을 것 같아서 말일세.'

그러자 세바스찬이 말했습니다.

'별 걱정 다하십니다! 제 손가락이 움직여주고 말고 할 게 뭐 있겠습니까? 손가락 주인이 전데, 종놈이 주인 시키는 말을 들어야지요.'

영국인 감독이 미소 지으며 말했습니다.

'그 말은 자네가 봉인된 천사를 그리겠다는 말이겠지?'

'못할 이유가 없지요. 저는 일을 겁내는 그런 화가는 아닙니다. 오히려 일이 저를 겁내면 모를까요. 원본과 구별하지 못할 정도로 그려드리죠.'

'그럼 좋네.' 야코프 야코블레비치가 말했습니다. '더이상 지체할 것 없이 진본 이콘을 손에 넣도록 노력해보지. 하지만 자네는 그 동안 내가 확신할 수 있도록 자네 실력을 보여주어야 하네. 내 아내에게 고대 러시아풍의 이콘 하나를 그려주게. 아내가 좋아할 만한 이콘으로 말이야.'

'어떤 성인의 이름으로 말입니까?'

'그건 나도 모르겠네. 자네가 알아서 그려주게. 어떤 거라도 상관없지만 어쨌든 아내 마음에는 들어야 하네.'

잠깐 생각에 잠긴 세바스찬이 이렇게 물었습니다.

'부인께서 무슨 기도를 많이 하십니까?'

'거, 사람, 참. 나는 잘 모르겠네. 무슨 기도를 하는지 말이야. 하지만 내 생각에 아이들 기도를 제일 많이 하지 않나 싶네. 아이들이 올

바른 사람으로 자라도록 말일세.'

세바스찬은 다시 잠깐 생각에 잠기더니 이렇게 대답했습니다.

'알겠습니다. 부인께서 좋아하실 만한 그림을 그려드리지요.'

'어떻게 그릴 생각인가?'

'부인께서 기도하실 때 보시기에 좋고 영감이 깊어질 수 있는 그림을 그려보겠습니다.'

영국인은 자기 집에서 가장 높은 곳에 위치한 방을 내주면서 그가 필요로 하는 것은 모두 다 제공하라고 지시했습니다. 하지만 세바스찬은 그곳을 거절하고, 루카 키릴로프의 거처에 있는 작은 창문이 난 옥탑방에서 작업을 시작했습니다.

여러분, 그가 그곳에서 어떤 그림을 그렸는지 아십니까. 그건 우리의 상상을 뛰어넘는 것이었습니다. 우리는 내심 아이들에 관한 그림이라면 수태하지 못하는 여인들이 기도를 올리는 기적의 성인 로만*을 그리거나, 예루살렘에서 있었던 유아살육 사건을 그릴 거라고 생각했습니다. 그 그림은 아이를 잃은 어머니들이 좋아하는 그림이니까요. 거기엔 라헬이 그들과 함께 아이를 잃은 슬픔을 나누며 한없이 울고 있지요.** 하지만 그 영국인 부인에게는 아이들도 있고, 그녀가 아이들을 위해 재능이 뛰어나기보다는 윤리적으로 올바른 사람으로 자

---

* 러시아의 성자전에 의하면 러시아인들은 기적을 행하는 성인 로만에게 불임이나 난산을 피하기 위한 기도를 드린다고 한다. 그를 기념하는 축일은 11월 27일이다.
** 예루살렘 유아살육 사건은 헤롯 왕이 예수의 탄생을 막기 위해 예루살렘에 있는 두 살 이하 젖먹이를 모두 살해하라고 명령한 사건이다. 라헬은 구약 성경에 나오는 인물인 요셉의 어머니이다. 요셉을 노예 시장에 판 그의 배다른 형제들은 부모에게 요셉이 짐승에 찢겨 죽었다고 알린다.

라기를 기도한다는 것을 감지한 그 현명한 이콘화가는 우리의 생각과는 전혀 다른, 그녀의 의도에 훨씬 더 부합하는 그런 그림을 그렸던 것입니다. 이를 위해 그는 손 한 뼘쯤밖에 안 되는 오래된 나무판을 골라 그 위에 자신의 솜씨를 발휘하기 시작했습니다. 당연히 그는 제일 먼저 견고한 카잔 산 설화석고로 나무판 바닥을 손질했지요. 상아처럼 매끄럽고 견고하게 말입니다. 그 다음에 바닥을 네 부분으로 똑같이 나누었는데, 그 각 부분에는 제각기 다른 내용의 작은 이콘들이 그려질 예정이었습니다. 거기다 그는 각 공간의 가장자리에 황금색 테두리를 꼼꼼하게 그려넣었습니다. 그러고는 본격적으로 그림을 그리기 시작했지요. 첫 공간에는 세례 요한의 탄생을 그렸는데, 여덟 명의 인물과 신생아, 그리고 배경 건물이 있었습니다. 두번째 공간은 성모 마리아의 탄생인데, 여섯 명의 인물과 신생아, 그리고 배경 건물이 그려졌습니다. 세번째 공간은 성결하신 구세주의 탄생으로서, 마구간과 구유, 그 앞에 선 성모마리아와 요셉, 무릎 꿇고 경배하는 동방박사들, 산파 살로메와 함께 온갖 종류의 가축들이 있었습니다. 그 가축들은 소, 양, 염소, 나귀, 갈매기였는데, 유대인에게는 금지되었던 갈매기를 그린 것은 이 탄생이 유대인이 아니라 만물을 창조하신 하느님에게서 비롯된 것임을 의미합니다. 네번째 칸에는 성 니콜라이의 탄생이 그려졌는데, 거기에도 어린 성인과 배경 건물과 그 앞에 선 많은 사람들이 있었습니다. 그리고 부모에게 그렇게 선량한 아이들의 모습을 보여주는 그 작품의 의미는 물론이거니와, 바늘만 한 크기의 그 모든 인물들을 살아 움직이는 것처럼 그린 뛰어난 솜씨는 그야말로 놀라울 따름이었습니다. 예를 들어 성모의 탄생 그림에서 성 안나는 그리스의 원본에 정해진 대로 침상에 누워 있고, 그녀 앞에 소고 치는 처녀들이 서 있는데, 어떤 이는 선물을, 어떤 이는 양산을, 또 어떤 이는 등불을 들고 있었습니다. 여인 하나가 성 안나의 어깨를 떠받치어 안고 있고, 요아힘은 건물의 상부를 바라보고 있더군요. 산파가 허리까지 목욕통에 담근 성모 마리아를 씻기고, 그 옆에선 처녀 하나가 단지로 목욕통 안에다 물을 붓고 있었습니다. 배경 건물들은 모두 둥그런 형태로 구분되었는데, 상부는 녹색, 하부는 진홍색이었습니다. 그리고 아래쪽 건물 보좌에 요아힘과 안나가 앉아 있었고, 안나는 성모마리아를 안고 있었습니다. 주변 건물들 사이엔 주홍색 커튼이 쳐진 돌기둥들과 희고 노란 담장들하며…… 세바스찬이 그린 그 모든 것들은 정말이지 놀랍지 않을 수 없었습니다. 그리고 그야말로 깨알같이 작게 그린 사람들의 얼굴 얼굴마다 하나같이 신의 광채가 뿜어져 나왔습니다. 그는 그 이콘에 '축복받은 아이'라는 표제를 쓴 후, 그것을 영국인들에게 가져갔습니다. 그들은 그것을 보고 또 보더니 손으로 이마를 치며, 이런 환상적인 그림이 나올 줄은 꿈에도 몰랐다며, 이렇게 깨알같이 작은 그림을 이렇게까지 정교하게 그린다는 것은 듣도 보도 못한 일이라고 말했습니다. 그들은 심지어 확대경까지 가져다 살펴보았지만 그 어떤 실수도 발견하지 못했습니다. 그들은 세바스찬에게 이콘 값으로 이백 루블을 주며 말했습니다.

'자네 더 작게도 그릴 수 있나?'

세바스찬이 대답했습니다.

'예.'

'그러면 이 반지에 내 아내의 초상화를 좀 그려주게.'

하지만 세바스찬은 말했습니다.

'안 됩니다. 그건 할 수 없습니다.'

'왜 안 되나?'

'왜냐하면 무엇보다 전 그런 그림은 한 번도 그려보지 않았기 때문입니다. 그리고 그런 일로 저의 예술을 욕되게 하여 스승들의 노여움을 살 수는 없습니다.'

'무슨 그런 허튼소리를 하나!'

'이건 절대 허튼소리가 아닙니다.' 그가 말했습니다. '우리에겐 그 위대했던 시절 스승들로부터 전해지고, 또 대주교를 통해 문서로 확립된 규정이 있습니다. '이콘 제작과 같은 신성한 업을 가진 사람은 구별된 생활을 하며 신성한 이콘을 그리는 것 외에 다른 일을 해서는 안 된다!'고 말입니다.'

야코프 야코블레비치가 말했습니다.

'만약 내가 자네에게 그 대가로 오백 루블을 준다면?'

'오십만 루블을 주신다고 해도 안 되는 건 안 되는 겁니다.'

영국인은 환한 얼굴로 아내에게 농담을 했습니다.

'이자가 당신 얼굴을 그리는 것을 모욕으로 여기는데, 당신 생각은 어떻소?'

그러고는 그녀에게 영어로 이렇게 덧붙였습니다. '오, 정말 훌륭한 사람 아니오!' 그리고 다시 우리를 보고 말했습니다.

'자, 친구들, 이제 우리가 해야 할 일들을 모두 해결하도록 하지. 내가 보기에 자네들에겐 모든 일에 자네들 나름의 규칙이 있는 것 같으니, 걸림돌이 될 만한 것들은 하나도 빠짐없이 잘 고려하여 실수하는

일이 없도록 하게.'

우리는 그런 일은 절대 없을 거라고 대답했습니다.

'그래, 그렇다면 일을 착수하도록 하지.' 이렇게 말한 후 그는 주교에게 가서 러시아 교회에 기여하는 의미에서 봉인된 천사에게 금빛 리사를 입혀 새로운 광채를 더해주고 싶다는 부탁을 올렸습니다. 그런데 주교는 이 제안에 가타부타 말이 없었습니다. 그래도 야코프 야코블레비치는 포기하지 않고 계속 간청했지요. 그러는 동안 우리는 마치 불 만난 화약같이 기대감에 부풀었습니다.

13

여기서 여러분께 말씀드리고 싶은 것은, 이 일이 시작된 때로부터 적잖은 시간이 흘렀다는 것입니다. 때는 바야흐로 성탄절 무렵이 되었지요. 그런데 여러분은 그곳의 성탄절을 이곳과 비교하시면 안 됩니다. 그 시기에 그곳 날씨는 변덕이 심할 때가 많습니다. 어떤 때는 이 축일이 정말 겨울다운가 하면, 또 어떤 때는 도무지 종잡을 수 없이 온통 비가 오고 축축한 날씨가 이어지기도 하지요. 오늘 얼음이 어는가 싶으면, 다음 날이면 다시 녹아내립니다. 또 강이 지저분한 얼음으로 뒤덮이는가 싶으면, 금방 얼음이 떠올라 마치 봄에 하천이 범람하듯이 얼음이 둥둥 떠다니기가 일쑤이니까요. 한마디로 날씨가 불안정하기 짝이 없는 시기인데, 그곳에선 이때를 가리켜 '더러운 날씨'라고 하죠. 그때가 바로 꼭 그런 더러운 날씨였습니다.

제가 이야기한 일이 벌어졌던 그해엔 불안정한 날씨가 정말이지 극을 달렸습니다. 제가 이콘화가와 함께 돌아온 후에 겨울 날씨와 여름 날씨가 얼마나 반복에 반복을 거듭했는지 여러분께 정확히 그 횟수까지는 말씀드리지 못하겠군요. 그러나 어쨌든 그때 우리 공사는 이미 일곱 개의 교각이 완성되어 강변 이쪽과 저쪽을 쇠고리로 연결하는 가장 어려운 시점에 와 있었습니다. 당연히 감독들은 가능한 한 빨리 이 쇠고리를 연결하려고 했지요. 그래야 강물이 범람하기 전에 임시 다리라도 설치하여 건축 자재들을 공급할 수가 있으니까요. 하지만 일이 뜻대로 되지 않았습니다. 쇠고리를 팽팽하게 조이기도 전에 혹한이 밀어닥쳐 공사를 진행할 수가 없었던 것입니다. 그래서 그냥 그렇게 다리는 없고 쇠고리만 걸린 채 일이 중단되었습니다. 그 대신 하느님은 다른 다리를 놓아주셨지요. 강물이 얼어붙은 겁니다. 우리의 영국인 감독은 우리 이콘 문제를 해결하기 위해 얼어붙은 드네프르 강을 건너갔다가 돌아와서 루카와 제게 말했습니다.

'이보게들, 조금만 더 기다리게. 내일이면 내 자네들의 보물을 가져다주겠네.'

오, 주여, 그 순간 우리의 마음이 어땠는지! 우린 처음에 이 일을 이콘화가에게만 알리고 비밀에 부치려고 했습니다. 하지만 어디 사람 마음을 제 맘대로 붙잡아둘 수가 있나요! 비밀을 지키기는커녕 우리는 온 마을을 뛰어다니면서 누가 어느 집을 돌아다녔는지 상관없이 창문이란 창문은 모조리 두드려가며 서로 귀엣말을 주고받았습니다. 그 축복받은 밤은 정말 환하고 아름다웠지요. 차디찬 눈은 보석처럼 빛났고, 청명한 하늘에는 금성이 환히 비치고 있었습니다.

그렇게 기쁨에 넘쳐 사방을 뛰어다니며 밤을 보낸 후에도 우리는 여전히 변함없이 가슴 벅찬 기대를 안고 그날을 맞았습니다. 그러고는 아침부터 이콘화가를 떠나지 않고 그가 어디를 가든 그의 발꿈치만 졸졸 따라다녔습니다. 이제는 그야말로 모든 것이 그의 솜씨 여하에 달렸던 거지요. 그가 무엇이 필요하다거나 갖다달라고 말만 하면, 우리는 그 즉시 너나 가릴 것 없이 많은 사람이 서로 앞을 다투며 그 일을 향해 쏜살같이 달려갔습니다. 심지어는 마로이 할아버지까지 어찌나 돌아다녔던지 신발 뒷굽이 어디에 걸려 빠졌는지도 모를 정도였지요. 그 와중에 오직 이콘화가만이 평정을 잃지 않았습니다. 그는 이런 일이 처음이 아니어서, 필요한 것들을 모두 꼼꼼하게 준비했습니다. 계란을 크바스*에 섞고, 니스를 점검하고, 바닥칠을 할 아마포를 손질하고, 복사할 이콘 크기만 한 오래된 나무판 몇 개를 잘 펼쳐놓고, 날카로운 작은 톱을 마치 현처럼 잘 펴서 단단한 바퀴 모양의 원통 안에 넣어두더군요. 그런 다음 그는 창문가에 앉아 쓰일 만한 색료들을 손바닥에 대고 손가락으로 문질러 으깼습니다. 우리는 모두 페치카 앞에서 몸을 씻고 깨끗한 옷으로 갈아입은 뒤, 강변에서 건너편 도시를 바라보며 우리에게 광명을 가져오실 손님을 맞을 준비를 했습니다. 얼마나 심장이 떨리고 터질 것 같던지⋯⋯

아, 아침 동틀 녘부터 저녁때까지 이어진 그 시간들이 얼마나 길게 느껴졌는지 모릅니다! 그때 갑자기 도시 쪽에서 영국인을 태운 썰매 마차가 달려오는 것이 보였습니다. 그것도 곧장 우리 쪽으로 말입니

---

* 엿기름, 보리, 호밀 따위로 만든 러시아 맥주.

다…… 순간 우리 모두는 전율에 휩싸였고, 누구나 할 것 없이 모두 모자를 벗어 발치에 던지고는 기도를 올렸습니다.

'하느님, 모든 영들과 천사들의 아버지시여, 당신의 종들을 불쌍히 여기소서!'

우리는 눈 위에 무릎을 꿇고 간절한 마음으로 두 팔을 앞으로 내밀며 이렇게 기도했습니다. 그러자 갑자기 영국인의 목소리가 들려왔습니다.

'어이, 여보게들, 구교도 친구들! 자네들 것, 여기 가져왔네!' 그러면서 하얀 천 보자기 하나를 내밀었습니다.

보자기를 받아든 루카가 갑자기 몸이 굳는 것 같았습니다. 뭔가 좀 작고 가볍다는 느낌을 받은 것입니다! 보자기를 풀어보았지요. 그랬더니 거기엔 우리의 천사 이콘에서 떼어낸 바스마*만 있을 뿐, 이콘 자체는 보이지 않았습니다.

우리는 영국인 감독을 둘러싸고 울면서 그에게 말했습니다.

'나리가 속았습니다. 여기엔 이콘이 없습니다. 이콘에서 은제 바스마만 떼어 보낸 겁니다.'

그랬더니 영국인 감독은 일순간 그때까지 우리를 대하던 것과는 전혀 다른 사람이 되어버렸습니다. 많은 시간을 투자한 그 일에 질려버린 것이 분명했습니다. 그는 우리에게 소리쳤습니다.

'자네들, 무슨 일을 그렇게 복잡하게 만드는 건가! 자네들이 직접 내게 말하지 않았나. 리사가 필요하다고 말이야. 그래서 이렇게 구해

---

* 통상 이콘의 테두리를 철제로 장식한 것을 가리키지만, 리사나 오클라드의 동의어로도 쓰인다. 여기서도 이콘의 장식 덮개를 의미하는 것으로 사용되었다.

왔더니. 도대체 자네들에게 필요한 게 무언지 알긴 아는 건가!'

영국인 감독이 호통을 치는 것을 보면서 우리는 조심스럽게, 복사본을 만들기 위해서는 이콘이 필요하다는 것을 그에게 설명하기 시작했습니다. 하지만 그는 더이상 우리의 말을 들으려 하지 않고, 우리를 쫓아버렸습니다. 그러면서도 마지막 호의를 베풀어 이콘화가를 자기에게 보내도록 지시했습니다. 이콘화가 세바스찬이 도착하자 영국인은 그에게도 똑같이 호통을 쳤습니다.

'자네들 농군들은 도무지 자기들이 원하는 게 무엇인지를 모르고 있네. 처음엔 자네가 알아야 할 것이 이콘의 크기와 윤곽이면 된다고 하면서 리사를 구해달라고 하더니, 이제 와서는 그런 건 아무 짝에도 쓸모가 없다고 저렇게 떼를 쓰니 말이야. 어쨌든 난 더이상 아무것도 할 수 없네. 주교가 그 이콘을 내줄 턱이 없네. 그러니 어서 빨리 이콘을 모사하게. 거기에 리사를 입혀서 갖다주면, 원본은 그곳 비서가 내게 몰래 빼돌려줄 걸세.'

하지만 사려 깊은 사람이었던 이콘화가 세바스찬은 잔잔한 말로 그를 달래가며 말했습니다.

'아닙니다, 나리. 우리 농군들은 자기 일을 잘 알고 있습니다. 우리에게 무엇보다 먼저 이콘 원본이 필요한 건 사실입니다.' 그가 계속 말했습니다. '우리가 이콘을 본뜰 때 형판(形板)에 대고 똑같이 그린다고 하는 것은 우리를 무시하려는 사람들이 지어낸 말일 뿐입니다. 우리에겐 원본에 따라 정해진 규칙이 있기는 하지만, 그것을 실행하는 것은 화가의 자유재량에 달렸지요. 예를 들어 원본에 따라 성 조시마나 게라심은 사자와 함께 그리도록 정해졌지만, 그 사자를 어떤 식으로 그릴지는 이콘화가의 상상력에 달려 있다는 말씀입니다. 마찬가지로 성 네오피트는 비둘기와 함께 그리도록 정해졌습니다. 그 밖에 카논 그라다리는 꽃과 함께, 티모페이는 성궤와 함께, 그레고리와 사바 스트라틸라트는 창(槍)과 함께, 포티는 짧은 상의와 함께 그리고, 콘드라트는 구름과 함께 그리는데, 그 이유는 그가 구름을 조성하기 때문입니다. 하지만 이콘화가들은 모두 이것들을 자기의 예술적 상상력에 따라 자유롭게 그립니다. 이런 이유로 저는 제가 모사해야 할 천사가 어떻게 그려졌는지 알 도리가 없습니다.'

이 설명을 모두 듣고 난 뒤, 영국인은 세바스찬 역시 우리와 마찬가지로 쫓아냈습니다. 그리고 우리는 그에게서 더이상 어떤 결정도 들을 수가 없었지요. 존경하는 여러분, 그래서 우리는 이제 완전히 포기해야 할지 아니면 다른 뭔가를 기다려야 할지 모르는 상태에서, 영국인 감독에게는 가볼 엄두도 못 낸 채로 강가의 까마귀들처럼 강변에 앉아 있었습니다. 게다가 날씨까지 다시 변덕을 부리기 시작했습니다. 엄청난 속도로 얼음이 녹기 시작한 겁니다. 빗방울이 떨어지면서 낮인데도 하늘이 온통 뿌연 연기에 뒤덮였다가 밤이 되자 더욱 어두워져서는, 12월의 하늘에선 지지 않는 금성조차 완전히 자취를 감춰 버렸지 뭡니까…… 그야말로 영혼의 감옥이 따로 없었지요! 그렇게 성탄 주간이 흘러갔습니다. 그러더니 바로 성탄절 전야에는 천둥이 치면서 억수같이 비가 쏟아지기 시작하더니 이삼일 동안 쉬지 않고 내리더군요. 그 바람에 눈이란 눈은 모조리 씻겨 내려가 강으로 흘러들었고, 강에선 얼음들이 푸르스름한 빛을 내며 부풀어 올랐습니다. 그러더니 급기야 해를 넘기기 전전날, 얼음이 깨어져 강물을 따라 움직이기 시작했습니다…… 얼음 덩어리들은 둥둥 뜬 채로 희뿌연 물결을 일으키며 강을 빠른 속도로 떠내려가다가 전부 우리가 세워놓은 교각에 강하게 부딪히면서 걸렸습니다. 얼음 덩어리들이 한데 뒤섞여 서로 부딪히고 깨지면서 내는 소리는, 오, 주여, 용서하소서, 정말이지 무슨 악마가 울부짖는 소리 같았습니다…… 그 교각들이 그런 막강한 압력을 어떻게 견디는지가 놀라울 따름이었습니다. 수백만 루블이 물거품이 될지도 모를 지경이었지만, 우리에게는 정작 그게 문제가 아니었습니다. 이콘화가 세바스찬이 자기가 할 일이 없다는 것을 알고는 마음을 잡지 못하더니 짐을 싸 다른 지역으로 가려고 하는데, 도무지 그를 만류할 길이 없었던 것입니다.

영국인 감독도 사정이 좋지 않기는 매일반이었습니다. 그는 이 악천후 때문에 정신이 약간 나간 것 같았습니다. 사람들이 하는 말이, 그가 쉴 새 없이 사방을 헤집고 다니면서 만나는 사람마다 이렇게 묻는다는 것이었습니다. '어떻게 해야 하나? 어떻게 해야 하냐고?' 그러더니 갑자기 무언가 결심을 한 듯 루카를 불러 말했습니다.

'어떤가, 자네. 자네들의 천사를 훔치러 갈 생각이 있는가?'

'있습니다.' 루카가 대답했습니다.

루카의 말에 따르면, 영국인 감독이 위험천만한 일을 감행하고 싶어서 안달이 난 사람처럼 다음과 같은 계획을 세웠다는 것입니다. 그러니까 다음 날 그가 수도원의 주교에게 갈 때 이콘화가를 금세공인인 것처럼 데리고 가서, 리사를 만드는 데 필요한 본을 정확히 뜨기 위해 금세공사에게 천사 이콘을 보여달라고 주교에게 청을 합니다. 그때 세바스찬은 가능한 한 자세히 이콘을 봐두었다가 집에 돌아와 모사본을 그립니다. 그런 다음, 진짜 금세공인이 리사를 완성해서 강 너머 우리에게 가져오고, 그러면 야코프 야코블레비치는 다시 수도원으로 가서 주교가 예배 집전하는 것을 보고 싶다고 청하여 지성소에 들어갑니다. 그는 외투를 입은 채 어두운 지성소에 들어가 우리의 이콘이 모셔져 있는 희생 제단의 창문가에 서 있다가 이콘을 훔쳐 외투 속에 넣고는 실내가 덥다는 핑계를 대고 외투를 벗어 밖으로 내보냅니다. 이때 교회 밖에 있던 우리 쪽 사람이 외투에서 이콘을 빼내어 쏜살같이 이곳으로 옵니다. 그러면 저녁예배가 진행되는 동안 이곳에서 이콘화가가 옛 이콘을 나무판에서 떼어내고 모사된 이콘을 끼워놓고 리사를 입힌 후에 다시 같은 방법으로 돌려보냅니다. 그런 후 야코프 야코블레비치는 그것을 다시 창가에 걸어둡니다. 마치 아무 일도 없었다는 듯 말이지요.

'왜 안 되겠습니까?' 우리가 말했습니다. '우린 모든 것을 할 준비가 되어 있습니다.'

'한 가지 주의할 점은' 그가 말했습니다. '자네들이 돌아오지 않는다면 내가 도둑으로 몰린다는 것을 염두에 두어야 하네. 난 자네들이 날 버려두지 않으리라 믿고 싶네.'

루카가 대답했습니다.

'야코프 야코블레비치, 우리는 은혜를 베푼 사람을 배신하는 그런 류의 사람들이 아닙니다. 제가 직접 이콘을 가지고 가서 나리께 돌려드리겠습니다. 진본과 모사본을 함께 말입니다.'

'그렇지만 만약 자네에게 문제가 생긴다면 어떻게 하나?'

'문제가 생길 게 뭐가 있습니까?'

'뭐, 갑자기 자네가 죽거나 익사를 할 경우 말일세.'

루카는 생각해보았습니다. 그런 일이 있을 수 있을까. 그렇지만 간혹 그런 일이 정말 일어날 수도 있지 않겠는가. 금광을 캐는 사람이 보물을 캐내어 팔러 가는 길에 미친개에게 물릴 수도 있으니까. 이렇게 생각한 루카가 대답했습니다.

'그런 경우를 대비해서, 나리, 제가 우리 가운데 한 명을 나리께 남겨놓겠습니다. 만일 저에게 무슨 일이 생길 경우, 자기가 모든 죄를 뒤집어쓰고 죽을지라도 나리를 배신하지 않을 사람을 말입니다.'

'자네가 염두에 두고 있는 사람이 누구지?'

'대장장이 마로이입니다.' 루카가 대답했습니다.

'그 늙은이 말인가?'

'예, 그는 젊지는 않지요.'

'하지만 그는 내가 보기에 좀 멍청해 보이던데?'

'우리에게 필요한 건 그의 머리가 아닙니다. 그리고 어찌됐든 그 사람은 영이 올바른 사람입니다.'

'멍청한 사람에게 무슨 영이 있겠는가?' 그가 말했습니다.

'나리, 영은 머리와는 상관없는 것입니다.' 루카가 대답했습니다. '영은 자신이 원하는 곳은 어디든지 가서 숨을 쉬지요. 그리고 마치 머리카락처럼 어떤 사람에게는 길고 무성하게, 또 어떤 사람에게는 듬성듬성 자라난답니다.'

영국인 감독은 잠시 생각하더니 입을 열었습니다.

'알겠네, 알겠어. 그거 참 재미있는 말이군. 그건 그렇고, 만약 내가 어려움에 처한다면 그 사람이 나를 어떻게 구한다는 건가?'

'이런 식입니다.' 루카가 대답했습니다. '나리가 교회 창가에 서 계시면, 마로이는 바깥 창문 아래 서 있을 겁니다. 그러다가 예배가 끝날 때까지 제가 이콘을 가지고 나타나지 않으면, 그가 창유리를 깨고 창문으로 기어 들어가 모든 죄를 자기가 뒤집어쓸 것입니다.'

영국인 감독은 이 말에 매우 만족해했습니다.

'괜찮군, 괜찮은 계획이야!' 그가 말했습니다. '그런데 내가 영을 지녔다는 이 멍청한 자네 사람이 도망가지 않는다는 것을 어떻게 믿지?'

'말하자면 그것은 상호신뢰의 문제입니다.'

'상호신뢰, 흠, 흠, 상호신뢰라!' 그는 반복해 말했습니다. '내가 멍청한 자네 사람을 대신해서 강제노동에 끌려가느냐, 아니면 그자가 내 대신에 채찍질을 당하느냐? 흠, 흠! 그자가 말을 지키면…… 채찍질을 당할 거고…… 재미있군.'

그러고는 사람을 보내 마로이를 데리고 와서 그에게 사정 이야기를 다 해주었습니다. 그러자 그가 말했습니다.

'그래서 어쩌라는 겁니까요?'

'자네 도망을 가지는 않겠지?' 영국인 감독이 물었습니다.

그러자 마로이가 대답했습니다.

'무엇 때문에요?'

'도망가지 않으면 채찍으로 실컷 맞은 후에 시베리아로 쫓겨날 텐데.'

그러자 마로이가 말했습니다.

'그러라지요!' 더이상 그와는 할 이야기가 없었습니다.

영국인 감독은 매우 흡족해하면서 생기에 가득 찬 목소리로 말했습
니다.

'대단해. 정말이지 놀라워.'

'대단해. 정말이지 놀라워.'

14

이 대화가 오간 후에 작전은 곧바로 시작되었습니다. 다음 날 아침 우리는 사주용(社主用) 대형보트를 대기시켰다가 도시 강가로 영국인 감독을 건네다주었습니다. 거기서 그는 이콘화가 세바스찬과 함께 사륜마차를 타고 수도원으로 갔습니다. 그리고 한 시간여쯤 지난 후에 우리의 이콘화가가 달려오는 것이 보였습니다. 그의 손에는 이콘을 스케치한 종이가 들려 있었지요.

우리가 물었습니다.

'화가 선생, 잘 보셨소? 이제 모사할 수 있겠소?'

'잘 보았소.' 그가 대답했습니다. '이젠 할 수 있을 거요. 단지 내 색깔이 약간 더 생생하게 보일 것 같긴 한데. 하지만 그건 그다지 큰 문제가 될 건 없소. 원본 이콘을 이리로 가져오면, 색조를 맞추는 것

은 일 분도 안 걸릴 테니까.'

'화가 선생.' 우리는 그에게 간청했습니다. '제발 잘 좀 해주시오!'

'걱정하지 마시오. 잘 해드릴 테니!'

우리와 함께 돌아온 그는 곧바로 작업에 들어갔습니다. 그러고는 해질 녘쯤 그의 화폭에는 천사가 완성되었는데, 그야말로 우리의 봉인된 천사와 똑같더군요. 다만 그 색깔이 약간 생생해 보였을 뿐입니다.

저녁 무렵엔 금세공인도 새로 제작한 오클라드를 가지고 왔습니다. 그에게는 바스마에 맞춰 미리 주문을 했었으니까요.

이제 우리의 빼돌리기 작전은 제일 위험한 순간을 남겨두고 있었습니다.

우리는 당연히 모든 것을 철저히 준비한 후에 저녁기도를 마치고 운명의 순간을 기다렸습니다. 그리고 강 저편 수도원에서 저녁미사를 알리는 첫 종이 울리기 무섭게 우리 세 사람, 그러니까 저와 마로이 할아버지, 그리고 루카 아저씨가 작은 배에 올라탔지요. 마로이 할아버지는 도끼, 끌, 지레와 밧줄 같은 것들을 몸에 지녔습니다. 진짜 도둑처럼 보이기 위해서 말입니다. 우리는 곧장 수도원 담장 아래로 배를 몰았습니다.

다 아시겠지만 이 시기에는 해가 빨리 지지요. 그리고 밤이 되자 보름달이 뜰 때인데도 불구하고 칠흑같이 어두워졌습니다. 정말 도둑질하기는 딱 좋은 밤이었지요.

강을 건넌 후, 마로이와 루카는 배 안에 저를 남겨두고 수도원 안으로 몰래 들어갔습니다. 루카가 도착하는 즉시 출발할 수 있도록 저는 배 안에 노를 두고 밧줄로 나와 배를 묶어놓고는 초조하게 기다렸습니다. 이 모든 일들이 어떻게 될 것인가, 저녁미사가 끝날 때까지 이 콘을 몰래 빼돌릴 수 있을 것인가? 이런저런 생각에 얼마나 마음을 졸였던지 그 시간이 너무나 길게 느껴졌지요. 모르긴 몰라도 꽤 많은 시간이 흐른 것 같았습니다. 사방이 칠흑같이 어둡고 바람은 울부짖는 데다가 어느덧 비 대신 축축한 눈발이 날렸습니다. 그리고 배가 바람에 흔들리고 외투를 껴입은 몸이 따뜻해져오자, 저는 꾸벅꾸벅 졸기 시작했습니다. 정말 불충하기 짝이 없는 종놈이지요. 그때 갑자기 뭔가 부딪히더니 배가 출렁거렸습니다. 깜짝 놀라 눈을 떠보니, 배 안에 루카 아저씨가 있더군요. 그는 평상시와는 달리 목소리를 바짝 낮춰 말했습니다.

'노 저어!'

난 노를 잡긴 했지만 너무 떨려서 노를 고리에 제대로 끼울 수가 없었습니다. 억지로 노를 끼워 강변을 벗어난 후에 물었습니다.

'아저씨, 천사는 찾았나요?'

'찾았다. 더 힘껏 저어라!'

'어떻게 찾았나요?' 조급한 마음에 나는 다시 물었습니다.

'계획한 대로 잘됐어.'

'다시 돌려놓을 수는 있을까요?'

'어떡해서든 그래야지. 이제 막 입례송을 부르기 시작했으니까. 빨리 가자. 그런데 어디로 가는 거냐?'

난 주위를 둘러보았습니다. 오, 하느님 맙소사! 정말로 제가 엉뚱한 방향으로 노를 젓고 있는 게 아닙니까. 내 딴에는 물살을 가르며 노를 젓는다고 저었는데, 우리 마을과는 다른 방향으로 가고 있었던 것입니다. 눈보라가 너무 심해 거의 눈을 뜰 수 없는 지경인 데다가, 사방에서 바람이 울부짖고 배는 출렁이고 또 강 위쪽으로는 얼음 덩어리들이 넘실거리고 있었으니 그것도 무리는 아니었지요.

그러나 어쨌든 우리는 하느님의 도움으로 무사히 도착할 수 있었습니다. 배가 닿자마자 우리 두 사람은 배에서 뛰어내려 있는 힘을 다해 달렸습니다. 이콘화가는 벌써 모든 준비를 하고 있었지요. 그는 냉정하면서도 꼼꼼하게 일을 처리했습니다. 그가 이콘을 받아들자 우리는 그 앞에 무릎을 꿇고 성호를 그었습니다. 우리 모두가 봉인된 천사에게 입을 맞출 수 있도록 받쳐 든 상태에서 그는 이콘과 자신이 그린 모사본을 번갈아 보고는 말했습니다.

'잘되었습니다! 다만 색깔이 바래 보이도록 사프란*으로 색을 좀 연하게 만들어야겠습니다!' 그러고는 이콘을 바이스에 물려 조이고는 둥근톱을 펼쳐 갖다 대는 순간…… 톱이 마치 춤을 추는 것 같았습니다. 우리는 모두 둘러서서 혹시나 이콘이 상하지나 않을까 마음을 졸이며 그 광경을 바라보았지요. 정말 무섭더군요! 여러분 한번 상상해보십시오. 그가 그 무지막지한 왕손으로 종이처럼 얇디얇은 그림판을 나무판에서 떼어내려고 톱질을 해대는 모습을 말입니다…… 깜빡 잘못하면 모든 게 허사로 돌아갈 판이었지요. 톱이 조금만 빗나가도 이콘이 그대로 찢어질 상황이었으니까요! 그런데도 이콘화가 세바스찬은 그 모든 작업을 냉정을 잃지 않고 훌륭하게 해나갔습니다. 그를 바라보면 곧바로 마음이 평온해질 정도였지요. 정말이지 그는

---

* 향료, 염료 등으로 쓰이는 식물.

얇디얇은 그림판을 톱으로 켜서 잘라내어 재빨리 그 잘라낸 부분을 틀에서 떼어낸 다음, 그 틀은 다시 원래의 나무판에 풀로 붙였습니다. 그러고는 자기가 그린 모사본을 들어 손으로 막 구기더니 그것을 탁자 모서리에 탁탁 내리치고는 손바닥 사이에 끼워 으깨듯 문질러댔습니다. 마치 다 찢어 없애버리려는 듯이 말입니다. 그러곤 마침내 그 그림을 빛에 비춰보았는데, 새로 그린 그림에 촘촘한 망사 체와 같이 사방으로 갈라진 금들이 보였습니다. 그러자 세바스찬은 그것을 곧바로 그 나무판의 틀 중앙에 붙였습니다. 그러고는 뭔지 모르겠지만 지저분하고 거무튀튀한 색료를 손바닥에 뿌리더니 거기에 손가락으로 오래된 니스와 사프란을 섞으니까 무슨 아교 같은 것이 되었는데, 그것을 손바닥에 묻힌 채로 그 구겨진 그림에 아주 세게 문질러 바르더군요…… 그는 이 모든 작업을 순식간에 해치웠습니다. 그러자 마침내 그 새로 그려진 이콘은 아주 오래된, 정말 진본과 똑같이 되었습니다. 모사본에 니스칠이 끝나자, 우리 가운데 몇 사람이 곧바로 오클라드를 입혔습니다. 그러는 사이 이콘화가는 떼어낸 진본을 준비해둔 나무판에 붙이고는, 헌 양털모자를 가능한 한 빨리 구해달라고 말했습니다.

이제 가장 까다로운 봉인 제거 작업이 시작된 것이지요.

사람들이 모자를 건네주자, 그는 그것을 무릎 위에 올려놓고 곧바로 두 조각으로 찢은 후에, 그것으로 봉인된 이콘을 감싸고 소리쳤습니다.

'잘 달구어진 다리미를 갖다주시오!'

그의 지시에 따라 무거운 재봉용 다리미가 페치카 위에서 달구어졌지요.

미하일리차가 집게로 다리미를 들어 세바스찬에게 전해주자, 그는 걸레로 손잡이를 감싸들고 다리미 바닥에 침을 뱉어보고는 그것을 모자 조각에 갖다 대었습니다! 그러자 양털에서 고약한 냄새가 풍겨나기 시작했습니다. 이콘화가는 그런 식으로 두세 차례 더 대었다 떼었다를 반복했습니다. 그의 손은 그야말로 번개처럼 움직였지요. 양털에서는 연기가 무럭무럭 피어올랐습니다. 세바스찬은 아주 노련하게 그런 식으로 구워나갔습니다. 한 손으로 양털모자 조각을 이리저리 조금씩 돌려가면서, 다른 손으로는 다리미를 점점 더 천천히 그러면서 강하게 눌러댔습니다. 그러더니 갑자기 다리미와 양털 조각을 옆으로 치우고는 이콘을 들어 빛에 비춰보았습니다. 그랬더니 봉인 자국이 감쪽같이 사라져 보이지 않았습니다. 강력한 스트로가노프의 니스는 견뎌냈고, 봉인납은 완전히 사라져버린 것입니다. 다만 약간 붉은 자국이 천사의 얼굴에 이슬처럼 희미하게 남긴 했지만, 그 거룩하고도 찬란한 용모는 완벽하게 드러난 것입니다……

그러자 어떤 이는 기도를 하고 어떤 이는 울음을 터트리는가 하면 또 어떤 이는 무릎을 꿇고 이콘화가의 손에 입을 맞추었지요. 하지만 루카 키릴로프는 자신의 일을 잊지 않았습니다. 한시가 급했던 것이지요. 그는 이콘화가에게 모사본 이콘을 주면서 말했습니다.

'자, 어서 마무리를 하시오!'

그러자 그가 대답했습니다.

'내가 할 일은 끝났소. 내가 맡은 일을 다했으니까.'

'봉인을 해야 하지 않소.'

'어디다 말이오?'

'여기 이 새로 그린 천사의 얼굴에, 원래 있던 대로 말이오.'

그러자 세바스찬은 고개를 흔들며 대답했습니다.

'무슨 그런 소릴! 난 관리처럼 그런 일을 저지르는 사람이 아니오.'

'그럼 우리보고 어쩌란 말이요?'

'그걸 내가 어찌 알겠소.' 그가 말했습니다. '그런 일을 할 만한 관리나 외국인을 준비해두었어야지요. 그러질 못했으니 당신네들이 직접 하는 수밖에.'

루카가 말했습니다.

'무슨 말을 하는 거요! 우리는 절대로 그럴 수 없소!'

그러자 이콘화가가 대답했습니다.

'나 역시 할 수 없소이다!'

그런 식으로 우리가 잠시 잠깐 어쩔 줄을 모르고 서 있는 차에, 갑자기 야코프 야코블레비치의 아내가 사색이 된 얼굴을 하고 뛰어 들어와 말했습니다.

'아직도 끝나지 않았나요?'

우리는 끝이 나긴 했지만, 아직 완전히 끝이 나지는 않았다고 말했지요. 그러니까 중요한 일은 끝났는데 사소한 문제를 해결하지 못했다고.

그랬더니 그녀는 자기네 말로 이렇게 말했습니다.

'도대체 뭘 그렇게 꾸물거리는 거예요? 밖에서 나는 소리가 들리지도 않는가요?'

잠시 귀를 기울인 우리는 그녀보다도 더 사색이 되었습니다. 우리들 일에 너무 신경을 쓴 나머지 날씨 생각을 하지 않았던 겁니다. 그제야 왁자한 소리가 들렸습니다. 얼음 덩어리가 몰려오고 있었던 것입니다!

내가 재빨리 밖으로 뛰어나가보니, 이미 강 전체가 얼음으로 뒤덮여 있었습니다. 미쳐 날뛰는 짐승처럼 얼음 덩어리들이 서로 뒤엉켜 부딪히면서 요란한 소리를 내며 떠다니고 있었습니다.

나는 정신없이 배들이 있는 곳으로 달려갔지요. 거기에는 배가 한 척도 없었습니다. 모조리 쓸려 내려간 것입니다…… 난 혀가 돌처럼 굳어져 한마디도 할 수가 없었습니다. 땅이 조금씩 무너져 내려 내가 땅 속으로 꺼져가는 것 같았지요. 나는 그렇게 아무 말 없이 꼼짝하지 않고 서 있었습니다.

우리가 그렇게 어둠 속에서 헤매고 있는 사이, 영국인 감독 부인은 집 안에 미하일리차와 남아 있으면서 우리가 지체한 이유를 알게 되었습니다. 그러자 그녀는 이콘을 잡아 들고는…… 잠시 후 그녀는 등불을 들고 현관 계단을 내려오면서 외쳤습니다.

'자, 여기 있으니, 가져가세요!'

우리가 돌아보니, 새로 그린 이콘의 얼굴에 봉인이 찍혀 있었습니다!

루카는 곧바로 두 이콘을 품속에 넣고 소리쳤습니다.

'배 어디 있나!'

그제야 난 배가 휩쓸려 내려가 한 척도 없다는 것을 밝혔습니다.

여러분께 말씀드리지만, 그때 얼음 덩어리들이 떼로 몰려다니면서 서로 부딪히고 깨지면서 교각을 얼마나 뒤흔들어대던지 웬만한 널빤지만큼이나 두꺼운 쇠고리들에서 삐걱거리는 소리가 날 정도였습니다.

이 모든 상황을 알아차린 영국인 감독 부인이 손을 치켜들어 머리에 대면서 사람이 내는 것 같지 않은 이상한 소리로 '제임스!'라고 하더니 그 자리에서 기절해버렸습니다.

거기에 서 있던 우리의 생각은 오직 하나뿐이었습니다.

'우리의 약속은 어떻게 할 것인가? 이제 영국인 감독은 어떻게 될 것인가? 마로이 할아버지는 또 어떻게 되고?'

그때 수도원에서 세번째 종소리가 울려왔습니다.

그러자 갑자기 루카 아저씨가 몸을 부르르 떨고는 영국인 감독 부인에게 소리 높여 말했습니다.

'정신 차리십시오, 부인. 남편은 무사할 겁니다. 혹시라도 일이 잘못될 경우 나이 많은 우리 마로이 할아버지가 형리에게 채찍질을 당하고, 그의 선량한 얼굴이 낙인으로 더럽혀질지는 모르겠습니다. 하지만 그것도 내가 죽고 나서야 그렇게 될 겁니다!' 이 말과 함께 그는 성호를 긋더니 어디론가 가려고 했습니다.

저는 소리쳤습니다.

'루카 아저씨, 어딜 가시는 거예요? 레본치가 죽었는데, 아저씨마저 돌아가실 작정이에요!' 저는 그를 말리려고 뒤를 쫓아갔습니다. 하지만 그는 바닥에서 아까 강가에 도착한 후에 내가 땅에 버려두었던 노를 집어 들더니 저를 향해 흔들면서 이렇게 외쳤습니다.

'썩 물러가! 안 그러면 맞아 죽을 수도 있어!'

여러분, 저는 여러분께 제 이야기를 들려드리면서 몇 번이나 제가 비겁한 사람임을 솔직하게 고백했습니다. 세상을 떠난 소년 레본치가 땅에 쓰러졌을 때만 해도 제 자신은 나무 위로 뛰어 올라갔으니까요. 하지만 이번 경우는 달랐습니다. 여러분께 확실히 말씀드릴 수 있는 것은, 그때 제가 루카 아저씨에게서 물러난 것은 노를 무서워해서가 아니었습니다. 그 이유는……, 여러분이 믿든 안 믿든 간에, 제가 레본치의 이름을 입 밖에 낸 바로 그때, 저와 루카 사이의 그 어둠 속에 그 소년의 형상이 나타나 손으로 저를 위협했다는 겁니다. 저는 그것이 너무나 무서워서 어쩔 수 없이 뒤로 물러서고 말았습니다. 그러는 사이 루카는 이미 쇠고리가 시작되는 곳까지 가 있었습니다. 그러고는 갑자기, 쇠고리 위로 걸음을 옮기면서 폭풍 사이로 외쳤습니다.

'찬송가를 불러줘!'

그때 우리 중에 있던 우리의 솔리스트 아레파가 그의 말을 듣고는 곧바로 노래를 시작했습니다. '내가 입을 여네.' 그러자 다른 사람들이 따라 부르기 시작했지요. 우리는 울부짖는 폭풍을 거스르며 소리 높여 찬송가를 불렀습니다. 그러는 사이 루카는 죽음의 공포를 떨치고 교각의 쇠고리 위로 걸음을 옮겼습니다. 일 분쯤 후 그가 첫째 구간을 통과하고 두번째 구간으로 향하는 것이 보였습니다…… 그리고요? 그러고는 어둠이 그를 뒤덮어 더이상 보이지 않았지요. 그가 계속 가고 있는지 아니면 진즉 물에 빠져 저주받은 얼음 덩어리에 밀려 소용돌이 속으로 빨려 들어갔는지, 우리는 또 그를 구원해달라고 기도해야 할지, 아니면 강인하고 충직한 그의 영혼이 영원한 안식에 들어간 것을 슬퍼해야 할지 알 도리가 없었던 것입니다.

15

　그때 강 건너편에서는 무슨 일이 벌어졌을까요? 거룩한 주교 각하께서는 그 시간, 부(副)제단에서 도난이 발생했다는 것은 전혀 모른 채 평상시처럼 본당에서 저녁미사를 주관하고 있었습니다. 우리의 영국인 야코프 야코블레비치는 그의 윤허하에 제단 옆쪽에 위치한 부제단 앞에 서 있다가 우리의 천사를 빼낸 후에, 계획한 대로 외투 속에 감춰 교회 밖으로 내보냈고, 루카가 그것을 가지고 급히 그곳을 떠났던 것입니다. 마로이 할아버지는 약속한 대로 바로 그 창문 아래 마당에 남아 최후의 순간을 기다리고 있었습니다. 루카가 돌아오지 않을 경우, 영국인 감독이 자리를 뜨자마자 마로이는 진짜 도둑처럼 쇠지렛대와 끌로 창문을 깨고 교회로 기어 들어갈 태세를 하고 말입니다. 영국인 감독은 마로이 할아버지에게서 눈을 떼지 않고 그가 약속을 얼마나 잘 지키고 있는지 보았습니다. 한편 마로이 할아버지는 영국인 감독이 확인차 창가로 다가온다 싶으면 곧바로 머리를 끄덕여주었습니다. 여기 내가 있다, 모든 것을 책임질 도둑이 바로 여기에 있다! 라고 말이라도 하는 듯이 말입니다.

이 두 사람은 그런 식으로 성심을 다해 상호간의 신뢰에 금이 가지 않도록 행동했습니다. 그런데 이러한 행동은 두 사람의 믿음뿐만 아니라 더욱 강력한 또 하나의 힘에서 비롯된 것인데, 다만 이 세번째 믿음의 작용을 그들은 모르고 있었던 것입니다. 드디어 저녁미사를 마치는 종소리가 울리자, 영국인 감독은 마로이가 기어 들어올 수 있도록 살며시 들창을 열어놓고, 자신은 그 자리를 뜨려고 했습니다. 그런데 갑자기 마로이 할아버지가 자기를 보지 않고 몸을 돌려 뚫어져라 강 쪽을 바라보면서 이렇게 되뇌는 게 아닙니까.

'하느님, 그를 건너게 해주소서, 건너게 해주소서, 건너게 해주소서!' 그러더니 갑자기 펄쩍 뛰면서 꼭 술 취한 사람처럼 춤을 춰가며 소리를 질러댔습니다. '하느님이 건너게 해주셨다, 하느님이 건너게 해주셨다!'

야코프 야코블레비치는 극심한 절망감에 빠져들며 생각했습니다.

'결국 이렇게 끝나는군. 저 멍청한 노인은 미쳐버리고 나는 파멸하고.' 아니, 그런데 다시 보니, 마로이가 루카와 얼싸안고 있는 게 아닙니까.

마로이 할아버지가 더듬거리며 말했습니다.

'자네가 등불을 들고 쇠고리 위로 달려오는 걸 보았네.'

그러자 루카 아저씨가 말했습니다.

'등불은 없었습니다.'

'그러면 그 빛은 무엇이었지?'

루카가 대답했습니다.

'전 모르겠습니다. 빛을 본 적이 없는데요. 전 그저 있는 힘을 다해 달렸을 뿐, 어떻게 빠지지 않고 건너왔는지 모르겠습니다…… 그러고 보니 정말 누군가 내 두 팔을 밑에서 받치고 있었던 것 같습니다.'

마로이가 말했습니다.

'그게 바로 천사들이었네. 내가 천사들을 본 거야. 그러니 이제 난 이날을 넘기지 못하고 오늘 죽게 될 걸세.'

하지만 루카는 더이상 이야기할 시간이 없어서 할아버지에게 아무 대답도 하지 않고, 들창으로 재빨리 두 이콘을 영국인 감독에게 건네주었습니다. 그는 이콘들을 받았다가 그것들을 다시 보여주며 말했습니다.

'어떻게 된 건가? 봉인이 없잖아.'

루카가 말했습니다.

'그럴 리가 없는데요.'

'자, 없잖은가.'

그러자 루카는 성호를 그으며 말했습니다.

'이제 어쩔 수 없습니다. 지금 그걸 고칠 시간이 없습니다. 이 기적은 국교회의 천사가 이뤄낸 것입니다. 이게 무슨 뜻인지 저는 알 것 같군요.'

이 말을 하고 루카는 곧장 교회로 뛰어들어 사람들을 헤치고 지성소로 들어갔습니다. 그리고 그곳에서 옷을 갈아입고 있던 주교 각하의 발 앞에 엎드려 말했습니다.

'저는 성물을 모독한 사람입니다. 여기 제가 한 짓을 보십시오. 어서 저를 결박해 감옥에 가두라고 명해주십시오.'

주교 각하는 근엄한 표정으로 그가 하는 말을 모두 들은 후에 말했습니다.

'그것으로 이제 그대는 어느 신앙이 더 강력한지 깨달았을 것이다. 그대들은 부정한 속임수로 그대들의 천사에게서 봉인을 제거했지만, 우리의 천사는 자신이 직접 봉인을 없애고 또한 그대를 이리로 데리고 왔도다.'

아저씨가 말했습니다.

'주교 각하, 저는 그것을 깨닫고 이렇게 두려움에 떨고 있습니다. 어서 저를 벌해주십시오.'

그러자 주교는 사면의 말로 응답하였습니다.

'하느님께서 내게 주신 권한으로 그대를 용서하고 사면하노라, 아들아. 내일 아침 성결하신 그리스도의 몸을 영접할 준비를 하여라.'

자, 여러분, 이제 더이상 여러분께 말씀드릴 게 없는 것 같군요. 루카 키릴로프와 마로이 할아버지는 아침에 돌아와 말했습니다.

'여러 어르신들과 형제들이여, 우리는 국교회 천사의 영광스런 승리와 성직자의 선의에 나타난 신의 계시를 목격했습니다. 그리고 우리는 그들이 베푸는 성유 축성과 함께, 오늘 구세주의 몸과 피로 성찬을 받았습니다.'

그 말에 이미 오래전부터, 그러니까 팜바 장로를 만난 이후부터 온 러시아가 하나의 영으로 화합해야 한다고 생각해왔던 저는 동조하며 외쳤습니다.

'우리도 당신의 뜻을 따르겠습니다. 루카 아저씨!' 이렇게 우리는 한 명의 목자를 따르는 양들처럼 하나의 무리가 되었습니다. 그리고 그때서야 우리는 우리의 봉인된 천사가 우리 모두를 어디로 이끌었는지, 그리고 무엇을 위해 먼저 고난의 잔을 쏟아부은 다음, 그 공포에 가득 찬 밤에 인간들이 서로 사랑할 수 있도록 하기 위해 스스로 봉인을 지웠는지 가까스로 이해하게 되었던 것입니다."

16

이야기를 하던 사람이 말을 그쳤다. 이야기를 듣던 사람들도 아무 말이 없었다. 마침내 한 사람이 헛기침을 하며 입을 열었다. 그는 모든 이야기가 설명이 가능하다고 했다. 그러니까 미하일리차의 꿈도, 그녀가 잠결에 어른어른 보았다는 환상도, 달려가던 고양이인가 개인가가 건드려 바닥에 떨어졌다는 천사 이콘도, 그리고 팜바를 만나기 전에 이미 병이 들어 있었던 레본치의 죽음도 그렇고, 또한 무슨 암시처럼 뇌까리던 팜바의 말들이 우연히 다 맞아떨어진 것도 모두 설명이 가능하다는 것이었다.

"그리고 또 이것도 이해가 갑니다." 그가 덧붙여 말했다. "루카가 노를 들고 쇠고리 위로 달려간 사실 말입니다. 다들 아시겠지만 석공들이야 그런 곳에서 어디로 어떻게 가야 할지 훤히 알지 않겠습니까.

노는 균형을 잡는 데 썼겠지요. 모르긴 몰라도 마로이가 루카 주변에서 비친 빛을 보고 천사라고 여긴 것도 이렇게 이해할 수 있을 겁니다. 몹시 긴장한 데다가 추위에 꽁꽁 얼어붙은 사람의 눈이 가물거리는 게 당연하지 않겠습니까? 그리고 심지어 저는, 말하자면 설령 마로이가 스스로 예언한 대로 그날을 넘기지 못하고 죽었다 하더라도 이해하지 못할 게 없을 것 같습니다……”

“그래요. 그 노인은 죽었지요.” 마르크가 맞장구치듯 말했다.

“그러면 그렇지요! 팔십 먹은 노인이 그런 흥분 상태와 추위를 겪은 후에 죽었다는 것은 놀라울 게 전혀 없습니다. 하지만 제가 정말이지 전혀 납득할 수 없는 것은 바로 이겁니다. 영국인 부인이 새 천사 이콘에 봉인한 자국이 어떻게 사라질 수 있었느냐는 겁니다.”

“아, 그건 아주 간단했습니다.” 마르크는 유쾌한 목소리로 대답하고는, 그 일이 있은 후에 곧 자기네들이 그림과 리사 사이에 봉인 자국을 발견했었다고 말해주었다.

“그럼 그게 도대체 어떻게 된 일이었소?”

“이렇게 된 거지요. 영국인 부인도 감히 천사의 얼굴을 훼손할 수는 없었습니다. 그래서 그녀는 종이 뭉치에 봉인을 하여 그것을 오클라드 아래에 끼워넣었답니다. 기발한 발상에 아주 기술적으로 처리를 잘했던 겁니다. 하지만 루카가 가슴에 품고 가져가는 도중에 흔들려서 봉인된 부분이 빠져버린 거지요.”

“그렇게 된 거군요. 그러면 모든 게 간단하고 자연적으로 일어난 일이군요.”

“그렇습니다. 많은 사람들이 생각하는 것처럼 이 모든 일들은 지극히 평범하게 이루어졌습니다. 이 일을 알게 된 지식인 계층의 사람들도 그렇게 생각할 뿐만 아니라 심지어는 분리파 신앙을 고수하는 우리네 형제들도 우리를 놀리면서 하는 말이, 영국인 여자 한 명이 종이로 우리를 국교회의 품에 안겨주었다고 했지요. 하지만 우리는 그렇게 말하는 사람들과 다툴 생각이 없습니다. 사람들은 모두 자기가 믿는 대로 판단하게 마련이지요. 그리고 우리에겐 모든 게 매일반입니다. 주님께서 어떤 길을 통해 사람들을 찾으시든 간에, 또 어떤 그릇으로 사람들에게 물을 주시든 간에, 중요한 건 주님께서 사람들을 찾으시고 또 조국과 하나가 되려는 사람들의 갈급한 마음을 해결해주신다는 겁니다. 그런데 저기 바깥에서 잤던 사람들이 눈 속에서 기어 나오는군요. 보아하니, 가엾은 저 사람들 잘 쉬고 이제 출발하려는 것 같습니다. 어쩌면 가는 길에 저를 좀 태워줄지도 모르겠네요. 바실리의 밤이 지났습니다. 제가 괜히 제 이야기를 꺼내서 여러분들을 많이 힘들게 한 것 같군요. 그 대신 새해 복 많이 받으시고, 아무쪼록 그리스도를 봐서라도 못난 저를 용서해주시기 바랍니다."

가장 러시아적인 작가, 니콜라이 레스코프

레스코프의 생애

문학사가 미르스키가 가장 러시아적인 작가로 꼽은 레스코프는 1831년 2월 4일 중부 러시아의 오룔 현 고로호보에서 태어났다. 그의 조상들은 대대로 지방의 하급 성직자를 지냈으나, 그의 아버지는 신학교를 중퇴하고 공직자의 길을 걸어 후에 세습귀족의 신분을 얻었다. 몰락한 관료 집안 출신인 어머니는 매우 깊은 신앙심의 소유자였으며 어머니의 신앙심은 신심 깊은 외할머니로부터 물려받은 것이었다. 어린 시절 외가에서 많은 시간을 보냈던 레스코프는 신심 깊은 외할머니와 함께 외가 근방의 수도원들을 자주 찾곤 했다. 친가와 외가의 이러한 종교적 분위기는, 훗날 레스코프 문학에서 빼놓을 수 없는 큰 특징인 지방 성직자들의 삶에 대한 구체적이고 사실적인 묘사를 가능케 한 토대가 되었다.

레스코프가 8세 때인 1839년, 그의 가족은 상사와 불화를 빚어 퇴직하게 된 부친을 따라 부친이 구입한 작은 영지가 있는 크롬 군의 파니노로 이주하였다. 이곳에서 농촌 출신 아이들과 어울려 유년 시절을 보낸 레스코프는 시골 농민들의 생활을 속속들이 몸으로 체험할 수 있었다. 이때의 경험은 작품 「불사신 골로반」 「괴물」 「험로」 등에 잘 나타나 있다.

1841년, 오룔 현의 중등학교에 입학한 레스코프는 잦은 체벌과 만취한 상태로 수업하는 교사 등 열악한 교육 환경을 견디지 못하고 1846년, 학업을 중단한다. 학교를 중퇴한 후 그는 아버지의 주선으로 형사재판소의 말단기록원으로 근무한다. 이 시절 그가 직간접적으로 경험한 판례들은 후에 그의 작품 소재로 활용되어 크고 작은 많은 범죄 사건들로 재구성되어 나타난다. 「므첸스크 군의 맥베스 부인」의 엽기적인 살인 사건을 대표적인 예로 들 수 있다.

1848년 콜레라로 갑작스럽게 부친이 사망하고 난 지 1년 후인 1849년, 레스코프는 키예프 대학의 의학부 교수로 재직 중이던 외가 친척의 주선으로 키예프 재무청에 근무하게 된다. 러시아 문명의 발생지인 동시에 우크라이나-폴란드의 영향으로 서구적 특색이 강했던 대도시 키예프는 레스코프의 정신세계에 하나의 새로운 장을 마련해준다. 레스코프는 대학교수인 친척집에서 학구적인 분위기와 다양한 지식 계층의 사람들을 알게 되고, 또 열정적인 독서를 통해 게르첸, 포이어바흐, 뷔히너 등의 사회사상을 접한다. 또한 이 시절 그는 우크라이나와 폴란드 방언을 익히고, 특히 키예프의 건축과 교회 미술에 관한 많은 지식을 습득하게 된다. 레스코프의 작품들, 특히 그의 중편소설「봉인된 천사」에 심도 있게 언급되는 고대 러시아 미술에 관한 지식의 대부분이 이 시기에 형성된 것이다.

키예프에서의 생활은 여러 면에서 성공적이었지만, 결혼은 그렇지가 않았다. 1853년 부유한 상인 집안 출신의 올가 스미르노바와 시작한 결혼 생활이 곧 파경을 맞고 만 것이다. 당시 신경쇠약증에 시달리던 부인과의 생활에서 그가 겪었던 어려움은 그의 장편소설『막다른 골목』에서 주인공 로자노프 박사의 결혼 생활에 반영된다.

크림 전쟁(1853~1856)에서 패한 후 변화를 추구하는 러시아의 새로운 사회 분위기 속에서 레스코프도 공직 생활을 접고 새로운 일에 뛰어든다.

그의 새 일은 러시아에서 무역업을 하는 이모부 스콧을 돕는 일이었다. 영국인이었던 스콧은 러시아 대부호들의 영지를 관리하는 일도 함께 맡고 있었는데, 그의 청탁을 받아 영지들을 방문하여 실태 조사서를 작성하는 일을 하게 된 것이다. 1857년부터 시작한 이 일을 계기로 레스코프는 러시아 전역을 순회하며 각 지방의 다양하고 진기한 문물과 생활 풍습을 접하게 된다.

이때의 경험이 바로 훗날 그의 작품들에 녹아들어, 러시아 전 영토에 퍼져 있는 다양한 인간 군상이 펼치는 진기한 이야기들의 귀중한 토대가 되었던 것이다. 러시아의 국토와 민중의 삶에 대한 직접적인 경험과 폭넓은 지식에 대한 레스코프의 자부심은 다음 글에 잘 나타난다.

나는 민중과 그들의 생활을 알기 위해 책이나 정리된 자료 같은 것을 이

용할 필요가 없었다. 나는 그것들을 바로 그 지방, 그 지역에서 직접 체험했다. 물론 책도 많은 도움을 주긴 했지만, 나는 달리는 말처럼 민중이 사는 곳을 직접 방문했다. 내가 그 어떤 학파에도 속하지 않는 이유는 내가 가르침을 얻은 곳이 학교가 아니라 바로 스콧의 범선이었기 때문이다.

레스코프는 자신이 보고 들은 것들을 스콧에게 편지 형식으로 보고했다. 편지 속에는 후에 그의 작품에 묘사된 많은 소재들이 체험에서 우러난 생생한 현장 보고 형식으로 그려져 있다. 이것을 계기로 그는 1860년부터 『상트페테르부르크』 신문을 비롯하여 다양한 잡지에 글을 기고하기 시작했다. 그가 쓴 초기 기사들을 살펴보면, 민중의 알코올 중독 실태, 구교도의 결혼, 여성 해방, 서민 건강과 경제생활, 민간 처방, 유대인의 권리 등 실생활과 연관된 사회 문제들을 폭넓게 다루고 있음을 알 수 있다.

1861년 레스코프는 페테르부르크 대학의 경제학 교수 베르나드스키의 초청으로 당시 러시아 제국의 수도인 페테르부르크로 이주하여 본격적인 저널리스트 활동을 시작한다. 또한 '스테브니츠키'라는 필명 아래 문학적인 단편들도 발표하며 상당히 성공적인 커리어를 쌓아간다. 그러나 신진작가로서 입지를 굳히려던 이 무렵 그의 삶에 치명적인 상처를 입힌 사건이 발생한다.

1860년대는 이념 논쟁이 그 어느 때보다도 격렬한 시기였다. 슬라브주의자와 서구주의자, 보수주의자와 진보주의자 간에 이전투구식의 논쟁이 잡지와 신문 지상에 끊이지 않았다. 이런 상황 속에서 1862년 페테르부르크에 대규모 화재가 발생하였고, 이와 함께 혁명적 성향의

학생들이 고의적으로 방화를 저질렀다는 소문이 시중에 나돌았다. 이때 레스코프는 경찰당국에 이 소문에 대한 진위 여부를 철저히 밝힐 것을 촉구하는 기사를 발표했다. 그러나 극도로 예민해진 자유·진보주의자들은 정치적 의도를 전혀 염두에 두지 않았던 이 기사를 레스코프가 학생들을 방화범으로 몰아 체포하도록 경찰을 부추긴다고 해석, 그에 반대하는 공개적인 캠페인을 벌이게 되었다. 이로 말미암아 정신적으로 심한 충격을 받아 심신이 허약해진 레스코프는 휴양을 위해 외국으로 떠났고, 이후 그는 혁명적 사회주의자들을 풍자하는 일련의 안티니힐리즘 소설을 쓰게 된다.

1864년 1월부터 신문 지상에 발표된 그의 첫 장편소설 『막다른 골목』은 또 한 번의 대형 스캔들을 불러일으켰다. 진정한 사회주의자들의 형상을 그리면서 가식적이고 이기적인 가짜 사회주의자들의 실체를 폭로한 이 소설은 일종의 실화소설(Schlüsselroman)로서, 당시 독자들이 알 만한 자유진영의 인사들을 풍자적으로 묘사한 작품이다. 비평가 피사레프와 같이 급진적인 성향을 지닌 지식인들은 이에 대해 매우 격렬하게 반응하면서 레스코프가 정부 비밀경찰의 사주를 받고 이 소설을 썼다며 비난을 퍼부었다.

1871년 레스코프는 다시 비슷한 경향의 장편소설 『견원지간』을 발표했고, 이로써 자유진영과의 적대관계가 더욱 심화된다. 게다가 「므첸스크 군의 맥베스 부인」 「여전사」 「플로도마소보 마을의 옛 시절」 등과 같이 이 시기에 발표된 다른 작품들 역시 뛰어난 문학적 가치에도 불구하고 문단에 팽배해 있던 이념갈등의 여파로 거의 주목을 받지 못하게 된다.

레스코프가 작가로서 대중의 인정을 받기 시작한 것은 그의 대표작으로 손꼽히는 작품 『성직자들』을 발표한 후이다. 연대기 형식을 취한 이 소설은 러시아 시골 성직자의 삶을 애정 어린 필치로 그리고 있는데, 러시아의 돈키호테와 산초라고 할 수 있는 성직자 투베로조프와 아힐라를 통해 러시아의 민족성을 이상적으로 형상화하고 있다. 이후 연이어 발표한 중편 「봉인된 천사」와 「마법에 걸린 순례자」는 레스코프가 작가로서의 입지를 굳히게 만든 중요한 작품이다. 「봉인된 천사」는 빼앗긴 성화를 되찾기 위해 각고의 노력을 기울이는 러시아 구교도들의 모습을 보여주면서, 러시아 민초들의 특이한 신앙생활상의 면면이 잘 구사되어 있다. 그리고 「마법에 걸린 순례자」는 마치 한 편의 파노라마처럼 광대한 러시아의 영토가 사실적으로 묘사된 가운데, 뛰어난 말 조련사에서 광대, 남자 보모, 군인 등을 거쳐 수도사에 이르는 한 인간의 인생역경이 그려진다.

1881년 발표된 「왼손잡이」는 거의 눈에 보이지 않을 정도로 작은 철제 벼룩의 발에 이니셜을 새긴 발굽을 박을 정도로 천재적인 기술을 가진 왼손잡이 대장장이에 대한 기상천외한 이야기이다. 영국에서는 위대한 장인의 대접을 받지만 정작 자신이 사랑하는 조국 러시아에서는 전혀 인정받지 못한 채 사회의 천민으로 냉대를 받으며 죽어간다는 주인공의 비극적인 이야기가 레스코프 특유의 풍자와 유머를 통해 감칠맛 나게 전개된다. 후에 자먀틴에 의해 희곡 「벼룩Блоха」(1926)으로 각색된 이 전설적인 이야기는 레스코프의 작품 가운데 러시아인들이 가장 애호하는 작품으로 손꼽힌다.

이외에 레스코프의 창작 중기의 두드러진 활동의 하나로서 '의인

시리즈' 창작을 들 수 있다. 이것은 강력한 복고정치의 대두로 말미암아 사회적 가치관이 극도로 불안하던 1880년대 전후, 주변 환경에 아랑곳하지 않고 일상생활에서 우직하게 자신의 의무를 다하며 타인을 위해 헌신하는 그리스도교적인 삶의 이상을 실현하는 괴짜들의 이야기를 담고 있다. 「외골수」「불사신 골로반」「사관학교 수도원」「청렴한 기술공들」 등이 이 작품 군에 속한다.

레스코프는 그의 창작 전반에 걸쳐 특히 러시아인들의 다양한 종교 생활에 관해 많은 작품을 썼다. 그래서 한때 서구에서는 그가 러시아 정교를 대표하는 작가로 알려지기도 했는데, 사실 이것은 잘못된 견해이다. "그리스도교는 추상적인 교리가 아니라, 삶의 가르침이다. (…) 우리(러시아인)에게는 비잔틴주의가 있을 뿐, 그리스도교는 없다"라는 그의 편지글에서 잘 볼 수 있듯이, 그는 교리와 종파를 초월한 삶의 교훈으로서의 그리스도교를 옹호한다. 이와 같은 그의 견해를 볼 때 레스코프가 1880년대 이후부터 톨스토이가 주창한 윤리 도덕적 종교 사상에 많은 관심을 보인 것은 지극히 자연스러운 일이라고 할 수 있다.

창작 중기 이후로 접어들면서 레스코프는 점차 러시아 국가 정교회의 형식적이고 교조화된 종교의식에 비판의 어조를 높였다. 『성직자들』에서 느낄 수 있었던 정교회에 대한 애정은 점차 사라지고, 「세상의 끝에서」에서는 그리스도교 교리를 전혀 모르는 시베리아 토착민이 교회의 주교보다도 도덕적으로 더 우월할 수 있음을 보여준다. 특히 성직자들의 여러 부정적인 면을 풍자적으로 묘사한 작품 「어느 주교의 사생활」은 발표한 지 10년이 지난 시점에 국가검열에 걸려 레스코프의 창작 활동과 건강에 치명적인 타격을 가하였다. 1889년 레스코프가 자신의 작품을 전집으로 발간하고자 하였을 때, 국가검열기관이 이 작품의 내용을 문제 삼음으로써 이 작품이 실린 제6권에 대한 발간금지조치가 내려졌던 것이다. 엎친 데 덮친 격으로 이미 발간되었던 책들마저 회수되어 소각되는 불운을 겪게 되었다. 이후 레스코프는 정부 당국의 지속적인 검열 대상이 되면서 자연히 보수진영에서 멀어졌지만, 반면 이전에 불편한 관계에 있었던 자유진영에서 출판을 하게 된다.

레스코프는 창작 후기에 비잔틴 시대의 그리스도교 전설들을 소재로 주옥같은 일련의 시리즈물을 집필한다. 이것은 고대 러시아로부터 내려오던 성자전 모음집 '프롤로그'에 수록된 성자들의 삶을 현대적으로 재해석하여 쓴 일종의 창작 성자전으로서, 제도화된 교회에 의해 왜곡된 그리스도교의 참모습을 찾고자 한 레스코프의 의도가 문학적으로 잘 형상화된 시리즈물이다. 이 시리즈 가운데 많은 독자들에게 두루 읽혔던 「광대 팜팔론」은 속세를 떠나 높은 석탑 위에서 자기 영혼의 구원만을 갈구하는 옛 집정관 예르미가 속세에 파묻혀 다른 사람들을 위해 자신을 헌신하는 광대 팜팔론을 만나 가르침을 얻는 과정을 그린 중편이다. 「산」은 '믿음이 산을 옮긴다'는 성경 구절에서 모티프를 빌려온 작품이다. 이 작품에서 레스코프는 그리스도교 초대 교회와 이집트 이교도 간의 대결을 경건한 귀금속 세공사인 제논과 그를 유혹하려는 절세미인 네포라의 밀고 당기는 감정의 긴장과 사랑을 통해 드라마틱하게 묘사하고 있다.

창작활동이 무르익을수록 레스코프의 작품은 종교와 사회의 권력자에 대한 풍자의 색채가 더욱 더 강하게 드러난다. 「야행성 기질의 사람들」은 당시 러시아 종교계에서 성자로 추앙을 받으며 막강한 영적 권위를 가졌던 크론슈타트의 주교 요한을 만나려고 기다리던 화자가 다른 대기자들이 한밤중에 몰래 나누는 대화를 엿듣고 그의 실체를 알게 된다는 내용이다. 또한 풍자소설인 「겨울날」은 당면한 사회 상황을 넘어 인류와 문화, 그리고 인간의 삶 자체에 대한 보다 근본적인 회의를 담고 있다. 이 작품에서 레스코프는 자신이 신뢰하는 톨스토이의 가르침을 이데올로기로 변질시키는 톨스토이주의자들에 대해서 신랄한 비판을 가한다. 여기에서 마지막까지 어떠한 경향에도 속하지 않고 자신의 길을 가는 레스코프의 자유사상가적 면모가 잘 드러난다.

전집 발간과 관련된 검열의 충격으로 피폐해진 심신에 폐렴이 겹치면서, 시대의 흐름에 역류하면서도 올곧게 걸어오던 작가 레스코프의 삶은 1895년 2월 21일, 이생에서의 마지막 순간을 맞이했다.

생전의 레스코프는 동시대 비평가들로부터 '병든 재능'의 작가로 불리며 정당한 평가를 받지 못했다. 그러나 그의 문학은 체호프와 고리키, 그리고 레미조프, 조셴코, 자먀틴 등 20세기 초반의 문학 양식주의자들에게 적잖은 영향을 끼쳤다. 특히 그가 구사했던 언어와 특이하고 실험적인 장르 파격은 형식주의자들로부터 많은 주목을 받았다. 이와 함께 레스코프의 문학에 있어서 빼놓을 수 없는 특색은 그의 문학을 논할 때 항상 언급되는 '스카스сказ' 장르이다. 스카스란 살아 있는 구어체를 재현하려는 문체양식으로서, 고골리에서 시작되어 레스코프를 거쳐, 20세기에 들어오면서 레미조프, 바벨, 조셴코와 같은 작가를 지나 페트루셉스카야 등 현대의 여성 작가들에게까지 면면히 이어져 내려오는 러시아 특유의 장르를 가리킨다. 레스코프는 이 스카스 기법을 그의 거의 전 작품에 적용하였는데, 그중에서도 특히 「여전사」와 「왼손잡이」는 스카스 기법의 정수를 보여준다고 할 수 있다.

현재까지 레스코프는 러시아에서는 주로 '언어의 연금술사', 서구에서는 '천재적인 이야기꾼'으로 알려져왔다. 그러나 정작 레스코프는 자신의 작품을 일컬어, 50년이 지나면 자신의 작품이 언어적 아름다움 때문이 아니라 그 속에 들어 있는 사상 때문에 읽힐 것이라고 예언했다. 시간상으로 볼 때 이 예언은 문학사가 미르스키가 지적한 바와 같이 빗나간 것이 되어버리고 말았지만, 그 예측 자체가 완전히 틀렸다고 속단할 수는 없다. 그도 그럴 것이 19세기 후반 러시아 사회와 문학의 주류에서 소외된 주변요소들(지방도시, 구교도, 괴짜, 촌부村婦 등)을 심층적으로 다룬 레스코프의 문학은 주류 문화의 해체를 지향한다는 점에서 포스트모더니즘이라는 현대 문예사조와 일치한다고 볼 수 있기 때문이다. 이 점은 레스코프를 가리켜 '미래의 작가'라고 말한 톨스토이의 예언적 비평이 효력을 발휘하게 하는 것은 물론이고, 언어의 연금술 이전에 선량한 약자에 대한 깊은 애정을 가진 작가로서 레스코프의 진면목을 깨닫게 해준다.

작품 설명

1. 러시아적 정서의 원형, 「왼손잡이」

「왼손잡이」는 1881년 친슬라브주의 잡지인 『루시*』에 「툴라 출신의 사팔뜨기 왼손잡이와 강철 벼룩에 관한 이야기」라는 제목으로 3회에 걸쳐 연재되었던 작품을 단행본으로 묶은 것이다. 연재 당시 레스코프는 작품후기에서, 이 작품은 제철 공업으로 유명한 도시 툴라의 한 장인에게서 들은 민간전설이라고 말했다. 하지만 이 말은 후에 저자 자신이 또 다른 잡지에서 밝힌 바, 사실과는 관계가 먼 이야기이다. 그러나 당시 러시아인들은 레스코프가 처음에 말한 그대로 「왼손잡이」를 실제 민간에 떠돌던 전설이라고 믿었다. 그것은 이 작품의 언어가 주는 지극히 토속적인 느낌 때문이기도 했고, 작품을 읽는 내내 교육과는 담을 쌓은 한 무지렁이 대장장이가 온갖 말장난을 섞어가며 늘어놓는 우스꽝스러운 민담 한 편을 듣는 것 같은 느낌 때문이기노 했다.

이야기의 줄거리는 다음과 같다.

나폴레옹과의 전쟁을 승리로 이끈 알렉산드르 2세가 빈 협정을 마치고 영국을 방문하자, 영국인들은 그에게 영국의 선진 기술을 자랑하기 위해 강철로 만든 벼룩을 선물한다. 이 벼룩은 현미경을 통해서만 겨우 볼 수 있을 정도로 아주 작은 크기였지만, 태엽을 감으면 춤

---

* 러시아의 고대 명칭.

을 추며 재주를 넘는 정교한 인공 벼룩이었다. 신기하기 짝이 없는 강철 벼룩에 감탄한 황제는 거액의 상금을 주고 그것을 러시아로 가져온다. 그후 갑작스러운 황제의 죽음으로 벼룩은 한동안 잊혀 있다가 새로 황제가 된 니콜라이 1세에 의해 다시 발견된다. 강철 벼룩의 출처를 묻는 새 황제에게 선황제와 함께 영국에 동행했던 카자크 출신의 장군 플라토프가 자세한 경위를 들려준다. 그러자 외국 문물에 대한 동경심이 강했던 알렉산드르 1세와는 달리 러시아 자국에 대한 자부심이 강했던 니콜라이 1세는 러시아의 기술로 영국의 콧대를 꺾어줄 방안을 찾는다. 이에 플라토프는 툴라의 대장장이들에게 그 일을 의뢰하고, 왼손잡이를 비롯한 세 명의 대장장이들이 비밀리에 그 과업을 완수한다. 하지만 첫눈에 벼룩에게서 아무런 변화도 발견하지 못한 플라토프는 대장장이들에게 속았다고 생각하고 왼손잡이를 볼모로 잡아 황제에게 데려간다. 왼손잡이는 황제와 대신들의 면전에서 비로소 벼룩의 비밀을 밝힌다. 즉 툴라의 대장장이들은 아무런 기계 장비도 없이 미세한 강철 벼룩의 발에 굽을 달고 그 굽에 자신들의 이니셜까지 새긴 것이다. 툴라 장인들의 기술에 크게 만족한 황제는 왼손잡이와 함께 강철 벼룩을 다시 영국으로 보낸다. 영국에 도착한 왼손잡이는 위대한 천재 장인의 대접을 받으며 영국의 선진 문물과 함께 영국 노동자들이 누리는 안정된 생활을 경험한다. 한편 영국인들은 천재적인 재능에도 불구하고 체계적인 지식이 없어 기술을 제대로 펼치지 못하는 왼손잡이에게 영국에 머물면서 그의 재능을 마음껏 펼치기를 권한다. 하지만 조국 러시아를 그리며 향수병에 걸린 왼손잡이는 고향으로 돌아갈 것을 고집하고, 마침내 영국인들에게서 받은 많은 선물과 함께 러시아로 떠나는 배에 오른다. 거친 폭풍우에도 불구하고 갑판 위에서 오로지 러시아가 있는 방향만 바라보는 왼손잡이의 애국심에 감명을 받은 영국인 갑판장이 왼손잡이에게 무료함을 달랠 겸 술 마시기 시합을 제안한다. 그리고 항해 내내 엄청난 양의 술을 마신 두 사람은 러시아에 도착할 즈음에는 모두 인사불성 상태가 된다. 그 상태에서 왼손잡이는 러시아 경찰에게 인도되고, 갑판장은 영국인 의사에게 실려 간다. 정성어린 간호를 받고 정신을 차린 갑판장은 수소문한 끝에 어느 초라한 병원에서 죽어가는 왼손잡이를 발견한다. 자신의 신분을 증명할 그 어떤 것도 없었던 왼손잡이는 러시아 경찰들에게 부랑자 취급을 받아 영국에서 선물로 받은 외투와 손목시계를 강탈당하고, 매서운 추위에 오랫동안 방치되는 바람에 생명을 잃을 지경에 처한 것이다. 숨을 거두기 직전 왼손잡이는 영국에서 알아낸 총기 간수 비법을 황제에게 전해달라고 의사에게 말하지만, 그 말은 권위주의적인 한 장군에 의해 묵살되고 만다. 마지막에 화자는 왼손잡이의 유언이 황제에게 전해졌다면 크림 전쟁에서 러시아가 패배하지 않았을지도 모른다는 말을 덧붙인다.

「왼손잡이」는 레스코프의 작품 가운데 러시아인들이 가장 즐겨 읽는 이야기이다. 그 까닭은 어쩌면 「왼손잡이」에게서 러시아적 정서의 원형을 발견하기 때문일 것이다. 「왼손잡이」의 특징을 살펴보면 러시아인들의 집단무의식 속에 내재되어 있는 진짜 러시아인의 모습과 만날 수가 있다. 사팔뜨기에 왼손잡이라는 신체적 특징에서는 이성적이고 합리적인 조화의 미를 거부하는 러시아인 특유의 '탈(脫)질서беспорядок'적 경향과 함께 러시아 민중들이 사랑하는 바보 성자 '유로

지비'의 모습이, 그리고 왼손잡이의 신기에 가까운 수공 기술에서는 러시아인이라면 누구나 공통으로 소유하고 있다는 장인적 면모가, 또한 그의 무조건적인 애국심에서는 시인 레르몬토프가 노래한 '조국' 러시아에 대한 '기이한 사랑страннaя любовь'이 느껴진다.

그러나 레스코프가 「왼손잡이」에서 그린 러시아는 결코 이상적인 나라가 아니다. 외국에서는 위대한 장인으로 칭송받는 천재가 러시아에서는 시골구석에서 무명으로 살아갈 뿐만 아니라 최소한의 인권도 인정받지 못한 채 길거리에 방치되어 있다가 죽음을 당하는 부조리한 나라인 것이다. 베르댜예프는 『러시아적 이념』에서, 훌륭한 역사철학자인 차다예프가 경기병 장교로 지내다 미치광이 취급을 당했고, 독창적인 신학자 호먀코프도 경기병 장교에 지나지 않았다는 사실이 러시아의 변칙적 특성이라고 밝힌 바 있다. 이런 맥락에서 레스코프는 「왼손잡이」를 통해 러시아 민족의 비극적 특성을 해학적으로 그리고 있다.

2. 비인간적인 농노제 사회의 비극, 「분장예술가」

「분장예술가」에서는 재능 있는 개인과 그 재능을 억압하는 사회 구조 간의 모순이 더욱 첨예하게 드러난다. 「분장예술가」는 1883년 그다지 잘 알려지지 않은 예술 잡지인 『그림이 있는 아트 저널』지에 '상트페테르부르크, 1883년 2월 19일. 농노해방일이며 영면한 자들을 추모하는 토요일에'라는 헌사와 함께 발표되었다. 이 헌사는 후에 '축복의 날 1861년 2월 19일에 대한 신성한 기억을 기념하며'로 수정되는데, 이것을 통해 이 작품이 1861년 2월 19일에 있었던 역사적인 농노

해방을 기념하며 쓴 작품임을 알 수 있다.

농노제는 폐지되기 전까지 러시아의 많은 진보지식인들로부터 러시아 사회에서 자행되는 '모든 악의 근원'으로 불렸으며, 당대 많은 작가들에게도 끊임없는 비판을 받았던 부조리한 제도였다. 러시아 문학사에서 농노제를 다룬 가장 유명한 작품으로는 라지셰프의 『페테르부르크에서 모스크바로의 여로』(1790)와 투르게네프의 『사냥꾼의 일기』(1852), 그리고 네크라소프의 다양한 시 작품 등을 꼽을 수 있는데, 레스코프의 「분장예술가」는 짧은 분량에도 불구하고 농노제 사회의 비인간적인 상황을 고발하는 강력한 작품으로 간주된다.

「분장예술가」는 농노 신분의 젊은 분장사 아르카지와 같은 농노 신분의 여배우 류보피의 비극적인 사랑과 운명을 보여준다. 젊고 아름다우며 재능이 넘치는 여배우 류보피와 신기에 가까운 분장 기술로 주인의 총애를 받는 분장사 아르카지는 서로 사랑하는 사이다. 하지만 류보피는 주인 카멘스키 백작의 눈에 띄어 그의 첩이 될 운명에 처한다. 그러나 류보피가 주인에게 몸을 바쳐야 하는 운명의 순간, 아르카지는 자신의 연인을 가로채 함께 도주를 감행한다. 하지만 그들의 도주는 한 위선적인 사제의 고발로 수포로 돌아간다. 아르카지는 극심한 고문을 당한 뒤 강제로 전쟁터에 나가게 되고, 자살을 시도하다 목소리가 망가진 류보피는 백작의 외양간을 관리하는 노파에게 보내진다. 그로부터 3년 후 전장에서 공을 세운 아르카지가 귀족의 신분이 되어 류보피를 찾아온다. 하지만 그들의 운명적인 재회가 이루어지기 전날 밤, 아르카지는 그의 수중에 있던 돈을 노린 여인숙 주인에게 살해당하고 만다. 이 소식을 들은 류보피는 술로 괴로움을 달래는 것만은 절대 하지 않기로 작정하며 버티어오던 긴장의 끈을 놓고 술을 입에 대기 시작하고 결국엔 술에 의지하여 살아가는 비참한 운명이 되고 만다.

이 작품은 오룔 지방의 사료(史料) 중 오룔 지방의 저명인사인 카멘스키 백작 부자(父子)에 관한 사료에서 소재를 따온 것이다. 아버지 카멘스키 백작은 농노들에 대한 잔인한 학대로 악명이 높았던 반면, 아들 세르게이 카멘스키 백작은 사설 극장과 연극에 대한 강한 열정으로 이름을 남겼다. 「분장예술가」에서 레스코프는 이 백작 부자를 한 명의 인물로 합성하여 표현한 것이다. 당시 연극을 비롯한 러시아 예술 분야의 활동은 귀족들의 사유재산인 농노 예술가들에 의해 이루어지는 경우가 많았다. 농노 예술가들은 경우에 따라 다른 농노들과 달리 특별대우를 받기도 했다. 그러나 귀족들의 사유재산으로서 귀족들의 강압과 전횡의 굴레에 매여 있기로는 일반 농노들과 다를 바가 없었다. 레스코프는 재능 있는 농노 예술가들의 이런 비극적 상황에 작품의 포커스를 맞춘 것이다.

농노 예술가를 다룬 작품을 쓴 건 레스코프가 처음이 아니었다. 러시아의 저명한 사상가이자 작가인 게르첸(1812~1870)이 이미 1848년 중편 「까치 도둑」에서 카멘스키 백작에게 속한 농노 여배우의 비극적 운명을 그린 적이 있었다. 당시 사실적인 기록에 충실을 기하여 서술한 게르첸의 작품은 농노제를 혐오하는 많은 지식인들에게 큰 감동을 주었다고 전해진다.

그렇다면 농노제가 폐지된 지 22년 후에 다시 농노제를 주제로 작품을 쓴 레스코프의 의도는 무엇이었을까? 이것은 무엇보다 개혁 군

주로서 농노제를 폐지했던 선황제 알렉산드르 2세가 테러에 의해 목
숨을 잃고 새로 황제에 즉위한 알렉산드르 3세가 강력한 복고 정치를
단행하면서 인권억압 체제로 되돌아가는 전반적인 사회 분위기에 대
한 경각심을 불러일으키는 데 있다고 볼 수 있을 것이다.

　「분장예술가」는 화자가 어린 시절, 한때 농노 출신의 여배우였던
류보피 오니시모브나에게서 들었던 이야기를 액자형식으로 서술한
것이다. 사실 이러한 액자 이야기 형식은 레스코프가 전형적으로 사
용한 서술기법이었다. 레스코프의 작품이 대부분 이런 액자형식의 스
카스 기법으로 쓰였다는 것은 이미 앞서 말한 바 있다. 레스코프가 이
렇게 스카스 기법을 즐겨 사용한 것은, 살아 있는 인물이 생동감 넘치
는 구어로 이야기를 들려주듯 전개되는 스카스 기법이 그의 작품을
구전 민간전설처럼 보이게 하는 효과를 더욱 강하게 살려주었기 때문
이다. 또한 레스코프는 역사적인 사료에 담긴 이야기를 전하면서 중
요한 뼈대는 유지하지만 부수적인 많은 요소들은 화자의 상상이나 기
억에 의지해 임의로 은폐하거나 축소 혹은 수정한다. 이러한 점은 예
를 들어 「분장예술가」에서 "나는 카멘스키 백작들 가운데 정확히 어
느 백작의 영지에서 이 두 사람이 예술가의 혼을 불살랐는지 정확히
말할 자신은 없다" 혹은 "그때가 어느 해였는지 확실히 기억나지는
않지만(알렉산드르 파블로비치인지 니콜라이 파블로비치인지도 확
실치가 않다)" 등과 같은 부분들을 통해 알 수 있다. 즉 작가의 의도
는 과거의 사실을 있는 그대로 정확히 전하는 데 있지 않고, 그 시대
의 전반적인 특성을 그리는 데 있다고 할 수 있다. 다시 말해 레스코
프는 농노제 시대에 어느 백작에게 어느 농노가 어떤 고통을 당했는

지 구체적인 사실을 전하기보다는, 농노의 인권을 묵살하는 그 시대의 비인간적인 사회 전체의 상황과 분위기를 민간설화의 형식으로 재현하는 데 의미를 두고 있는 것이다.

그러나 레스코프는 단순히 당시 농노들의 비참한 상황을 보여주는 데서 만족하지 않는다. 이 작품을 통해 레스코프는 농노들을 사회뿐 아니라 하늘로부터 버림받은 존재로 그리며 작품에 비극성을 극대화하였다. 이 점은 작품의 결말부에 잘 반영되어 있다. 레스코프는 작가로서 전장에서 용맹스러운 공로를 세워 귀족의 신분이 된 아르카지와 3년 동안 오직 그만을 기다려온 류보피가 마지막에 재회함으로써 과거의 억압받은 삶을 보상받도록 해피엔딩의 장치를 사용할 수도 있었을 것이다. 그러나 오히려 아르카지의 죽음을 배치함으로써 전혀 예상치 못했던 비통한 극적 반전을 불러일으킨다. 요컨대 레스코프는 하늘마저 저버린 농노들의 비극적인 삶과 응어리진 채 풀리지 않는 그들의 한(恨)에 대해 깊이 이해하고 그것을 작품 속에 녹여내려고 한 것이다.

3. 러시아적 영혼의 한 단면, 「봉인된 천사」

「봉인된 천사」는 앞의 두 작품과 비슷하게 예술과 연관된 주제를 다루나, 한층 더 승화된 차원의 예술을 다루고 있다고 할 수 있다. 러시아 문화사에서 결코 간과할 수 없는 이콘(성화상)의 종교 예술적 의미를 구교도의 관점에서 다루고 있는 것이다. 흔히들 러시아의 영혼을 이해하기 위해서는 무엇보다도 러시아의 자연과 러시아 정교를 알아야 한다고 말한다. 도스토옙스키는 특히 러시아 정교의 중요성을 강조했다. 주지하듯이 로마 가톨릭이나 개신교와 비교해볼 때, 정교 문화권에서 이콘은 매우 중요한 위치를 차지한다. 특히 20세기 초까지 이콘을 뺀 러시아 민중의 삶은 생각조차 할 수 없을 정도로, 이콘은 러시아 민중의 삶과 깊이 밀착되어 있었다. 레스코프는 고대 러시아의 이콘을 비롯하여 러시아의 다양한 종교 분파들과 그들의 전례 의식들에 지대한 관심과 지식을 가지고 있었다. 「봉인된 천사」는 작가의 이러한 면모가 가장 잘 드러난 작품이라고 할 수 있다. 작품의 이해를 돕기 위해 러시아 정교회로부터 구교도가 출현하여 정교회에서 분리돼 나온 배경을 잠깐 살펴보기로 하겠다.

17세기 후반 러시아 국가와 교회는 심각한 갈등 상황에 봉착한다. 갈등의 불을 지핀 사람은 1652년 러시아 정교회의 새로운 수장으로 선출된 니콘 총주교였다. 당시 러시아 정교회는 이슬람교와 가톨릭 등 다른 기독교 국가들의 공격을 받아 범세계적으로 위기에 처한 정교회 국가들의 마지막 보루였다. 하지만 러시아 정교회는 과거 240년 간 몽고의 지배하에 있으면서 다른 정교회 국가와 소통할 수 없었기 때문에 전례 의식 행위 등에서 다른 정교회와 약간의 차이를 보였다. 니콘 총주교는 이러한 차이를 없애고 러시아 정교회가 명실상부한 세계 정교회의 대표자가 될 수 있도록 고대 러시아로부터 내려오던 전통적인 전례 행위 가운데 몇 가지를 수정하였다. 그중에는 예를 들어 두 손가락이 아니라 세 손가락으로 성호를 긋는 것, 예배 중에 할렐루야를 두 번이 아니라 세 번 외치는 것 등이 포함되어 있었다. 그러나 이와 같은 사소하다면 사소할 수 있는 전례 행위의 수정은 예상외로 지방 교구 성직자들과 평신도들의 강력한 반대를 불러일으켰다. 그 결과 수십 년간의 박해와 투쟁 끝에 옛 전통을 고수하려는 구교도(분리파교도 혹은 '두손가락성호주의자'라고도 불림)들은 러시아 국가 정교회로부터 분리되었다. 이후 다양한 분파로 나뉜 분리파교도들은 러시아 역사에서 국가 권력을 위협하는 요소로 지목되며 지속적인 탄압의 대상이 되었다.

1873년 『러시아 통보』지에 처음 발표된 「봉인된 천사」는 러시아 구교 출신의 한 석공 집단이 관청에 몰수당한 그들의 수호천사 이콘을 되찾기 위해 목숨을 걸고 벌이는 사투를 드라마틱하게 그리고 있다. 대강의 줄거리는 다음과 같다.

구교를 따르는 한 유랑 석공 단체가 키예프의 드네프르 강에 다리를 건축하는 작업을 맡게 된다. 러시아 전역을 떠돌면서 작업을 하는 이 석공 단체는 자신들의 수호천사가 그려진 이콘이 자신들을 인도하고 보호한다는 강한 믿음을 가지고 있다. 사건은 키예프의 한 허영심 많은 귀부인이 이 천사 이콘이 기적을 행한다고 믿는 데서 시작된다. 처음엔 이콘 덕택에 관원인 그녀의 남편이 좋은 자리를 얻게 되었다고 믿었다가 남편이 곤경에 처하게 되자, 그 모든 책임을 구교도 석공들과 천사 이콘의 탓으로 돌린다. 그녀의 남편은 공권력을 이용해 구교도들의 이콘을 모조리 압수하면서, 특히 그 천사 이콘의 얼굴은 뜨거운 납으로 봉인을 해버린다. 이 사실을 들은 국가 정교회의 주교는 천사 이콘의 뛰어난 가치를 알아보고 봉인된 천사 이콘을 주교좌성당 제단에 옮겨놓는다. 이때부터 석공들은 수호천사 이콘을 구해내려고 백방으로 노력한다. 온갖 노력을 다 기울인 끝에 고대의 방식으로 이콘을 그리는 이콘화가를 찾아낸 그들은 영국인 공사장 감독의 도움으로 주교좌성당에 안치된 자신들의 이콘을 빼내온다. 이제 남은 일은 이콘화가가 그 이콘의 복사본을 만들면 그 복사본을 저녁 미사가 끝나기 전에 다시 제자리에 갖다놓는 일이다. 이야기의 마지막은 예상치 않은 많은 어려움과 반전을 거듭하면서 해피엔딩으로 마무리된다.

「봉인된 천사」 역시 액자소설의 형식을 띤다. 소설 속 사건에 직접 참여한 구교도 석공의 입을 통해 줄거리가 마지막까지 탄력을 잃지 않는다. 빠른 사건 진행과 시종일관 긴박감 넘치는 이야기의 전개는 읽는 맛을 더해주며, 이콘에 대한 자세한 설명과 이콘 제작 과정에 대한 세밀한 묘사는 이콘에 관심을 가진 사람들에게는 가히 필독서라고 할 만큼 풍부한 정보를 전달해줄 것이다.

레스코프는 오직 자기들만의 신앙 방식을 고집하는 구교도들의 보수적이고 완고한 태도에 대해 비판적인 자세를 견지하면서도, 구교도들이 간직한 고대 러시아의 전통적인 예술혼과 그들의 투철한 도덕관념에 대해서는 아낌없는 찬사를 보낸다. 레스코프가 그린 러시아 구교도의 독특한 삶의 방식을 통해 독자들은 이성으로는 결코 이해할 수 없는 러시아적 영혼의 한 단면을 만날 수 있을 것이다.

「봉인된 천사」는 레스코프의 동시대인들에게 상당히 긍정적인 반향을 불러일으켰다. 특히 황제 일가족을 비롯하여 국가지도층 인사들과 보수적 성향의 사람들의 관심을 끌었으며, 이 작품의 성공에 힘입어 레스코프는 비로소 생활의 안정을 찾을 수 있었다. 도스토옙스키 역시 자신의 『작가 일기』에서 이 작품에 대해 찬사를 아끼지 않았다. 그러나 구교도들이 국가 정교회로 개종을 한 결말 부분은 개연성이 부족하다는 비판 역시 아끼지 않았다. 사실 이 부분은 레스코프가 당시 인지도가 상당히 높은 보수주의 성향의 잡지 『러시아 통보』지에 작품을 실으려고 했을 때 출판사 측의 요청에 의해 수정된 부분으로서 이 작품이 안고 있는 옥의 티라고 할 수 있다. 이 작품의 마지막 부분과 연관해서 또 다른 재미있는 에피소드가 한 가지 더 있다. 구교도의 지도자인 루카가 이콘을 품에 안은 채 완성되지 않은 현수교를 목숨을 걸고 건너가는 장면은 실로 숭고한 장면이 아닐 수 없다. 레스코프에 따르면 이 장면은 실화를 바탕으로 쓰였다고 한다. 그에 따르면 1850년 전후에 키예프의 드네프르 강을 가로지르는 현수교를 건축할 당시 부활절을 맞은 인부들이 채 완성되지 않은 다리 위를 오간 일이 있었는데, 그들이 그런 위험을 감수한 이유가 다름 아닌 값싼 보드카를 구하기 위해서였다는 것이다. 이 에피소드가 사실인지 확인할 길은 없지만 그 행위의 목적이 이콘이든 보드카든, 두 가지 다 러시아인들의 극단적인 특성을 잘 보여준다고 할 수 있다.

작품의 정확한 번역을 위해 러시아 원전과 함께 독일어 역본(Nikolai Leskow, *Gesammelte Werke in Einzelbänden*, Rütten & Loening, Berlin, 1971)을 참조했음을 밝힌다. 각 번역들의 원전은 Н. С. Лесоков, Собрание сочинений в 12томах, Москва, 1989 가운데 「봉인된 천사 Запечатленный ангел」는 제1권, 「왼손잡이 Левша」는 제2권, 「분장예술가 Тупейный художник」는 제12권이다.

이상훈

1831년	2월 4일 러시아 중부 오룔 현 고로호보 마을에서 관리 직급 팔등관인 아버지 세묜 드미트리예비치와 몰락한 관리 집안 출신의 어머니 마리아 페트로브나 사이에서 출생. 친가 쪽은 대대로 하급 성직자 집안이었지만, 그의 아버지는 신학교를 중퇴하고 관리로 법조계에서 활동하여 세습귀족 계급을 하사받음.
1839년	퇴직한 아버지와 함께 온 가족이 크롬 군 파니노 마을의 작은 영지로 이주함.
1841년	오룔 현의 중등학교 입학.
1846년	열악하고 폭력적인 학교 분위기를 견디지 못하고 중등학교 중퇴함. 이때 중단된 학력은 평생 그의 콤플렉스가 됨.
1847년	아버지의 주선으로 오룔 현의 법원 서기로 근무.
1848년	아버지가 콜레라로 사망.
1849년	키예프로 이주하여 재무청에서 근무.
1853년	키예프 출신의 실업가의 딸 올가 스미르노바와 결혼.
1857년	영국인 이모부 스콧의 회사 일로 러시아 방방곡곡을 여행하기 시작함. 이후 약 3년간의 경험을 통해 레스코프는 러시아 벽촌의 상황을 잘 알게 됨.
1860년	『상트페테르부르크 신문』을 비롯하여 다양한 잡지에 기고하기 시작.
1861년	페테르부르크로 이주함. 우크라이나 시인 셰프첸코를 임종

직전 만남. 그의 죽음 후 그의 죽음과 장례에 관한 기사를
기고함. 이상주의적 혁명가 아르투르 벤니, 역사학자 부슬
라예프 등과 친교를 나눔.

1862년 '스테브니츠키'라는 필명 아래 첫 단편 「무효가 된 사건По
гасшее дело」을 비롯, 「강도Разбойник」 「여행마차에
서В тарантасе」를 연이어 발표. 그때 페테르부르크에 원
인 모를 화재가 발생하고, 레스코프는 대학생들이 그 화재의
범인이라는 세간의 소문에 대해 철저히 조사할 것을 촉구하
는 기사를 씀. 이로 인해 혁명주의자들에 의해 어용으로 몰
리고, 레스코프에 대한 안티 캠페인이 벌어짐. 이에 충격을
받은 레스코프는 도피성 유럽 여행을 떠나, 빌뉴스, 프라하,
파리 등지를 방문함. 첫 중편소설 「사향소Овцебык」 집필함.

1863년 페테르부르크로 돌아옴. 『조국 수기』에 「사향소」를 발표함.
단편집 『스테브니츠키의 세 편의 이야기』 발간. 「농부전Жи
тие одной бабы」 연재 시작함.

1864년 극단적 혁명주의자들을 고발하는 정치적 성향의 장편소설
『막다른 골목Некуда』 발표.

1865년 중편 「므첸스크 군의 맥베스 부인Леди Макбет Мценско
го уезда」을 도스토옙스키가 운영하는 잡지 『에포하』에
발표함. 이 소설은 1934년에 쇼스타코비치의 동명 오페라
로 개작됨. 장편 『간과된 사람들Обойдённые』 발표.

1866년 소설 「여전사Воительница」 발표. 평론 『페테르부르크의
러시아 연극 극장Русские драматический театр в П
етербурге』 연재 시작. 소설 「섬사람Островитян」 연재 시작.

1867년 희곡 「낭비하는 사람Расточитель」, 중편 「젖 짜는 남자
코틴과 플라토니다Котин доилец и Платонида」 발표.

1868년　『스테브니츠키 작품집』 발표.

1869년　연대기 소설 「플로도마소보 마을의 옛 시절Старые годы
в селе Плодомасове」 발표.『스테브니츠키 작품집』을
발행하면서 괄호 안에 처음으로 실명 게재함.

1870년　혁명가 벤니를 소재로「수수께끼의 사람Загадочный чел
овек」 발표.

1871년　중편 「웃음과 고통Смех и горе」, 장편『견원지간На нож а
х』 발표.

1872년　연대기 소설『성직자들Соборяне』 발표. 작가 피셈스키와
만남.『레스코프-스테브니츠키 단편집』을 발간하면서 실명
과 필명을 병기함.

1873년　중편 「봉인된 천사Запечатленный ангел」「마법에 걸린
순례자Очарованный странник」 발표. 평론『러시아의
이콘에 관하여О русской иконописи』 발표.

1874년　「봉인된 천사」의 성공으로 국가 기관 '민중 계몽 위원회'의
도서 검열관으로 위촉됨. 연대기 소설「영락한 가문Захуд
алый род』 발표. 보수주의적 출판인 카트코프와 견해 차
이로 결별.

1875년　슬라브주의자 악사코프와 친교를 가짐. 악사코프의 청으로
파리를 방문하여 부슬라예프 등과 만남. 체코의 프라하, 휴
양지 마리엔바트, 독일의 드레스덴, 바르샤바 등지를 방문
함.「파블린Павлин」 출간.

1876년　「세상의 끝에서На краю света」 발표.

1877년　「강철 같은 의지Железная воля」「주교의 심판Влады-
чный суд」「세례 받지 않은 사제Некращеный поп」, 평
론『상류사회의 분열Великосветский раскол』 발표.

1879년   성직자의 생활을 풍자한 소설 「어느 주교의 사생활Мелоч
           иархиерейской жизни」 발표. 이로 인해 국교회를 비롯
           한 보수 계층과 갈등 심화됨. 「외골수Однодум」 「세라무르
           Шерамур」 발표.

1880년   「사관학교 수도원Кадетский монастырь」 「폴란드에서
           만난 러시아 민주주의자Русский демократ в Польше」
           「불사신 골로반Несмертельный Голован」 「하얀 독수
           리Белый орел」, 평론 『유대인의 종교 의식Религиозны
           е обряды евреев』 등 발표. 작품집 『세 명의 의인과 세
           라무르Три праведники и один Шерамур』 출간.

1881년   「농부의 손님으로 오신 그리스도Христос в гостях у м
           ужика」 「왼손잡이Левша」 발표. 도스토옙스키의 장례식
           에 참석.

1883년   점점 뚜렷해지는 국교회에 대한 레스코프의 비판적 시각으
           로 인해 검열관직에서 해임됨. 「분장예술가Тупейный ху
           дожник」 「자연의 목소리Голос природы」, 평론 『일급
           이단자 톨스토이 백작과 도스토옙스키Граф Л.Н. Толст
           ой и Ф.М.Достоевский как ересиархи』 발표. 모스
           크바에서 만난 체호프에게 「왼손잡이」를 서명하여 선물함.
           「짐승Зверь」 등 다수의 단편 발표.

1884년   페테르부르크 거주 유대인들의 청탁으로 르포 형식의 책
           『러시아의 유대인들Еврей в России』 간행. 바르샤바, 드
           레스덴, 마리엔바트, 빈 등지로 여행.

1885년   「괴물Пугало」 등 중단편 다수 발표. 작품집 『레스코프의 크
           리스마스 이야기Святочные рассказы Н.С. Лескова』
           간행.

1886년   단편 「생선 없는 생선국Уха без рыбы」 등 발표. 어머니
          사망. 「하느님의 마음에 든 나무꾼에 관한 이야기Повесть
          о богоугодным дровосеке」가 금지당함. 고대 그리스
          도교 전설을 소재로 한 창작 성자전 「그리스도인 표도르와
          그의 친구 유대인 아브람에 관한 전설Сказание о Федо
          ре христианине и одруге его Абраме-жидовине」
          발표.

1887년   창작 성자전 「광대 팜팔론Скоморох Памфалон」 발표.
          자신의 창작 성자전들의 원본이 되는 고대 러시아 성자전
          모음집 '프롤로그'에 대한 개관을 집필. 그의 작품선집이 세
          번에 걸쳐 간행. 화가 레핀과 알게 되고, 평소 존경하던 톨
          스토이를 처음으로 만남. 「청렴한 기술공들Ниженеры-б
          ессребреники」 발표.

1888년   창작 성자전 「양심적인 다니엘Совестный Данила」「아
          름다운 아자Прекрасный Аза」 등 다수 발표. 출판인 브
          이코프에 의해 『1860년 창작 초기부터 1887년에 이르기까
          지 레스코프의 작품 목록』이 발행됨. 레핀에게 초상화의 모
          델이 되어주기를 부탁받고 그에 응했지만, 몇 번의 시도 끝
          에 초상화는 완성되지 못함. 창작 성자전 「금세공사 제논З
          енон златокузнец」(1890년에 「산」이라는 제목으로 다
          시 출간됨)이 교회 당국에 의해 금지당함.

1889년   출판인 수보린에 의해 레스코프의 작품 전집 발행됨. 전집
          제6권에 실린 「어느 주교의 사생활」이 검열에 걸려 제6권
          전체가 압수당하고, 곧 출판 금지를 당함. 이로 인한 충격
          으로 가슴 통증이 처음으로 나타남(이는 후에 사망 원인이
          됨). 전집 제7권과 제8권은 발행됨.

1890년 창작 성자전 「산Гора」 등이 레핀의 삽화와 함께 출판됨. 톨스토이주의자 체르트코프와 함께 야스나야폴랴나에 들려 톨스토이를 만남. 전집 제9권과 제10권, 그리고 금지당했던 제6권이 새로 편집되어 출간됨. 동화 「하느님이 원하는 시간Час воли божией」 발표.

1891년 상징주의 철학자 겸 신학자인 블라디미르 솔로비요프와 만남. 창작 성자전 「죄가 없는 프루덴치Невинный Пруденций」와 중편 「야행성 기질의 사람들Полунощники」 발표하다. 평론가 프로토포포프가 레스코프에 대한 작가론을 '병든 재능Больной талант'이란 제목하에 발표함.

1892년 고대 성자전 '프롤로그'에 대한 개관 「전설적인 인물들Легендарные характеры」 발표. 유언을 통해 자신의 죽음 후에 장례식이나 추모사 등을 하지 말 것을 부탁함. 「험로Юдоль」 「즉흥적인 사람들Импровизаторы」 발표.

1893년 전집 제11권 발행(제12권은 그의 사후 1896년에 발행됨). 중편 「자연의 산물Продукт природы」 「가축우리Загон」 등과 평론 『18세기 시베리아의 풍경들Сибирские картинки XVIIIвекаⅢ』 발표. 검열 당국에 의해 전집 제6권이 회수되어 완전 소각됨.

1894년 미술품 애호가 트레티야코프의 부탁으로 화가 세로프가 자신의 초상화를 그릴 것을 수락함. 중편 「거친 상상력Дикая фантазия」 「겨울날Зимний день」 「고상한 여인과 못생긴 여자Дама и фефёла」 등 발표. 마지막 작품 「토끼굴Заячий ремиз」 집필.

1895년 병석에 누워 있는 레스코프를 체호프가 방문함. 「토끼굴」에 대한 출판 제의가 있었지만, 검열을 우려해 거부함(이 작품은 1917년에 출판됨). 세로프가 그린 자신의 초상화가 검은 틀로 장식된 것을 보고 다가올 죽음을 예상함. 추운 날씨에 산책을 나갔다가 폐렴이 겹쳐 병이 악화됨. 2월 21일 페테르부르크에서 사망함.

문학동네 세계문학전집 발간에 부쳐

세계문학은 국민문학 혹은 지역문학을 떠나 존재하는 문학이 아니지만 그것들의 총합도 아니다. 세계문학이라는 용어에는 그 나름의 언어와 전통을 갖고 있는 국민문학이나 지역문학의 존재를 인정하면서 그것을 넘어서는 문학의 보편적 질서에 대한 관념이 새겨져 있다. 그 용어를 처음 고안한 19세기 유럽인들은 유럽문학을 중심으로 그 질서를 구축했지만 풍부한 국민문학의 전통을 가지고 있는 현대의 문학 강국들은 나름의 방식으로 세계문학을 이해하면서 정전(正典)의 목록을 작성하고 또 수정한다.

한국에서도 세계문학 관념은 우리 사회와 문화의 변화 속에서 거듭 수정돼왔다. 어느 시기에는 제국 일본의 교양주의를 반영한 세계문학 관념이, 어느 시기에는 제3세계 민족주의에 동조한 세계문학 관념이 출현했고, 그러한 관념을 실천한 전집물이 출판됐다. 21세기 한국에 새로운 세계문학전집이 필요하다는 것은 명백하다. 우리의 지성과 감성의 기준에 부합하는 세계문학을 다시 구상할 때가 되었다.

문학동네 세계문학전집은 범세계적으로 통용되는 고전에 대한 상식을 존중하면서도 지난 반세기 동안 해외 주요 언어권에서 창작과 연구의 진전에 따라 일어난 정전의 변동을 고려하여 편성되었다. 그래서 불멸의 명작은 물론 동시대 세계의 중요한 정치·문화적 실천에 영감을 준 새로운 작품들을 두루 포함시켰다.

창립 이후 지금까지 한국문학 및 번역문학 출판에서 가장 전문적이고 생산적인 그룹을 대표해온 문학동네가 그간 축적한 문학 출판 경험을 바탕으로 새로운 세계문학전집을 펴낸다. 인류가 무지와 몽매의 어둠 속을 방황하면서도 끝내 길을 잃지 않은 것은 세계문학사의 하늘에 떠 있는 빛나는 별들이 길잡이가 되어주었기 때문이다. 우리가 자부심과 사명감 속에서 그리게 될 이 새로운 별자리가 독자들의 관심과 애정에 힘입어 우리 모두의 뿌듯한 자산이 되기를 소망한다.

문학동네 세계문학전집 편집위원
민은경, 박유하, 변현태, 송병선, 이재룡, 홍길표, 남진우, 황종연

지은이 **니콜라이 레스코프**

1831년 러시아 중부 오룔 현 고로호보에서 평범한 소지주의 아들로 태어났다. 15세에 학교를 중퇴한 후 지방 관청의 서기로 근무하면서 처음으로 당시 러시아의 생생한 현실을 접하게 되었다. 첫 단편 「사향소」(1863)를 발표 후, 『성직자들』(1872)을 출간함으로써 대중적인 인기를 누리는 작가가 되었다. 1873년 「봉인된 천사」와 「마법에 걸린 순례자」로 작가로서의 입지를 굳혔으며, 1881년에는 「왼손잡이」를 발표했다. 「왼손잡이」는 지금까지도 러시아인들이 가장 좋아하는 작품으로 남아 있다.

옮긴이 **이상훈**

서강대학교 독어독문학과를 졸업하고, 독일 마르부르크대학에서 러시아 문학 박사 학위를 취득했다. 현재 수원대학교 등에 출강하며, 번역문학가로 활동하고 있다. 저서로 『정경 해체 기법으로서의 성자전 문학』(독일 출간), 역서로 『러시아의 맥베스 부인』『괴물 셀리반』『파리 젖 짜는 사람』 등이 있다.

세계문학전집 022

왼손잡이

양장본 1판 1쇄 2010년 3월 15일
양장본 1판 2쇄 2016년 7월 29일

지은이 니콜라이 레스코프 | 옮긴이 이상훈 | 펴낸이 염현숙

책임편집 조현나 이승희 | 독자모니터 장선아
디자인 랄랄라디자인 송윤형 한충현 김민하 | 저작권 한문숙 박혜연 김지영
마케팅 정민호 이미진 정진아 | 홍보 김희숙 김상만 이천희
제작 강신은 김동욱 임현식 | 제작처 영신사

펴낸곳 (주)문학동네
주소 10881 경기도 파주시 회동길 210
전자우편 editor@munhak.com | 대표전화 031) 955-8888 | 팩스 031) 955-8855
문의전화 031) 955-1927(마케팅), 031) 955-2677(편집)
문학동네카페 http://cafe.naver.com/mhdn
문학동네트위터 http://twitter.com/munhakdongne

ISBN 978-89-546-1022-3 04890
　　　 978-89-546-1020-9 (세트)

www.munhak.com

● 문학동네 세계문학전집은 계속 출간됩니다